LE TIROIR DES CAUCHEMARS

Recueil d'histoires à suspense et psychologiques

AMELIA STONE

Design de couverture : Mubashir World Design
Correction et relecture : Orlane B

Tous droits réservés.
ISBN : 978-2-8106-2999-2

Édition : BoD · Books on Demand,
31 avenue Saint-Rémy, 57600 Forbach,
bod@bod.fr
Impression : Libri Plureos GmbH,
Friedensallee 273, 22763 Hamburg
(Allemagne)
Dépôt légal : Juin 2025

À l'ombre, à la lumière, et tout ce qu'il y a entre les deux.

Préface

Je n'ai jamais cru aux monstres sous le lit.

Ceux qui me font peur sont dans les têtes, dans les silences, dans les gestes qu'on répète sans comprendre pourquoi.

Je n'ai pas écrit ces histoires pour faire peur. Pas vraiment.

Je les ai écrites parce qu'un jour, j'ai compris que certaines pensées ne nous quittent jamais… tant qu'on ne les enferme pas quelque part. Ce livre est ce « quelque part ».

Chaque histoire de ce recueil a son propre battement. Certaines sont nées d'un cauchemar, d'autres d'un souvenir. Toutes ont une chose en commun elles m'ont poursuivi, jusqu'à ce que je les écrive. Alors je vous les confie.

Mais sachez une chose : on ouvre un tiroir plus facilement qu'on ne le referme.

L'APPEL AU 17

La nuit s'étendait, enveloppée d'un voile d'obscurité profonde. Une tranquillité presque palpable régnait, lorsque soudain, cette quiétude fut brusquement déchirée par des sons distincts.

Des coups de pioche perçaient l'air, chaque impact résonnant avec une force déterminée.

Chaque son semblait porter avec lui une tension sourde, transformant la sérénité de la nuit en un tableau d'agitation discrète.

— Aide-moi, il est trop lourd ! chuchota le premier homme au second qui était en train de donner frénétiquement des coups de pioche dans le sol.

La femme, restée en retrait, observait la scène. Vêtue d'une robe de chambre, une cigarette à la main, elle tirait nerveusement des bouffées.

Les trois hommes s'inclinèrent.

— À trois, on le lâche !

Un… Deux… Trois.

Au loin à quelques mètres d'ici, des yeux scintillants brillèrent dans la nuit, seuls témoins de la scène affreuse qui était en train de se produire.

Cette fois, c'était fini.

Sacha dressa une oreille, paresseusement, avant de se rouler en boule et de replonger dans un sommeil profond. Maryse l'observa un instant, envieuse. Quelle vie paisible que celle d'un chat, libre d'aller et venir sans jamais devoir rendre de comptes à qui que ce soit.

Si elle avait pu choisir, dans une autre vie, elle aurait aimé connaître cette liberté douce et silencieuse.

Son regard se porta sur l'horloge de la cuisine : 19 h 30. L'aiguille des minutes avançait avec une régularité oppressante. Son mari ne tarderait plus à franchir la porte. Il fallait que tout soit parfait, comme d'habitude.

Elle ouvrit le vieux meuble en bois pour en sortir les assiettes. Le grincement aigu des portes lui arracha une grimace. Combien de fois avait-elle supplié Jean d'huiler ces fichues charnières ?

Le son résonnait comme un rappel sourd. Les assiettes roses, décorées de flamants roses aux silhouettes élégantes, prirent place sur la table, alignées avec une précision presque maniaque.

Maryse ajusta les couverts, les plaçant soigneusement de chaque côté, leurs reflets métalliques captant la lumière blafarde de la cuisine. Un soupir lui échappa. Un mariage ordinaire. Et pourtant…

L'image s'imposa un instant dans son esprit : des rires, des conversations légères, des gestes tendres. Mais la vision s'effaça aussitôt, balayée par la réalité.

Sans un mot, elle retourna à la cuisine. Ses gestes étaient automatiques, mécaniques, elle éplucha les pommes de terre, les coupa avec méthode avant de les recouvrir d'une généreuse couche de sauce d'oignons caramélisés et de lardons fumés. L'odeur qui commença à s'élever aurait pu réchauffer l'atmosphère, si ce n'était cette tension sourde qui pesait sur la pièce.

Elle programma le four sur 45 minutes, le tic-tac du minuteur lui parut soudain assourdissant. Puis, un bruit la fit sursauter.

Sacha, d'un bond nerveux, fila se réfugier sous le vieux meuble du salon. Ses petits yeux brillants se fixèrent dans la pénombre. Maryse observa la silhouette effrayée du chat, un pincement au cœur. Lui, au moins, pouvait se cacher.

La porte d'entrée grinça, lente, pesante, comme pour annoncer un malheur. Maryse sentit ses épaules se raidir. Le moment qu'elle redoutait chaque soir était arrivé.

Jean entra, imposant, son ombre se découpant dans l'encadrement. Il traînait les pieds, ses vieilles bottes usées martelant le sol, d'un geste brusque, il les balança vers le meuble à chaussures.

Maryse observa la scène sans dire un mot. *Au moins, cette fois, il ne les a pas jetées en plein milieu du salon*, s'accrochant désespérément à ce détail insignifiant. C'était presque une victoire.

Une illusion fragile, mais nécessaire.

Doté d'une carrure massive, Jean imposait le respect au premier regard. Sa barbe, épaisse et envahissante, recouvrait la moitié de son visage, dissimulant à peine une mâchoire carrée marquée par les ans.

Le ventre, légèrement bedonnant, trahissait les excès des soirées passées, contrastant avec ses mains larges et calleuses, témoins d'une vie passée sur les toits. Ses doigts, burinés par le travail, portaient encore la poussière et l'odeur du goudron.

Couvreur de métier, il était connu dans le quartier pour rendre service sans compter, toujours prêt à dépanner un voisin en échange d'une bière ou d'un simple merci. Mais cette générosité, louée par les autres, avait longtemps irrité Maryse.

Pendant qu'il jouait les bons samaritains, c'était elle qui avait dû, presque seule, élever leurs deux enfants. Gérer les repas, les devoirs, les pleurs. Combler les absences.

Son mari n'avait pas toujours été cet homme-là. Elle se souvenait d'un autre Jean.

Un homme doux, au rire franc et contagieux. Il glissait de petits mots griffonnés à la hâte dans la poche de son tablier, des mots simples mais tendres, qui faisaient battre son cœur plus vite. Il passait derrière elle le matin, effleurant sa nuque d'un baiser furtif pendant qu'elle préparait le café.

Parfois, sans prévenir, il l'attrapait par la taille, la faisait tournoyer au milieu de la cuisine. Ces moments semblaient appartenir à une autre vie, une époque floue et lointaine.

Les années avaient passé. La fatigue s'était installée, pesante, irrémédiable. L'alcool avait creusé son visage, éteint la lumière de ses yeux. Le rire avait laissé place aux soupirs. L'homme tendre s'était effacé, remplacé par une ombre plus rude, plus imprévisible.

Maryse connaissait son rituel par cœur, désormais. Chaque soir, les mêmes gestes, le même rythme. La porte d'entrée qui grince, ses bottes balancées sans ménagement, la lourdeur de ses pas frappant le parquet.

Le tintement familier d'une bouteille ouverte, le glissement du verre contre la table.

Tout se répétait comme une chanson passée en boucle. Un disque rayé, prévisible dans ses moindres détails.

Sauf que parfois, le disque se rayait. Un bruit qui ne devait pas être là, un mot plus dur que d'habitude, un geste plus brusque. C'étaient ces petites irrégularités, ces fissures dans la routine, qui glaçaient Maryse. Car elles annonçaient l'inattendu, le danger.

— Comment s'est passée ta journée ?

Jean grommela quelque chose dans sa barbe épaisse, un murmure indistinct, presque animal, sans même accorder un regard à son épouse.

Son pouce épais écrasa la touche de la télécommande, augmentant le volume du téléviseur jusqu'à ce que les voix criardes d'une émission résonnent dans toute la pièce.

Le son saturé semblait combler un vide, étouffant toute tentative de conversation. Peut-être était-ce précisément ce qu'il cherchait.

Sacha, recroquevillé sous le vieux meuble du salon, n'avait pas bougé d'un poil. Ses yeux jaunes, grands ouverts, fixaient l'entrée avec une intensité féline.

Le chat restait sur le qui-vive, comme s'il s'attendait à ce qu'une souris surgisse soudainement dans la pièce. Ou peut-être avait-il simplement appris à reconnaître l'atmosphère électrique qui régnait lorsque Jean rentrait.

Maryse ne tenait pas en place. Ses mains tremblaient malgré elle. Elle attrapa une éponge et se mit à frotter. Le plan de travail brillait déjà, nettoyé trois fois ce matin, mais il fallait faire quelque chose. Occuper ses mains. *Fascinant*, songea-t-elle amèrement, *la façon dont le cerveau s'accrochait à des gestes automatiques quand tout le reste tremblait.*

L'éponge glissait de long en large, traçant des lignes invisibles sur la surface froide. Le temps semblait suspendu, rythmé seulement par le brouhaha du téléviseur. Puis, sans prévenir, Jean bougea. Maryse s'immobilisa, l'éponge serrée dans sa main.

Elle suivit des yeux son mari qui, avec la lenteur d'un animal usé, se redressa du canapé. Sa silhouette imposante se découpa dans la lumière vacillante de l'écran.

Il traîna sa vieille carcasse vers l'escalier. Sans un mot, sans même un geste, il disparut à l'étage.

La porte de la salle de bains grinça, puis se referma dans un claquement lourd. Elle resta un moment immobile, avant de tourner les yeux vers Sacha. Lui aussi attendait.

Douche, serviette, chaussons, survêtement. Un autre rituel qu'elle connaissait par cœur. Elle entendit la porte de la salle de bains claquer et expira lentement, posant une main sur son ventre cherchant à ralentir sa respiration.

Sacha, rassuré, sortit prudemment de sa cachette et sauta sur le canapé, les oreilles dressées. Maryse, tenta de se recentrer sur quelque chose de concret, le gratin, vérifier la cuisson, garder le contrôle. Elle ouvrit la porte du four quand un hurlement retentit à l'étage.

— Où est mon jogging ? hurla Jean d'en haut.

Maryse avança vers la salle à manger, ses yeux rivés vers l'escalier. Sans un bruit, la tête de son mari surgit en haut des marches.

— Je ne vais pas te le répéter trois fois, où est mon jogging ? *Quelle question idiote.*

— Sur le lit mon chéri, comme d'habitude.

— Si je te le demande, c'est qu'il n'y est pas ?

— Attends, je monte voir.

— Si tu montes, je t'en colle une !

Jean tourna les talons. Elle perçut un bruit sourd comme si un meuble se cassait en deux. Il avait encore envoyé valser la commode à tous les coups, comme à chaque fois.

Elle retourna à la cuisine et éteignit le four, trop concentrée sur la cuisson de ses pommes de terre pour entendre les pas derrière elle, quand une main saisit brusquement sa nuque et fracassa son arcade sur le bord de la cuisine.

Un cri s'échappa. Maryse, sonnée, ne savait plus si c'était elle qui avait crié ou Sacha qui avait miaulé.

— Sale pute je vais te tuer ! Qui t'as dit d'éteindre la télé ?

Tout semblait s'être arrêté d'un coup. La chaleur brûlante du four effleura son visage.

Elle ouvrit lentement son œil droit, douloureusement, juste assez pour apercevoir le bord de la cuisine, désormais teinté d'un rouge profond. Son propre sang. *Et merde, moi qui ai passé 3 heures à nettoyer sa cuisine.*

Sacha s'était réfugié de nouveau sous le meuble, il la scrutait comme s'il voulait s'excuser.

— Lâche-moi Jean ! La télé s'est éteinte toute seule !

Il abattit son poing une nouvelle fois, cette fois dans ses côtes. Un craquement sinistre résonna, suivi d'un hurlement, le sien. Bon sang, qu'elle avait les côtes dures !

Pris d'une rage aveugle, il attrapa violemment son bras et lui tordit dans une clé brutale.

Maryse cria à l'aide, mais personne ne répondit, à part le vide. Son crâne heurta de nouveau le bord de l'évier, et un voile noir envahit sa vision. Jean resserra son emprise.

Dans ces instants de douleur, son esprit s'évada, trouvant refuge dans un souvenir d'enfance. La voix douce de sa mère lui murmurait une berceuse, cette même chanson qu'elle fredonnait enfant pour se rassurer : *« Fais dodo, mon trésor, ferme les yeux encore un peu, les étoiles brillent très fort… »* Un mécanisme de défense, une ancre fragile qui maintenait son esprit éveillé malgré la souffrance.

Un éclat métallique attira soudain son attention au fond de l'évier. L'économe. Elle arqua un sourcil. Ce truc était assez pointu pour faire mal, pas assez pour tuer.

Il fallait bien commencer quelque part.

Jean s'était approché du canapé, prêt à allumer la télévision. Mais en tendant la main vers la télécommande, il ressentit une douleur vive et brutale lui transpercer le bas de son dos. Telle une flamme brûlante, le cloua sur place, le laissant paralysé par l'intensité de ce qu'il venait de ressentir.

La lame crissa en pénétrant la chair, provoquant une douleur fulgurante qui se répandit instantanément à travers tout son corps, le laissant désorienté et sous le choc. La douleur le fit vaciller, il se retourna lentement, les yeux écarquillés de surprise et de rage pour voir Maryse, déterminée et tremblante.

— Qu'est-ce que tu m'as fait ?

Il tomba à genoux, hurlant de douleur, ses cris se mêlant aux graves. Maryse, le front et l'arcade ensanglantés, prit son courage à deux mains et sortit par la porte-fenêtre, ses charentaises aux pieds. Elle devait trouver de l'aide, mais à qui s'adresser ? Ils vivaient en pleine campagne, sans réseau et avec des voisins quasi inexistants.

Le mois de mars s'installait, et le chemin menant à la forêt était boueux et impraticable. Si elle s'y aventurait, elle risquait de perdre pied. Un bruit de verre brisé la ramena à la réalité. Jean, toujours dans le salon, agonisait de douleur et allait sûrement la poursuivre pour en finir.

Cette fois, elle en avait assez. Son regard fut attiré par le cabanon du jardin. Un de ses fils y avait laissé ses outils de jardinage, peut-être y trouverait-elle de quoi se défendre, un râteau ou une pelle.

Elle ouvrit la porte à la volée et saisit une pelle. Alors qu'elle se retournait pour faire face à son mari, elle aperçut dans un coin du cabanon, un tube d'acier.

Le fusil de chasse de son fils, Lucas. Il avait commencé à chasser avec ses amis à l'adolescence, mais avait vite abandonné lorsqu'il avait compris qu'il fallait se lever aux aurores pour traquer le gibier. *Quel flemmard, comme son père !*

La pelle tomba au sol tandis qu'elle s'emparait du fusil. Tapie dans le jardin, elle guettait le moment où son mari sortirait.

Silencieuse, elle se glissa jusqu'au salon.

La baie vitrée était restée entrouverte… mais où avait-il filé ? Ridicule, voilà ce qu'elle se sentait, avec le Beretta entre les mains — un engin qu'elle n'avait jamais appris à manier.

Main calée sous la crosse, elle s'avança prudemment vers la maison. À travers la vitre, elle tenta de distinguer l'intérieur… mais son propre reflet la prit par surprise.

Soudain, une ombre titubante se rua sur elle. Jean, dos ensanglanté, se dirigeait vers elle, les bras tendus, hurlant comme un dément.

— Sale folle, arrête ça tout de suite !

Maryse actionna le fût du fusil de sa main droite et, de l'autre, pressa la détente. Elle pria intérieurement pour qu'il ne soit pas chargé, n'ayant même pas pris la peine de vérifier avant.

Au fond d'elle, elle espérait que la simple vision d'elle tenant une arme suffirait à le dissuader.

— Ne me force pas à faire ça !

Elle ferma les yeux et appuya sur la gâchette. Le coup partit, le recul du Beretta la fit tituber, la forçant à lâcher l'arme qui tomba au sol. Jean avait pris la balle en plein dans le buffet.

Dans sa chute, il heurta violemment la porte de la baie vitrée, y laissant une traînée de sang. Paniquée, Maryse mit ses mains derrière la tête et se pencha pour reprendre sa respiration.

Elle posa une main sur son ventre et effectua son exercice de respiration préféré et tourna la tête des deux côtés pour s'assurer que personne ne l'avait entendue ou vue.

Une petite tête noire apparut dans l'encadrure de la porte. Maryse se leva, courut vers lui et le prit dans ses bras, il miaula, comme pour la rassurer. Elle s'assit sur le canapé, les yeux vitreux et perdus.

— C'est toi qui as éteint la télé…

Elle resta immobile au milieu du salon. Ses doigts tremblaient légèrement, mais son visage demeurait impassible.

D'un geste lent, presque machinal, elle saisit le combiné du téléphone fixe.

Le plastique froid contre sa paume lui sembla plus réel que tout ce qui venait de se passer. Elle composa le 17. Un déclic, une tonalité. Puis une voix, professionnelle et neutre :

— Police secours, j'écoute. Quelle est votre urgence ?

Elle répondit, surprit même ses propres oreilles, sans la moindre hésitation.

— Je viens de tuer mon mari.

— Pouvez-vous me dire ce qui s'est passé ?

Ses yeux se posèrent sur le couloir, à peine éclairé, où l'ombre de Jean s'étendait dans le jardin.

— Je lui ai tiré dessus… Il est mort.

Un cliquetis lointain se fit entendre, sans doute la personne à l'autre bout du fil tapant sur un clavier.

— Êtes-vous en sécurité en ce moment ? Est-ce que quelqu'un d'autre est avec vous ?

— Je suis seule.

Maryse s'imagina, l'espace d'un instant, la réaction de l'opératrice à l'autre bout du fil. Un léger froncement de sourcils ? Un échange muet avec un collègue ? Après tout, combien de personnes, en France, appelaient pour avouer un meurtre ?

Probablement très peu. Peut-être aucune.

— Pouvez-vous me donner votre adresse ? Je vais envoyer une patrouille.

Une patrouille ? Pour quoi faire ? Il est déjà mort. Il ne reste plus rien à sauver ici.

— 12 rue des Acacias, Valmont-sur-Sambre

— Très bien. Ne touchez plus à rien, d'accord ? Installez-vous dans une autre pièce si vous le pouvez. Respirez doucement. Vous avez fait le bon choix en appelant.

Elle sentit à peine ses lèvres bouger. Dans la cuisine, Sacha se frotta contre le chambranle de la porte, indifférent. Frissonnante, elle pensa à prendre une douche, mais changea d'avis.

À la place, elle ouvrit le tiroir de la cuisine et en sortit un paquet de Marlboro. Elle glissa une cigarette entre ses lèvres et l'alluma avec le briquet de Jean.

Quelques minutes plus tard, les gyrophares des voitures de police illuminèrent la salle à manger. Maryse prit Sacha dans ses bras pour le rassurer et ouvrit la porte d'entrée, cigarette au bec. Trois policiers sortirent de leur voiture, arborant un air sérieux. Elle prit la parole tremblante :

— C'est moi qui vous ai appelé.

Le premier policier gravit les marches d'un pas ferme, suivi de ses deux collègues. Ils étaient jeunes, le visage marqué par une gravité presque solennelle, comme s'ils s'apprêtaient à affronter une scène qu'ils n'oublieraient pas de sitôt.

— Bonsoir Madame, je suis Cédric Boutier et avec moi mes deux collègues, Alexandre et Marco, si vous permettez on aimerait rentrer dans votre domicile pour voir ce qu'il s'est passé.

Elle s'attarda sur le deuxième jeune homme, qui lui parut familier, celui qui s'appelait Alexandre. Leurs regards se rencontrèrent et les deux furent unanimes. Il la reconnut tout de suite.

— Maryse ? Mais pourquoi tu nous as appelés ? demanda Alexandre à mi-voix.

Ses collègues franchirent le seuil de la maison, tandis qu'Alexandre, emmitouflé dans sa parka bleu marine, resta dehors, observant la scène depuis le pas de la porte.

— C'est Jean. Il a recommencé.

Elle éclata en sanglots pour la première fois depuis le coup de feu. Les larmes coulaient lentement, silencieuses, creusant des sillons sur son visage inexpressif jusque-là.

Alexandre l'observa longuement, une sincère compassion dans les yeux. Pourtant, l'uniforme qu'il portait l'obligeait à maintenir une certaine neutralité. Dans un élan discret, il lui prit la main. Un geste simple, réconfortant.

Elle leva les yeux vers lui et reconnut dans ses traits adultes le garçon qu'elle avait connu autrefois. Le jeune homme avait été un ami proche de son fils, Lucas. Ils passaient des après-midis entiers ensemble, riant bruyamment dans le salon.

Elle se souvenait encore des goûters qu'elle préparait pour eux après l'école, du parfum sucré du chocolat chaud et des biscuits.

Le temps avait filé, les chemins s'étaient séparés. Lucas était parti vivre en région parisienne, embauché par l'ONF, loin de Valmont-sur-Sambre. Alexandre était resté ici, ancré dans cette ville, comme s'il avait toujours su qu'il y construirait sa vie.

À cet instant précis, alors qu'il serrait doucement ses doigts, Maryse sentit un mélange de réconfort et d'amertume.

Le passé semblait soudain si proche, presque tangible — et pourtant, irrémédiablement perdu.

— Écoute, on va voir ce qu'il s'est passé, d'accord ? Tu vas nous expliquer et ensuite on appellera l'OPJ.

Ils furent interrompus par un cri provenant de l'intérieur de la maison.

— Oh putain !

Les deux hommes se tenaient devant le corps inerte de Jean. Alexandre les précédait, jetant un coup d'œil dans le jardin.

Cédric s'agenouilla lentement, les doigts posés sur la jugulaire de l'homme. Aucune pulsation.

— Il est bien mort.

Marco recula d'un pas, blême. Il ouvrit la bouche, mais aucun mot n'en sortit. Même la cheminée semblait s'être tue. Cédric échangea un bref regard avec Alexandre, qui baissa les yeux. L'atmosphère venait de changer. Ce n'était plus une intervention.

C'était une affaire. Et ils étaient dedans jusqu'au cou.

Cédric jeta un coup d'œil autour de lui avant de se diriger vers la cuisine. Ses chaussures crissèrent légèrement sur le carrelage. Arrivé près du comptoir, il s'arrêta net et désigna une traînée sombre du doigt.

— À qui est ce sang ?

— À moi, répondit Maryse sans détour.

Elle écrasa sa cigarette dans le cendrier, le geste lent, presque cérémonial, comme si elle marquait un point final à quelque chose. La fumée monta en volutes paresseuses, se mêlant à l'air de la pièce.

Puis, sans baisser les yeux, sans trembler, elle commença à raconter. Chaque mot, chaque détail, tomba avec le poids brut d'un fait accompli.

Les policiers écoutèrent avec retenue, tandis qu'elle déroulait le récit de la scène violente qu'elle avait subie — comme si, elle reprenait enfin possession de son histoire. L'économe était toujours par terre, près du canapé.

Elle leur expliqua tout, les violences répétées de son mari depuis des années, les plaintes déposées au commissariat restées sans suite, les intimidations, les humiliations et les violences verbales.

Elle saisit un torchon et épongea le sang séché sur son visage. Marco et Cédric prirent place en face d'elle, tandis qu'Alexandre s'installa à ses côtés, silencieux.

— Ça fait cinq ans que je fais ce boulot, et c'est bien la première fois qu'on débarque sur une scène de crime avec le coupable encore sur place, lança Marco avec un sourire amer.

Cédric sortit un calepin froissé de la poche de sa parka, suivi d'un stylo. Il se pencha légèrement en avant, prêt à noter.

— Bon. On va reprendre depuis le début. Personne ne vous a entendue ?

Maryse fit non d'un léger mouvement. Il se leva sortant son téléphone de sa poche.

— Tu fais quoi, là ? questionna Alexandre.

— J'appelle l'OPJ, tu veux que je fasse quoi d'autre ? On a un macchabée.

Il porta le téléphone à son oreille, mais fronça les sourcils presque aussitôt.

— Merde, pas de réseau.

— Il n'y en a jamais ici, il faut remonter la route sur quelques mètres pour capter, répondit Maryse d'un ton plat.

— De toute façon, personne ne va appeler personne, lança Alexandre, d'un ton sec.

Marco le dévisagea.

— Pardon ? Tu veux qu'on parte d'ici comme si de rien n'était ?

Alexandre se leva sans répondre, frottant ses mains pour se réchauffer en s'approchant du feu. Il fixa un moment le foyer avant de se tourner vers eux.

— Je connaissais ce type. Une vraie ordure. Violent, égoïste. J'étais à l'école avec ses fils. Maryse a toujours été une mère aimante. Elle se tuait à la tâche pour ses enfants. Et lui, ne pensait qu'à boire.

Il marqua une pause, ses yeux brillant d'une colère contenue.

— J'ai fait un stage dans son entreprise, il y a longtemps. Ce connard m'a cogné pour une connerie. Le lendemain, je ne suis pas retourné bosser. Il a dit partout que j'avais abandonné mon poste. Résultat, année non validée.

Il secoua la tête, amer.

— Ce type devrait être en prison.

La phrase resta suspendue, comme un coup de froid dans la pièce. Le crépitement du feu sembla soudain bien trop fort.

— Dans un premier temps on va appeler l'OPJ. Je vais sortir et aller sur la route passer des coups de fil, ajouta Cédric serein qui pianotait sur son téléphone.

— Maryse je vais être sincère avec vous, ça ne sent pas bon, affirma Marco en se frottant le visage.

— Je n'avais pas le choix, il allait me tuer.

Alexandre arpentait le salon, retournant sa cigarette d'une paume à l'autre. L'agitation de ses pas et les mouvements nerveux de ses mains traduisaient son trouble intérieur.

— On va vous amener au commissariat dès que Cédric revient, continua Marco.

— Elle se fait taper dessus depuis des années, aucune plainte n'est prise au sérieux et toi tu veux qu'on la coffre ?

— On ne sait pas si c'est vrai ! Alex, tu le sais non ? On a que sa version à elle, notre bouleau c'est d'interpeller, l'OPJ va faire le reste !

Marco poussa un profond soupir d'agacement, exprimant clairement sa frustration.

— Je ne vous mens pas ! Je vous ai appelés pour que vous m'aidiez ! Je sais que j'ai tué mon mari… mais vous ne savez pas ce qu'il s'est réellement passé ! Si vous aviez pris mes plaintes au sérieux… il serait derrière les barreaux à cette heure-là.

Ses mots retentirent lourdement dans la pièce. Soudain, un claquement sec retentit. La porte d'entrée venait de se refermer brusquement.

Cédric revint dans la pièce, le visage fermé.

— J'ai eu confirmation. Cinq plaintes. Toutes déposées par Madame.

Alexandre croisa les bras, fixant son supérieur.

— Est-ce qu'on sait qui a pris ces plaintes ?

Cédric détourna les yeux.

— Ça ne change rien au problème.

— Comment ça, ça ne change rien ?

— Tu sais très bien comment ça se passe, une fois que les plaintes sont transmises au juge, on n'a plus la main dessus.

Maryse qui n'avait pas bougé, rompit la tension d'un ton sec :

— Attendez.

Tous les yeux se tournèrent vers elle.

— J'ai des caméras chez moi. Elles ont tout filmé. Puisque, visiblement, l'un de vous doute de mes paroles… les images, elles, ne mentent pas.

Marco s'approcha lentement, clignant des yeux.

— Elles filment encore en ce moment ?

— Oui, depuis ce matin. Je les éteins uniquement la nuit.

Les policiers échangèrent un coup d'œil. Les caméras… des témoins silencieux.

Si elles montraient toute la vérité, alors tout changeait. Maryse se leva lentement et se dirigea vers le meuble à vaisselle. Elle en sortit deux statues de chouette, soigneusement posées côte à côte.

Dans un geste habile, elle en retira deux petites webcams, reliées entre elles par un fil discret. Ces caméras étaient branchées à des prises secrètes, dissimulées sous un tapis, presque invisibles.

— Si on les visionne, on saura si elle ment, ironisa Alexandre.

— On est hors procédure, ça va nous retomber dessus ! hurla Marco qui sauta du canapé pour sortir.

Cédric l'arrêta net et le fit rasseoir.

— Du calme ! On va visionner les images et voir ce qu'on en fait.

Maryse tira lentement son ordinateur portable du tiroir du salon et inséra la carte SD dans le lecteur.

Dès que le dossier s'ouvrit, une multitude de petites icônes orange s'afficha à l'écran, chacune marquée d'une date différente. Un enchevêtrement de jours, de semaines, d'années peut-être.

Elle fit glisser la souris sans hésitation et cliqua sur la vidéo du jour. L'image se mit en marche. Plus rien ne bougea. La pièce semblait s'être arrêtée, comme en apnée.

Les quatre hommes fixèrent l'écran, tandis que les événements se déroulaient devant eux. Le salon, les cris étouffés, les gestes brusques… une scène d'une violence froide et implacable.

La flamme du briquet éclaira un instant son visage fermé. Elle tira longuement dessus, la fumée glissant paresseusement dans l'air saturé de tension.

À côté d'elle, Alexandre plaqua une main contre sa bouche. Il ne pouvait détacher ses yeux de l'écran. Sans un mot, elle ouvrit une autre vidéo, puis une autre.

Chaque enregistrement révélait le même scénario, une routine de violence, répétée, glaçante dans sa régularité. Les mêmes cris, les mêmes coups. Enfin, elle cliqua sur la dernière vidéo — celle de ce soir. Celle où ils étaient intervenus.

L'écran montra la fin. Le coup de feu, le corps. Personne ne parla. Le seul bruit dans la pièce venait du crépitement du feu dans la cheminée et de l'expiration discrète de Maryse, exhalant la fumée de sa cigarette.

Alexandre voulu dire quelque chose mais sa voix resta coincée dans sa gorge, à la place il baissa la tête, incapable de soutenir plus longtemps ces images imprimées dans sa mémoire. Les vidéos, elles, avaient tout dit.

Cédric se leva et sortit fumer pour réfléchir. Le temps pressait, et ils devaient prendre une décision. Mais laquelle ?

À aucun moment la police n'était intervenue pour aider cette femme, malgré les nombreuses plaintes. Pourtant, c'était pour cela qu'il avait rejoint la police : pour protéger et servir. *« Protéger » mon cul oui, personne n'a su la protéger.*

Il détestait l'idée de l'injustice et était toujours prêt à aller au bout de son enquête, même si cela signifiait plonger dans l'obscurité la plus totale.

Marco, son collègue, était tout l'opposé. Un flic râleur, blasé par les années passées à traiter des affaires qu'il jugeait sans fin et sans espoir. La vie de policier l'avait lentement transformé en un homme de peu de mots et d'encore moins de patience.

Alexandre, quant à lui, était un grand émotionnel, toujours prompt à se laisser submerger par ses sentiments. Son empathie débordante le poussait parfois à se perdre dans les émotions des autres, et il avait un sens du devoir qui le rendait particulièrement touché par les drames humains.

— Prenons le PC, les cartes SD et on retourne au commissariat pour rédiger la procédure, je ne sais pas ce que fout l'OPJ, il devrait déjà être là ! s'agaça Marco.

— Ah oui ? Et comment tu vas justifier auprès de la hiérarchie qu'on est restés une heure et demie et qu'on ne l'a pas attendu ? ajouta Alexandre.

Le temps jouait contre eux. Cédric réapparut dans l'encadrement de la porte, une pioche à la main.

Son visage était fermé, ses yeux durs. Ses mots résonnèrent dans le salon comme une détonation sourde.

— Ce fils de pute ne manquera à personne… Aidez-moi, on va s'en débarrasser.

Alexandre acquiesça d'un signe de tête, déterminé. Sans un mot, il s'avança, prêt à faire ce qu'il fallait. Maryse resta assise, la peur au ventre.

Les paroles de Cédric tournaient dans sa tête, en boucle, comme un écho impossible à faire taire. Ils allaient vraiment faire ça ? Ils allaient l'enterrer ?

Sans se retourner, Alexandre aboya un ordre à Marco, qui restait encore sous le choc, planté près du mur.

— Prends des gants et nettoie la vitre. On va déplacer le corps.

En pilote automatique, elle se dirigea vers la cuisine, ouvrit un placard et en sortit une paire de gants. Ses doigts glissèrent machinalement sur le plastique froid. Elle saisit ensuite un bidon d'eau de Javel. La scène semblait irréelle.

— Vous êtes fous ! vociféra Marco.

Tout le monde se retourna vers lui. Il était resté planté, comme s'il venait seulement de comprendre l'ampleur de ce qui se passait, plongé dans ses pensées, analysant chaque possibilité.

Si Maryse décidait de diffuser les vidéos, ils étaient foutus. Il ne s'agissait pas seulement d'un homicide, mais d'un recel de cadavre, et c'était encore pire.

Des images tourbillonnaient dans son esprit, Cédric, pioche en main, donnant l'ordre d'enterrer un corps, Alexandre, obéissant sans broncher, Maryse, presque complice maintenant. Et lui, témoin silencieux.

Il jeta un coup d'œil à Cédric. Une pensée inconfortable lui traversa l'esprit. Leurs regards se croisèrent, aucune émotion, fermé, insondable. Il sentit son estomac se nouer. Dans cette histoire, qui aurait intérêt à se dénoncer ? Personne. Il tressaillit malgré lui.

Dans cette pièce, chacun devenait allié. Et une fois la terre retournée, il n'y aurait plus de retour en arrière. Il se retrouva face à un choix difficile : sortir, passer un coup de fil, et risquer de tout perdre en dénonçant ses collègues — notamment son supérieur — ou rester et suivre le mouvement ? La première option était bien trop risquée.

Dénoncer signifierait ruiner sa carrière. La deuxième option, sûrement la plus sûre.

Les suivre.

Alexandre prit un torchon pour effacer les empreintes de Maryse sur le fusil de chasse. Ils déplacèrent difficilement la carcasse inerte de Jean, tandis que les deux autres commençaient à s'affairer.

Maryse marchait sur la pelouse fraîche, suivie de près par Sacha, qui semblait se délecter de la scène.

Les trois hommes creusèrent un trou dans le jardin, leurs pelles s'enfonçant dans la terre humide et lourde.

La chaleur de l'effort les fit rapidement transpirer, les obligeant à enlever leurs parkas et à les jeter de côté. Leurs mouvements étaient synchronisés, chacun creusant avec une détermination silencieuse.

Maryse restait en retrait, observant la scène avec une cigarette entre les doigts. La braise éclairait son visage fatigué. Sacha se tenait à ses pieds, les yeux brillants dans l'ombre.

À mesure que le trou gagnait en profondeur, leurs yeux se croisaient brièvement, alourdis par la conscience de ce qu'ils faisaient. Seuls le bruit des pelles et le crépitement occasionnel de la cigarette de Maryse venaient troubler l'atmosphère.

Vers minuit, le trou était suffisamment profond. Avec précaution, ils soulevèrent le corps inerte de Jean et le déposèrent dans la fosse, suivie du fusil.

La terre fut ensuite replacée, recouvrant progressivement le corps jusqu'à ce qu'il ne reste plus qu'un monticule de terre fraîchement retournée.

Alexandre prit Maryse dans ses bras, la serrant doucement, comme s'il voulait lui transmettre un peu de la force qui lui manquait.

Elle murmura un faible merci, sa voix tremblante, les yeux brillants de larmes. Sans un mot de plus, elle se détourna, seule dans ses pensées, et referma lentement la porte derrière elle. Le froid lui mordait la peau.

Les policiers marchèrent vers leur voiture, le poids de la nuit sur leurs épaules. Aucun mot n'aurait pu traduire ce qu'ils ressentaient et ce qu'ils venaient de faire. Sous la lumière blafarde d'un réverbère, ils échangèrent un regard furtif. Mais tout était dit. Un accord tacite. Une promesse silencieuse.

Ce soir-là, les trois hommes se firent une promesse, garder le secret. Alors qu'ils atteignaient la voiture, Marco prit la parole, sa voix tranchant l'air glacé.

— Tu n'as jamais appelé l'OPJ, hein ?

Cédric tourna lentement la tête vers lui. Ses yeux étaient vides, sans expression.

— Non.

Sa réponse tomba sans la moindre hésitation. Le moteur de la voiture ronronna faiblement lorsqu'ils s'y installèrent, mais l'esprit de Cédric, lui, ne se calmait pas.

Et si elle décidait de parler ? Et si elle avait gardé une copie de la vidéo ?

Chaque possibilité s'entrechoquait dans sa tête. Les images, la terre fraîchement retournée, les marques sur ses propres mains.

Il fixa la route sombre qui s'étendait devant eux, le cœur battant. Ils avaient enterré un corps. Mais le vrai poids qu'ils portaient ce soir-là…

C'était le doute.

De retour dans l'étroite pièce faiblement éclairée du commissariat, Cédric s'affala lourdement dans son fauteuil bancal.

Essoufflé, les joues rougies, le cœur battant la chamade. Ses mains, encore tachées de terre malgré ses efforts pour les frotter contre sa parka, tremblaient légèrement.

Le parfum amer du sol fraîchement retourné semblait encore coller à sa peau. L'écran bleu pâle s'alluma clignotant quelques secondes avant d'afficher la page d'accueil.

Il consulta l'historique des plaintes de Maryse jusqu'à ce qu'il s'arrête net sur un nom. Son propre nom.

Un courant invisible le traversa. C'était bien lui. Tout lui revenait maintenant, avec une clarté troublante.

À l'époque, persuadé que l'affaire ne méritait pas plus d'attention, il n'avait rien transmis. Et ce soir, un corps gisait sous la terre, parce qu'il n'avait pas fait son boulot

Il comprenait maintenant pourquoi il était resté évasif aux questions d'Alexandre. Il savait déjà. Par chance, Maryse ne l'avait pas reconnu.

À cette période, il portait une barbe épaisse qui masquait la moitié de son visage. Ce détail avait suffi.

Mais combien de temps cela durerait-il ?

Une silhouette apparut soudain dans l'encadrement de la porte.

— Dure inter ? lança Magalie, passant la tête dans la pièce.

Ses cheveux bruns encadraient son visage curieux.

— Vous en avez mis du temps !

Cédric redressa la tête, tentant un sourire.

— Ouais… on a crevé sur la route.

Il leva les mains, exhibant ses doigts éraflés, encore marqués par la terre.

— Regarde, j'en ai chié pour changer la roue.

Un sourire idiot étira ses lèvres, trop large, trop forcé. Magalie fronça les yeux. Un sourire poli, mécanique, se dessina sur son visage. Elle hocha la tête, comme pour valider l'excuse.

— Ah, ouais. J'imagine.

Ses yeux balayèrent ses avant-bras.

Des marques visibles, nettes, comme s'il avait saisi quelque chose de lourd, serré, pressé, déplacé un poids.

Cédric sentit la présence de Magalie derrière lui — insistante, silencieuse. Elle savait. Et lui aussi, savait qu'elle savait.

Elle le fixa encore un moment, puis, sans un mot, referma lentement la porte.

DÉFENSE DE S'ASSEOIR

Au cœur de la nuit normande, trois silhouettes se glissaient furtivement entre les ruelles désertes. Alix, Hugo et Guillaume, armés de leurs équipements et d'une lampe torche, étaient prêts à découvrir les secrets cachés de cette maison abandonnée.

Leur passion pour l'exploration urbaine les avait déjà conduits dans des endroits interdits, mais ce soir, ils étaient déterminés à franchir une nouvelle frontière. Pénétrer dans la maison du dentiste fou, la Maison Sagesse.

Le bruit de leurs pas résonnait sur le pavé tandis qu'ils approchaient de l'entrée dissimulée derrière un amas de végétation envahissante.

Guillaume, toujours à l'affût des détails, pointa du doigt une plaque rouillée sur laquelle on pouvait encore lire *« Interdit au public »*. L'excitation gagna le groupe d'un coup.

— Prêts ? murmura Alix, la meneuse incontestée du trio, en dirigeant la lumière de sa torche vers la porte grinçante.

— Comme jamais ! répondit Hugo avec un sourire en coin, ajustant son sac à dos.

Sans attendre, elle poussa la porte et ils pénétrèrent dans les entrailles sombres de la maison où chaque pas les rapprochait un peu plus de l'inconnu. Leurs cœurs battaient à l'unisson, résonnant comme un écho dans ce monde oublié.

Ils étaient dans une pièce qui, visiblement ressemblait à un salon. Des murs vieillis et tachés et un mobilier poussiéreux.

— Démarre ta caméra, ordonna Alix à Guillaume.

Guillaume saisit son trépied fixé à la taille, lança l'enregistrement avec sa caméra infrarouge, puis resserra les sangles pour qu'elle ne bouge pas. Alix avait déjà branché sa caméra thermique, ils en avaient toujours deux au cas où.

Hugo avait dans son sac tout le matériel pour capter la présence d'esprit, pods, détecteur EMF pour détecter les variations électromagnétiques, et une spirit box.

D'un coup de main, Alix brancha son micro et commença à parler à sa caméra :

— Bonsoir à tous, nous commençons notre exploration dans la Maison Sagesse, nous venons d'entrer dans ce qui, visiblement est le salon.

Elle tourna la caméra pour filmer la pièce. Hugo avait posé le pod et la spirit box par terre pour capter de quelconques esprits. Une exploration urbaine pouvait durer des heures, ils le savaient et comptaient bien y passer la nuit.

Elle continua à parler devant la caméra, et demanda à Guillaume de passer devant pour aller à l'étage.

Pendant ce temps, Hugo passait en revue la cuisine avec sa lampe torche mais fut pris d'un haut-le-cœur quand il vit le contenu du frigo qui avait complètement moisi.

Depuis combien de temps cette maison était abandonnée ? Sur les forums comme OpenOrbit, l'histoire revenait sans cesse, elle circulait dans les discussions comme une vieille légende urbaine.

La maison aurait appartenu à un dentiste — un type discret, poli, presque effacé — dont les patients n'en ressortaient pas vivants. Personne n'avait jamais pu prouver quoi que ce soit, mais les urbexeurs, eux, n'avaient pas besoin de preuves.

Juste d'une bonne histoire.

À mesure qu'Alix et Guillaume avançaient à l'étage, l'ambiance changeait, devenant de plus en plus étrange et fascinante. Sur leur gauche se trouvait une porte. Alix, malgré son tempérament fonceur et assuré, ressentait une peur à l'idée de l'ouvrir.

Elle laissait Guillaume le faire qui n'y voyait pas d'inconvénient, sûrement trop flatté dans son ego pour refuser.

La porte s'ouvrit sur ce qui avait autrefois été une chambre. Du moins, ce qu'il en restait. Un lit à baldaquin rongé par le temps trônait au centre, ses draps déchirés par l'humidité. Le sol était jonché de papiers et de dossiers éparpillés, dévorés par la moisissure.

Guillaume avança prudemment, le grincement du parquet vibrant sous ses pas. Mais à peine eut-il posé le pied sur une feuille A4 qu'il glissa, manquant de perdre l'équilibre. Il se rattrapa in extremis., puis se baissa pour la ramasser.

D'un geste automatique, il pointa sa caméra vers le document, zoomant lentement. Les lettres effacées, les taches brunâtres… mais un détail attira son attention. Quelque chose d'écrit juste en dessous de la saleté.

— Qu'est-ce que c'est ? demanda Alix.

Guillaume plissa les yeux.

— On dirait un dossier patient.

Le zoom révéla des informations claires malgré l'état du papier.

Dossier patient : Osmond Dufresne. Âge : 54 ans. Caries et opération dentaire.

Le dossier semblait avoir été écrit à la machine à écrire.

Alix continua à fouiller et à regarder les dossiers éparpillés par terre, elle ramassa une autre feuille.

Dossier patient : Agathe Duroux. Âge : 30 ans. Opération dentaire.

Un autre dossier portait le nom de Pierre Louis, puis un autre encore, celui de Jacqueline Petit.

Les deux amis ne manquèrent pas de commenter leurs découvertes face à la caméra, détaillant chaque document retrouvé. Alix prit plusieurs photos des dossiers éparpillés, immortalisant chaque indice.

D'un geste rapide, elle glissa discrètement l'un des dossiers dans la poche arrière de son jean. Mais alors qu'ils s'apprêtaient à quitter la chambre, un bruit sourd retentit derrière eux.

— Hugo, c'est toi ? cria Alix.

— Non ! Je crois que le bruit vient d'en haut !

Elle sentit son dos se raidir.

— Taisez-vous, vous allez avertir les voisins, si quelqu'un remarque qu'on est là, ils vont appeler les flics ! siffla Guillaume entre ses dents.

Un deuxième coup retentit. Cette fois, pas de hasard.

Quelqu'un était là, avec eux.

Alix avait l'habitude des bruits suspects en exploration urbaine. Presque toujours, il s'agissait d'une cause logique : le bois qui travaille, une bourrasque qui fait claquer une porte, un rat courant dans les plafonds, ou simplement l'usure du temps. Mais ce bruit-là était différent, presque volontaire. Son instinct lui hurla que ce n'était pas naturel.

Elle lança un regard à Guillaume. Les deux voulaient la même chose : se casser au plus vite.

Il s'élança hors de la chambre, dévalant l'escalier à toute vitesse. Alix continua de filmer, malgré les secousses de sa caméra à chaque pas précipité.

Hugo, posté dans la cuisine, comprit aussitôt que quelque chose n'allait pas du tout. Sans poser de question, il attrapa ses affaires à la volée.

Quelques secondes plus tard, ils franchissaient la porte en trombe, la peur au ventre. Les caméras tournaient toujours. Alix, haletante, la voix tremblante, s'adressa directement à l'objectif :

— Exploration suspendue. On se casse.

De l'autre côté de la route, Guillaume peinait à respirer, les mains sur les genoux.

— Il faut qu'on rentre, qu'on regarde les rushs, qu'on isole les bruits pour comprendre d'où venait ce bruit.

Éreintés, les trois amis échangèrent un regard avant de se précipiter vers leur voiture.

La lumière du matin filtrant à travers les rideaux en dentelle révélait la beauté intemporelle de la maison normande des parents d'Alix. Nichée au cœur de la campagne de la ville de Beauciel, cette charmante demeure en colombages et toit de chaume exsudait une chaleur rustique.

Des roses trémières encadraient la porte d'entrée tandis que des volets aux teintes de bleu pâle apportaient une touche de couleur vibrante à la façade ancienne. À l'intérieur, les poutres en bois apparentes et les murs de pierre racontaient une histoire centenaire.

Alix, toujours aux petits soins, servit du café à ses amis dans des tasses en faïence peinte à la main, héritées de sa grand-mère. Elle posa le plateau sur la table basse. Ses trois amis étaient penchés sur leur caméra, visionnant de loin leur exploration dans la Maison Sagesse.

Hugo, grand et athlétique, avait des cheveux bruns désordonnés qui encadraient un visage marqué par une légère barbe naissante. Ses yeux verts pétillaient de curiosité tandis qu'il prenait une gorgée de son café.

À côté de lui, Guillaume, plus petit mais tout aussi énergique, affichait un sourire espiègle. Ses cheveux blonds, coupés courts, et ses yeux bleu clair lui donnaient un air à la fois doux et déterminé.

— Bon, vous êtes prêts pour visionner les rushs ? demanda Alix.

Ils se levèrent pour se diriger vers la grande table du salon ou elle avait disposé trois grands fauteuils ergonomiques, les garçons avaient apporté leur casque pour écouter attentivement le moindre son sur les bandes audio.

Ils savaient très bien que cela allait prendre des heures, et ne voulaient louper aucun détail. Leurs équipements, composés de caméras infrarouges, d'un enregistreur numérique et d'une caméra thermique, avaient capturé chaque instant de leur exploration.

Les caméras infrarouges révélaient des détails invisibles à l'œil nu, tandis que l'enregistreur numérique pouvait capter des sons faibles et subtils. La caméra thermique, quant à elle, permettait de visualiser les variations de température dans la maison abandonnée.

Les images défilèrent sous leurs yeux, rappelant les moments intenses de leur aventure. Les sons enregistrés par l'enregistreur numérique étaient clairs et précis, capturant chaque craquement de plancher et chaque chuchotement du vent. Puis, retentit le coup — celui qui les avait fait fuir.

— J'ai l'impression que, juste avant le coup, on entend un bruit de grésillement, remarqua Alix.

— Ça doit être mon pod en bas, ce truc fait un bruit d'enfer, ajouta Hugo.

Alix demanda à Guillaume de reculer la bande afin de confirmer ses doutes.

— En effet, c'est bien le pod… Par contre…

Guillaume, penché en avant, frotta son menton pensivement. D'un geste de la main, il repassa la bande.

Alix accéléra la vidéo à la recherche d'indices visuels mais ne trouva rien de suspect, mis à part des orbes qui dansaient devant les caméras, rien qui n'indiquait une personne surnaturelle.

— On entend une voix.

Elle plissa les yeux et remit la bande en arrière, augmentant le volume au maximum dans son casque. Son instinct lui criait qu'il y avait quelque chose. D'un geste brusque, elle fit signe aux garçons de se taire. Guillaume avait raison.

Dans l'absence de bruit, on entendait un murmure. Faible, mais présent. Comme un souffle étrange, formant un mot. Une sensation glacée remonta dans sa nuque. Elle attrapa le bras d'Hugo et lui tendit son casque.

— Écoute. Écris ce que tu entends.

D'une main fébrile, elle relança l'enregistrement. Elle nota sur un papier ce qu'elle avait entendu : *Iso, Isol ?*

— Moi, j'entends un I, mais le reste est incompréhensible, lâcha Hugo.

— Bordel, ça me glace le sang.

— Il doit forcément y avoir une explication rationnelle, répondit Guillaume pour se rassurer lui-même.

Alix passa la bande-son en boucle, le mot était toujours le même. Impossible de passer à côté. Le murmure se faisait entendre juste avant le coup dans le mur.

— L'explication rationnelle c'est que quelqu'un était à l'étage et nous a fait une blague, lança Hugo en plongeant son nez dans sa tasse à café.

— Impossible. On était là vers 1 heure du matin, si quelqu'un était déjà en haut la personne n'aurait pas attendu tapie dans le noir sans lumière, trancha Alix.

Guillaume se gratta de nouveau le menton, puis remit son casque.

— On dirait que le bruit vient du plafond.

Elle ajusta de nouveau le son. Le son provenait de derrière. Hugo n'avait pas vraiment d'avis.

Il visionna de nouveau ses vidéos de la cuisine, du pod et de la spirit box mais aucune voix ne s'était manifestée de l'un ou l'autre de ces objets. Guillaume suggéra de commencer le montage, avec l'intention de publier la vidéo sur leur chaîne *Les Urbexeurs Normands*.

Ils avaient déjà une bonne dizaine de vidéos en ligne et une petite communauté fidèle qui commençait à se développer. Alix restait sceptique à l'idée de publier si rapidement. Elle savait que la vidéo allait forcément susciter des questions de la part de leur communauté.

— Je propose qu'on envoie les rushs à notre monteur, et une fois le montage effectué, on publie la vidéo. Cela permettra aussi aux gens de nous dire ce qu'ils entendent et de donner leur avis sur les deux coups qu'on a entendus, non ? proposa Guillaume.

Alix n'était pas de cet avis, mais accepta l'idée. Après tout, l'avis d'une quatrième personne allait sûrement être utile.

Le lendemain matin, elle se réveilla avec un sentiment d'inquiétude persistant. Ce qu'elle avait entendu et vu la veille sur les rushs ne la rassurait guère. Son regard fut attiré par une alerte du forum OpenOrbit avec le hashtag #Maisonabandonnée.

Elle ouvrit le forum et consulta le message qui a été posté il y a deux heures.

posté par / Darkbane
Chers amis urbexeurs et fan des histoires qui font peur. Pour ceux qui ont visité la Maison Sagesse, avez-vous trouvé la chaise maudite ? Tenez-moi au courant ;)

Son cœur s'arrêta. Une chaise maudite ? Intriguée par le post de ce Darkbane, elle tapa « Chaise Maudite ville de Beauciel Normandie » dans son moteur de recherche qui mit quelques secondes à charger avant d'afficher une série d'articles évoquant une vieille légende urbaine.

Les sources étaient floues, mais tous les récits semblaient converger vers un même point d'origine.

Un homme, réputé pour sa mauvaise humeur, était entré dans le bar un soir. Fatigué de sa journée, il s'était assis sur une chaise près du feu, en attendant de se reposer. Peu après, une femme pénétra dans le bar et demanda poliment à l'homme s'il pouvait lui céder sa place, mais il refusa.

Offensé par son attitude, un homme a côté de cette femme avait marmonné quelque chose d'inaudible, et quelques semaines plus tard, il mourut dans un accident de la route.

Alix haussa les sourcils, drôle d'histoire. Elle cliqua sur un autre lien qui lui donna un peu plus de détails.

La Chaise Maudite de Beauciel

La légende raconte qu'un homme a maudit une chaise après qu'un homme ait refusé de céder sa place à une jeune femme dans un bar. Trois autres personnes se sont ensuite assises dessus et sont mortes dans des circonstances tragiques, un est tombé de son échelle, un autre s'est suicidé et le troisième s'est étouffé dans son sommeil.

Le patron du bar, effrayé par ce qui venait de se produire, cacha la chaise au sous-sol, espérant que cela mettrait fin à la malédiction. Mais une jeune serveuse du bar, ignorant tout de l'histoire, s'assit par mégarde en nettoyant le sous-sol. Le soir même elle fut retrouvée morte, tout indique qu'elle serait tombée dans les escaliers.

Le mystère de la chaise maudite resta gravé dans l'esprit des habitants de Beauciel, et la légende se transmit de génération en génération. À ce jour, personne n'a retrouvé la trace de cette quelconque chaise.

Alix, captivée par ce récit, ne put s'empêcher de faire le lien avec le post-mystérieux de Darkbane sur OpenOrbit. Une simple coïncidence ? Difficile à croire.

Ce mystère autour du lieu la troublait. S'il existait réellement une chaise maudite dans cette maison, il n'y avait aucun moyen d'en avoir confirmation auprès d'autres passionnés — aucune preuve, aucun témoignage fiable. Et puis, après tout, à quoi était censée ressembler une chaise maudite ?

Un élan d'excitation lui parcourut le corps lorsqu'une idée lui traversa l'esprit. *Et s'ils y retournaient pour filmer ?* Une exclusivité totale. Une vidéo qui, si tout se passait bien, pourrait exploser les compteurs de vues sur Internet. Mais avant cela, il fallait qu'elle creuse le sujet, qu'elle rassemble un maximum d'informations avant de proposer l'idée à ses amis.

Elle retourna sur le forum et répondit au post de Darkbane.

posté par / AlixUrbex
Salut, possible de savoir où elle se trouve dans la maison ? On y était il y a quelques jours. Si je la trouve, chiche je m'assois ? :-)

Il fallut quatre jours à Thibaut pour examiner les rushs, peaufiner le montage et surtout, analyser les deux coups frappés contre le mur. Il avait écouté l'enregistrement des dizaines de fois, isolé le son, ajusté les fréquences, joué avec les filtres pour éliminer les parasites.

Mais plus il l'écoutait, plus il était mal à l'aise. Un bruit sourd, bref, qu'ils avaient d'abord pris pour un craquement anodin. Mais il revenait. Toujours au même moment. Deux fois. Comme un signal.

À chaque écoute, il doutait, il en était sûr. Quelque chose clochait, ce bruit n'avait rien de naturel. Il saisit son téléphone pour appeler Alix.

— Salut Thib, comment ça va ? Des nouvelles ?

— J'ai isolé les deux sons comme tu me l'as demandé. Franchement ça m'a foutu la chair de poule.

— C'est-à-dire ?

— Écoute… Je ne sais pas comment est foutue la maison, mais les sons viennent du bas.

Silence au bout du fil.

— Impossible, Hugo était au rez-de-chaussée, il n'a rien entendu.

Thibaut marqua un temps avant de reprendre :

— Je veux dire, en bas, comme dans un sous-sol. Le son résonne.

Le cœur d'Alix s'emballa soudainement.

— Comment ça ?

— Il y a sûrement un lieu réverbérant sous la chambre où vous étiez. Pour qu'un son résonne, le lieu doit être composé de surfaces dures et lisses, comme la pierre, le béton ou le métal ou bien dans un grand volume sans beaucoup de mobilier ou d'absorption sonore. J'en déduis donc que la maison dispose d'un sous-sol.

Alix sentit comme un coup de massue sur la tête. Elle humecta ses lèvres qui étaient devenues sèches.

— Alix, tu es là ?

— Ouais, merci Thib. On va... on va voir ça ensemble avec les gars, envoie-moi les sons et j'en parle aux gars.

Elle s'effondra sur son lit, le regard perdu dans le vide. L'idée qu'un sous-sol puisse exister méritait d'être prise au sérieux. Après tout, ils n'étaient restés que deux heures dans la maison. Bien trop peu pour en explorer chaque recoin.

Aux alentours de 18 heures, Hugo et Guillaume arrivèrent chez Alix. Sans perdre de temps, ils s'installèrent sur le canapé, un air curieux dans les yeux tandis qu'elle allumait son ordinateur.

— Regardez ça. J'ai imprimé tous les articles qui parlent de la chaise maudite dans la Maison Sagesse.

Guillaume fronça les sourcils au moment où elle mentionna le forum.

— OpenOrbit ? Tu es en train de dire que c'est encore une histoire qui vient de ce forum ?

Son ton oscillait entre scepticisme et curiosité.

— On s'en fout si elle existe ou pas, qu'avons-nous à perdre ? On y retourne, on inspecte le sous-sol et on vérifie, non ? s'enthousiasma Hugo.

Alix sourit, consciente de l'enthousiasme de son ami.

— Tu peux me remontrer le message du gars sur le forum ? s'enquit Guillaume.

Elle s'exécuta, et ouvrit la page pour montrer le fil de la discussion avec Darkbane. Son sang ne fit qu'un tour quand elle lut le message qu'il lui avait laissé.

Le ton était presque enjoué. Mais ce qui la frappa c'est la mention du sous-sol. Comment savait-il ? En voyant le message, les trois amis échangèrent un regard à la fois complice et paniqué.

— Vous êtes prêts à y retourner ce soir ? demanda Alix.

— Je ne pense pas que ce soit une très bonne idée, répliqua Guillaume confus.

— Tu as peur ou quoi ? se moqua Hugo.

Il ne répondit pas et se contenta de lever les yeux au ciel.

— Si cette chaise existe, on sera les premiers urbexeurs à la voir, ça nous ferait une exclue de dingue ! Et si elle n'existe pas, tant pis, on demandera à Thibaut de retirer les rushs, ajouta Alix en haussant les épaules.

— On pourra doubler les vues, les tripler si elle existe. Voire tout exploser si on accepte de s'asseoir dessus ! s'exclama Hugo en se levant d'un bond.

Le visage de Guillaume en disait long. Les sourcils légèrement froncés, la mâchoire crispée, il écoutait ses amis échanger avec une excitation qu'il ne partageait pas. Cette histoire de chaise maudite lui semblait tirée par les cheveux, un énième délire d'urbexeurs en mal de sensations fortes.

Pourtant, une sensation désagréable lui nouait l'estomac sans qu'il puisse l'expliquer. Pourquoi cette idée lui paraissait-elle si mauvaise ? Il n'était pas du genre superstitieux. Il aimait l'urbex, les lieux abandonnés, l'adrénaline de l'interdit… mais quelque chose clochait.

Était-ce bruit creux sur l'audio ? Ce fichu forum OpenOrbit qui sentait l'arnaque à plein nez ? Ou peut-être simplement cette impression tenace qu'ils s'engageaient dans un truc qui les dépassait ?

Il poussa un soupir, croisant les bras alors qu'Hugo plaisantait sur le fait qu'ils allaient peut-être tomber sur un fantôme. Toujours aussi immature. Quant à Alix, têtue comme elle était, elle ne lâcherait pas l'affaire avant d'avoir vu cette foutue chaise de ses propres yeux.

Exaspéré mais résigné, il finit par hocher la tête.

— OK… mais on y va ce soir. On fait ça vite, et on ne traîne pas.

Il regretta presque aussitôt ses propres mots.

— Cette histoire de chaise maudite m'énerve ! Sérieusement, est-ce que vous y croyez, vous ? interrogea Guillaume à sa caméra infrarouge qui lui filmait le visage. D'un geste assuré, il ajusta la prise.

— Dites-nous dans les commentaires si vous en avez entendu parler et si vous y croyez.

Les trois amis venaient de pénétrer dans la Maison Sagesse, leurs lampes torches projetant des faisceaux tremblants qui luttaient contre l'obscurité envahissante de la nuit. Mais cette fois, l'endroit semblait différent, plus hostile, plus oppressant.

Les fenêtres brisées, telles des orbites vides, laissaient entrer un vent qui s'engouffrait en sifflant entre les murs. L'odeur de moisissure et de bois pourri saturait l'air, rendant l'atmosphère encore plus suffocante.

Hugo prit sa perche à selfie, se connecta sur le réseau social des *Urbexeurs Normands*. Il démarra un live, son pouce légèrement tremblant sur l'écran tactile.

Il voulait que les autres voient ce qu'ils voyaient, qu'ils soient témoins de leur exploration en temps réel. Le simple fait de savoir qu'ils n'étaient pas totalement seuls, que d'autres les suivaient à distance, le rassurait un peu.

— OK, les gars, on y est, on va voir s'il y a vraiment un sous-sol ! chuchota-t-il à la caméra.

Ils progressèrent prudemment dans le salon, chaque pas soulevant des nuages de poussière et de moisissure. L'odeur âcre de l'humidité stagnante envahissait leurs narines, tandis que des gouttelettes d'eau s'infiltraient par les fissures du plafond, créant des flaques sombres sur le sol délabré.

Guidés par la lueur vacillante de leurs lampes torches, ils avancèrent à pas feutrés dans le couloir sombre du rez-de-chaussée.

Puis, au bout du couloir, presque dissimulé par l'ombre, ils la virent enfin : une porte métallique.

Guillaume, fidèle à lui-même, joua les héros. Il tendit la main, agrippa la poignée et, dans un grincement sinistre, poussa la porte. Derrière elle, un escalier s'enfonçait dans l'obscurité, avalé par les ténèbres.

— C'est parti les amis, on descend ! Ceux qui sont en live, dites-nous si vous flippez plus que nous ! rigola nerveusement Hugo.

Hugo et Alix échangèrent un regard, puis, à contrecœur, suivirent Guillaume d'un pas mesuré, leurs pieds foulant prudemment les premières marches.

Le sous-sol était encore plus lugubre que ce qu'ils avaient imaginé. En arrivant vers les dernières marches, leurs lampes torches révélèrent un spectacle sinistre.

Les murs suintants étaient ornés de moisissures et de champignons, l'air humide était imprégné d'une odeur de décomposition.

Au centre de la pièce, une vieille chaise de dentiste se tenait là, ses accoudoirs usés et son cuir craquelé trahissant des années de négligence. Les bras de la chaise étaient recouverts de taches sombres, comme si des liquides inconnus y avaient séché il y a longtemps.

Du sang, pensa Alix le cœur battant un peu plus vite.

Le siège, incliné en arrière, semblait prêt à accueillir un patient pour un traitement interminable et douloureux. À sa gauche, un bureau en bois massif, couvert de poussière, supportait un assortiment d'outils dentaires antiques.

Les pinces, sondes et fraises, rouillées et ternies par le temps, brillaient faiblement sous la lumière vacillante de leurs torches. Des seringues en verre, remplies de substances indéterminées reposaient dans une boîte métallique.

Hugo poussa un cri qui fit sursauter les deux amis, les spectateurs qui suivaient le live à distance inondaient l'espace commentaire. Alix tourna lentement sa caméra vers le fond du sous-sol. Et c'est là qu'elle la vit.

Là, immobile dans l'obscurité, comme si elle avait attendu leur arrivée depuis des décennies. Inexplicablement intacte au milieu du chaos : la chaise. Majestueuse et sombre, comme si elle les attendait depuis toujours.

Alix sentit son cœur rater un battement. Elle n'aurait jamais dû venir. Et pourtant, elle fit un pas en avant. Guillaume ouvrit la bouche, stupéfait, incapable d'émettre un son.

À côté de lui, Hugo, leva les bras en signe de victoire, son excitation palpable. Le live était saturé de messages et de hashtags #ChaiseMaudite. Alix, plus prudente, s'approcha lentement de l'objet, son regard captivé par les détails qui la rendait fascinante et dérangeante.

La chaise semblait tout droit sortie d'une autre époque, un vestige oublié d'un siècle révolu. Son bois massif, probablement du chêne, avait pris avec le temps une teinte sombre, presque noire.

Les accoudoirs, finement sculptés à la main, étaient ornés de motifs complexes et sinueux, comme des racines entrelacées ou d'anciens symboles effacés par le temps.

Il y avait quelque chose d'étrangement solennel dans sa présence. Mais ce qui troubla Alix plus que tout, ce fut son état.

Contrairement au reste du sous-sol, rongé par l'humidité et envahi par la poussière, la chaise était impeccable. Pas une seule toile d'araignée, pas une seule trace de moisissure. Comme si quelqu'un ou quelque chose passait régulièrement pour l'entretenir.

— Vous pensez que c'est la chaise ? lança Guillaume.

— Il y a de fortes chances. Bordel, je suis autant excitée qu'apeurée, confia Alix.

— Bon, les gars… qui s'assoit en premier ? questionna Hugo aux spectateurs du live.

Ils furent unanimes. Guillaume devait s'asseoir en premier. Il hésita un instant, puis, sous les encouragements de ses deux amis, s'exécuta avec une grimace mi-amusée, mi-anxieuse.

— Merci à Darkbane pour l'info ! Sans lui on n'aurait jamais trouvé ! cria Alix presque euphorique.

— Alors, tu sens que tu vas mourir ? rigola Hugo

— Pas trop, pour le moment.

Ils éclatèrent de rire, l'ambiance se détendant aussitôt. Guillaume se redressa et céda sa place à Hugo, qui, surexcité, tendit son téléphone à Alix pour qu'elle le filme à son tour.

C'est à cet instant qu'Alix jeta un œil au chat du live. Le flot de commentaires défilait à une vitesse folle. Mais l'un d'eux, perdu au milieu des autres, lui glaça le sang… *« Vous allez tous mourir. »*

Elle hésita à s'asseoir. Au fond elle n'y croyait pas, mais une partie d'elle-même douta. Ignorant le commentaire et finalement, poussée par l'euphorie de ses amis, elle s'exécuta et s'assit. Aucune sensation. À quoi s'attendait-elle, après tout ? Un signe venu d'ailleurs ? Une vision terrifiante ?

Guillaume souriait à pleines dents, comme soulagé d'avoir suivi le mouvement malgré ses réticences initiales. Il ne croyait pas une seule seconde que cette chaise soit maudite. Et pourtant…

Un doute subsistait, là, quelque part dans un coin de son esprit.

Dimanche après-midi, Alix émergea difficilement du sommeil, une étrange sensation de lourdeur pesant sur ses épaules. Son corps semblait engourdi, comme si la fatigue de la veille refusait de la quitter.

Les rushs avaient été envoyés à Thibaut pour qu'il commence le montage. Cette vidéo allait faire un carton. Il ne faisait aucun doute qu'une fois publiée, elle deviendrait virale.

Elle s'étira avant de se lever, traînant des pieds jusqu'à la salle de bains. À peine eut-elle avancé qu'elle sentit un froissement de papier glisser sous son pied. Une feuille abandonnée sur le sol. Intriguée, elle se pencha et la ramassa, ses yeux parcoururent rapidement le document jauni, et une vague de souvenirs la submergea. Le dossier médical. Celui qu'elle avait récupéré dans la Maison Sagesse.

La veille, elle l'avait glissé dans la poche de son jean, mais il avait sûrement glissé au sol par inadvertance. Avec précaution, elle déplia le document, son regard glissant sur les informations du patient. Un détail refit brusquement surface.

Il n'y avait pas qu'un seul dossier—d'autres attendaient encore d'être explorés.

L'impatience mêlée à une légère fébrilité, elle connecta son Canon à son PC. Les clichés défilèrent un à un, révélant à chaque image un nom, une date, un historique de soins dentaires. Mais qui étaient ces patients ?

Elle tapa leurs noms dans son moteur de recherche, espérant trouver une trace, un article, une mention quelconque. Mais rien, le vide. Comme s'ils n'avaient jamais existé.

Frustrée, elle se massa les tempes, cherchant une autre piste. Puis, un souvenir lui revint : un site spécialisé dans l'historique des maisons en vente, une base de données recensant les crimes, incidents mystérieux et autres événements troublants associés aux propriétés. Un outil destiné aux acheteurs prudents… ou aux amateurs d'histoires hantées : IsMyHouseHaunted ?

Elle ouvrit l'onglet et navigua rapidement jusqu'à la barre de recherche. L'accès aux archives était payant, mais elle n'hésita pas. Son instinct lui criait que quelque chose se cachait derrière tout ça.

Sans perdre de temps, elle rentra les informations de sa carte bancaire, puis tapa l'adresse de la Maison Sagesse. Le moteur de recherche se mit à tourner. Une attente interminable. Son téléphone vibra brusquement. Une notification d'OpenOrbit.

Un message privé.

Darkbane
Pari réussi ! Tic-tac Alix… :-)

Son estomac se noua légèrement, mais elle secoua la tête et reporta son attention sur l'écran. Elle consulta rapidement les premiers titres : *« La Maison située au 17 rue des Corbeaux reste abandonnée et a été rachetée par la Mairie. »* – *« Intrusion suspecte au 17 rue des Corbeaux, les voisins expriment leur agacement. »* Rien de bien alarmant.

Elle fit défiler la page, remontant le plus loin possible dans le temps. C'est là qu'elle tomba sur des articles plus troublants : *« Un dentiste hors la loi consulte à son domicile. »* – *« Morts suspectes à Beauciel. »*

Le premier détaillait l'histoire du Dr Frédéric Tilah, un dentiste qui recevait ses patients à domicile malgré une interdiction d'exercer, conséquence d'une erreur médicale.

Pourtant, l'article ne mentionnait ni décès suspects ni plaintes de patients. Au contraire, il soulignait même son professionnalisme. Mais le deuxième article donnait une information capitale. Les pièces du puzzle s'assemblaient enfin.

Ils étaient tous patients du Dr Tilah.

L'appartement d'Hugo était un vrai bordel, comme toujours. Des vêtements traînaient sur le canapé, des canettes de bière vides s'empilaient sur la table basse, et une vieille pizza aux champignons moisissait dans son carton, oubliée sur le comptoir de la cuisine. Il avait fait la grasse matinée suite à leur exploration de la veille, encore fatigué de sa courte nuit.

Mais il s'en fichait.

Ce qui l'importait c'était Lou, elle devait passer ce soir. Ça faisait des semaines qu'il essayait de la convaincre, de lui vendre son sourire de gamin insouciant, de la faire rire avec ses blagues nulles. Il attendait. Pieds sur la table, téléphone en main. Mais quelque chose clochait. Il se sentait… bizarre. Comme si une présence invisible lui écrasait la poitrine.

Un poids lourd, oppressant. Il aurait dû être excité, impatient, mais à la place il se sentait fiévreux. Il se passa la main sur le front pour prendre sa température mais il n'était pas spécialement chaud.

Puis, un murmure :

— *Tu veux l'impressionner, hein ?*

Il sursauta, regarda autour de lui. Personne. L'appartement était silencieux, à part le bruit du frigo qui ronronnait dans la cuisine. La voix revenait. Douce. Murmurante.

— *Sois grandiose. Sois flamboyant.*

D'un coup, ses yeux se posèrent sur le briquet sur la table. Un zippo noir. Il ne se souvenait même pas d'où il venait. Il le prit machinalement et le fit tourner entre ses doigts. Le cliquetis métallique résonna étrangement dans la pièce. Une flamme bleutée jaillit. Un sourire naquit sur ses lèvres., un sourire qui n'était pas le sien. Il inspira profondément.

Son corps bouillonnait, sa peau picotait comme sous un coup de soleil. Et avant même de comprendre ce qu'il faisait, il jeta la flamme du briquet sur son t-shirt.

D'abord, il ne sentit rien. La flamme toucha le textile et s'embrasa instantanément. Puis, la douleur explosa. Il hurla à la mort, conscient de ce qu'il venait de faire.

Il tituba en arrière, renversa la table. La chaleur était insoutenable, elle lui mordait la chair.

Il se rua vers le robinet pour s'éteindre mais il trébucha une nouvelle fois de douleur. Mais à travers le crépitement du feu et l'odeur de chair calcinée, il entendait encore le murmure.

Et, au-delà des flammes qui dévoraient son corps, il vit un homme debout dans l'ombre. Un sourire froid, des yeux d'un noir d'encre.

Il souriait.

Une chape de plomb semblait s'abattre sur les épaules d'Alix. Guillaume faisait les cent pas dans le salon, mâchoire crispée, doigts agités. Ses yeux trahissaient une fièvre intérieure qu'il ne contrôlait plus. Il s'effondra sur le canapé, la tête entre les mains.

— Putain… c'est pas vrai.

Alix se tenait droite, les bras serrés contre sa poitrine, comme pour se protéger.

— C'est pas la chaise, Guillaume. C'est pas possible. C'est une coïncidence. Une coïncidence horrible…

Il releva brusquement la tête, les yeux injectés de larmes et de rage.

— Tu y crois encore, à la coïncidence ? Après ce qu'on a vu ?

Elle détourna les yeux, incapable de soutenir son regard. Elle revoyait le sourire d'Hugo, ses blagues nulles, sa voix qui résonnait dans le live.

— On aurait jamais dû y aller…

— On doit le retrouver, Alix. Ce Darkbane… C'est lui qui nous a parlé de la chaise. C'est lui qui nous a menés là-bas. Et maintenant Hugo est…

Il n'arriva pas à finir. Le nom s'étrangla dans sa gorge.

— C'est pas un hasard. Il savait. Il savait ce qui allait se passer.

Alix, assise dans son fauteuil, serrait une tasse de thé à deux mains. Le liquide était froid depuis longtemps.

Sa voix, lorsqu'elle répondit, était à peine un murmure :

— On ne sait même pas s'il existe vraiment. C'est peut-être juste un fantôme d'Internet… Ou un fou. Ce genre de type est invisible.

Guillaume s'arrêta net.

— Il faut creuser. Trouver des gens qui l'ont vu. Retourner là-bas s'il le faut.

Un bruit les coupa. Un vrombissement sourd, étouffé par les murs, semblable à celle d'un moteur.

— C'est quoi ce bruit ? balbutia Guillaume.

Alix se leva lentement, posant sa tasse sur la table basse sans la quitter des yeux. Elle se dirigea vers la porte qui menait au garage, chaque pas retentissant comme un glas sur le carrelage.

Guillaume la suivit à quelques mètres. Elle posa la main sur la poignée.

Le vrombissement s'intensifia. Un claquement métallique lui répondit — comme un capot qui se referme brutalement. Elle ouvrit la porte.

Une vague de chaleur et d'essence la frappa de plein fouet. Ses narines se remplirent d'un parfum toxique de gaz d'échappement. Dans le garage, baigné d'une lumière blafarde, sa voiture était allumée, les phares perçaient l'obscurité comme deux yeux blancs, inhumains.

— Ce n'est pas toi qui… ? bredouilla Guillaume dans son dos.
— Non…

Soudain, le moteur rugit. Comme une bête réveillée. Et dans un crissement de pneus, la voiture bondit en avant. Alix hurla. Elle n'eut que le réflexe de reculer, mais le pare-chocs frôla déjà la porte. Guillaume la tira en arrière, de justesse.

Le véhicule fonça contre l'établi au fond du garage, brisa une étagère, et s'immobilisa, en vrombissant, comme un prédateur qui fait demi-tour.

— Il faut sortir d'ici ! cria Guillaume.

La voiture recula d'un coup sec, roues tournant dans le vide, puis fonça à nouveau vers eux. Ils claquèrent la porte juste à temps. La cloison trembla.

— Elle nous attaque, souffla Alix, incrédule.

Guillaume la saisit par le bras, l'entraîna vers la porte.

— C'est impossible. C'est… ce n'est pas possible !

— Quelqu'un est dans la voiture ou l'a ensorcelée. Je ne sais pas !

Un deuxième impact fit vibrer les murs. Cette fois, un cadre tomba dans le salon et se brisa.

— Vite !

Ils déboulèrent dans l'entrée, haletants. Guillaume lutta avec la serrure. Ses mains tremblaient trop pour l'ouvrir. Derrière eux, la porte du garage vibrait encore sous les chocs mécaniques de la voiture possédée.

— Dépêche-toi ! lança Alix.

La serrure céda enfin. Ils se ruèrent dehors, dans le froid de la fin d'après-midi, là où l'air était enfin respirable.

Guillaume claqua la porte derrière lui. Son amie s'arrêta net, sur le perron, ses yeux, attirés par un instinct primaire, se tournèrent une dernière fois vers la vitre étroite du garage. Et elle le vit. Une silhouette. Un homme, debout au milieu du garage, entre les phares, comme s'il les observait. Il n'avait pas bougé, pas cillé.

— Guillaume, regarde !

Mais quand elle se retourna vers lui, la silhouette avait disparu.

La porte de l'appartement de Guillaume se referma derrière eux dans un claquement sec, presque solennel.

Alix resta plantée dans l'entrée, tremblante, ses cheveux collés à son front par la sueur et la panique. Il verrouilla la porte, glissa la chaîne de sécurité, et poussa même une chaise contre la poignée.

— On est en sécurité ici, murmura-t-il, plus pour se convaincre lui-même.

Mais son attention glissait déjà vers les fenêtres. Il courut fermer les volets, un à un, claquant les battants avec rage, tirant les rideaux comme si ça pouvait retenir un mal invisible. Il fit le tour du salon comme un homme possédé, observant les coins, les reflets, les ombres. Puis, il fila à la cuisine.

Alix resta pétrifiée au centre du salon. Elle finit par s'affaler sur le canapé, genoux ramenés contre sa poitrine, bras enroulés autour d'elle-même. Dans la cuisine, le bruit du métal s'entrechoquant résonna dans la pénombre.

— Tu fais quoi ? demanda-t-elle faiblement.

— Je planque tout. Couteaux, ciseaux, tire-bouchons… Tout ce qui coupe. Tout ce qui peut être utilisé contre nous.

Il revint avec une boîte en plastique sous le bras, remplie d'ustensiles, la glissa sous le lit de la chambre d'amis, ferma à clé, et mit celle-ci dans sa poche.

— Personne n'entre ici.

Plus un mot. L'ambiance devint lourde, presque irrespirable. Une horloge murale battait la mesure comme un cœur trop lent. Alix ne disait rien. Elle tremblait.

— Tu crois qu'il va venir ici ? souffla-t-elle enfin.

Il s'accroupit devant elle, la regardant droit dans les yeux.

— On l'a vu, Alix. Tous les deux.

Elle se recroquevilla davantage, cherchant à disparaître dans les coussins du canapé. Et puis…

Un bruit. Un clic, sec, derrière la porte d'entrée. Ils se fixèrent, sans un mot. Un second clic, plus proche. Comme si quelqu'un manipulait doucement la poignée

Elle sentit son cœur tambouriner dans sa poitrine, ses mains étaient moites, glacées. Elle voulut hurler mais aucun son ne s'échappa. La poignée tourna lentement, très lentement. Puis… le vide.

Guillaume, blême, chuchota :

— Il est là.

Elle attrapa son téléphone pour écrire à Darkbane.

AlixUrbex
Qui es-tu à la fin ?

Après quelques instants à retenir leur respiration, le bruit s'évapora. La soirée s'étira comme un couloir sans fin. Ils mangèrent à peine. La télévision resta éteinte. Le seul son était celui de l'horloge murale, ce tic-tac régulier, dérangeant, comme un compte à rebours. Vers minuit, Guillaume se leva.

— Je vais essayer de dormir un peu.

— Tu crois que c'est fini ? Qu'il est parti ?

Il haussa les épaules.

— Je crois qu'on devient parano Alix.

Un faible sourire triste déforma ses lèvres. Il s'éloigna dans le couloir, laissant son amie seule sur le canapé. Elle resta là, encore une heure, peut-être deux. À moitié endormie, à moitié éveillée. Chaque petit craquement du bois faisait bondir son cœur.

Finalement, la fatigue l'emporta.

Au milieu de la nuit, Alix sentit un courant d'air passer dans le salon, bien qu'aucune fenêtre ne soit ouverte. Elle jeta un œil à son téléphone. Trois heures du matin.

Elle se leva lentement et grimpa les marches qui menaient à l'étage. Le parquet grinçait sous ses pieds. Arrivée devant la chambre de Guillaume, elle toqua doucement.

— Guillaume ? Tu dors ?

Pas de réponse. Elle entrouvrit la porte. Le lit était vide, les draps défaits.

— Guillaume ?

Elle descendit en courant dans l'entrée. Les clés de la voiture manquaient dans la boîte à clés.

— Oh non…

Elle empoigna son téléphone et l'appela.

— Alix ?

La voix de Guillaume était haletante. Des bruits de moteur en arrière-plan.

— Je ne sais pas ce qu'il se passe… Je n'arrive pas à freiner !

— Quoi ?!

— Je me suis réveillé dans la voiture ! J'étais sur la route, je n'ai rien compris, je… je ne peux pas freiner, Alix, les pédales ne répondent pas !

Le bruit d'un klaxon perça dans le combiné. Des pneus crissèrent.

— Guillaume, freine ! Coupe le moteur ! Mets le frein à main !

— Je ne peux pas, je n'y arrive pas !

Un hurlement métallique. Un bruit d'impact. Et, juste avant que la ligne ne coupe, une voix étrangère, grave, murmurée au creux de l'oreille d'Alix : *« Tic, tac Alix ! »*. Le téléphone lui glissa des mains.

Une seconde passa, figée dans l'immobilité. Il fallait demander de l'aide. D'un geste rapide, ses doigts attrapèrent son téléphone.

L'écran brillait… mais affichait un vide total. Aucune barre de réseau, pas même la possibilité d'un appel d'urgence.

Là, dans le bureau de Guillaume, un ordinateur portable reposait sur une table encombrée. L'écran, plongé en veille, refusait de réagir. Elle le secoua. Une page apparut : un site onion. Le dark web. Son corps se tendit d'un seul coup, comme si une main invisible venait de se refermer sur sa nuque.

Tout son être lui criait de reculer, de ne pas plonger dans cet abîme. Mais elle savait qu'elle n'avait plus le choix.

D'un geste lent et irréversible, elle cliqua. L'écran clignota un instant avant de charger la page. Et son cœur s'arrêta net. Une liste de noms. Ses yeux s'écarquillèrent quand elle vit le nom de ses amis… puis le sien. Elle fit défiler la liste jusqu'à tomber sur des noms qui lui parurent familiers. Ceux des patients du Dr Tilah.

Une évidence la frappa de plein fouet.

Ils n'étaient pas morts à cause des mauvais soins du dentiste, mais parce qu'ils se sont assis sur la chaise. Celle de la Maison Sagesse. Celle où elle s'est assise.

Elle refusa d'accepter cette fatalité., il devait exister un moyen d'arrêter tout ça, mais chaque article racontait la même histoire, celui qui s'asseyait mourait, quoi qu'il fasse.

Alix déglutit avec difficulté, son cerveau tourna à mille à l'heure quand une pensée lui traversa l'esprit : la malédiction ne disparaissait pas tant que la chaise existait.

L'adrénaline monta en flèche, ravivant pour la première fois, depuis des heures une sensation de contrôle. Elle devait détruire la chaise. Pas la cacher, mais la réduire en cendres. Et pas seulement elle…

La maison également.

Elle ouvrit la porte du garage d'un coup sec, manquant presque de la faire sortir de ses gonds.

Dans l'obscurité, son regard chercha ce dont elle avait besoin. Trois bidons d'essence. Guillaume en gardait toujours en réserve, ses doigts tremblaient alors qu'elle les attrapait, leurs plastiques froids crissant sous sa poigne crispée.

Elle n'avait plus de voiture. Mais elle pouvait aller à la Maison Sagesse à pied, et c'était son plan. *« C'est fini Darkbane, tu vas crever, toi et ta putain de chaise ! »*

Son sac sur l'épaule, elle descendit les marches de l'allée quatre à quatre, les nerfs à vif.

Le bitume défilait sous ses pieds. La nuit était noire, pesante. Devant elle, se tenait la Maison Sagesse, dressée dans l'ombre comme les deux autres fois où l'avait visitée. Massive, brisée par le temps, mais toujours debout, mais plus pour longtemps

Pas de place pour l'hésitation, elle l'escalada d'un bond le muret, sans discrétion, sans précaution.

Elle ne se cachait plus. D'une main ferme, elle poussa la porte d'entrée. L'air à l'intérieur était saisissant, plus encore que le vent nocturne qui soufflait dehors. Ses pas résonnèrent sur le parquet grinçant, écho lugubre de sa détermination. Mais elle ne ralentit pas.

La porte en métal menant au sous-sol s'ouvrit dans un grincement. Elle s'attendait presque à une résistance, à une force invisible la retenant. L'ouverture resta béante tandis qu'elle s'engouffrait dans l'escalier, les bidons d'essence alourdissant sa prise. Dans l'ombre, la chaise restait là, figée à sa place, spectatrice silencieuse.

— À nous deux, ma belle…

Ses doigts tremblèrent alors qu'elle dévissait le premier bidon. Le liquide épais coula sur le sol dans une rivière visqueuse, s'infiltrant entre les lattes du bois, recouvrant chaque surface.

Elle n'épargna rien. Les murs, le bureau du Dr Tilah, les meubles, la table d'opération. Tout devait disparaître.

Et enfin, la chaise. Elle ne bougeait pas, et pourtant, Alix eut l'impression qu'elle respirait.

Elle vida un second bidon, s'assurant que le bois sec absorbe chaque goutte d'essence. Cette fois, elle ne reviendrait pas.

Sa main tremblante glissa dans sa poche et en sortit une petite boîte. Le *crac* résonna comme un coup de tonnerre dans l'atmosphère suspendue. Une flamme minuscule.

L'explosion de lumière fut immédiate. Une vague de chaleur brutale frappa son visage, la forçant à reculer alors que les flammes s'engouffraient dans chaque recoin, s'accrochant aux murs. La maison brûlait, et elle brûlait vite. Comme si elle le voulait.

Alix suffoqua sous l'épaisse fumée noire qui envahissait la pièce Et c'est alors qu'elle l'entendit. Un hurlement. Un cri déchirant, venu d'un endroit qui n'appartenait pas à ce monde. Ce n'était ni humain, ni animal. C'était autre chose. Une peur viscérale l'envahit. Il fallait sortir.

Elle fonça vers la sortie sans réfléchir.

Derrière elle, la Maison Sagesse flambait. Un immense brasier illuminait la nuit, projetant des ombres mouvantes sur le sol. Au cœur des flammes… Une silhouette. Elle sentit son sang se glacer. Là, au centre du brasier, se trouvait Darkbane.

Il la regardait.

Son visage affichait une expression indéchiffrable. Progressivement, il disparut dans les flammes. Alix resta longtemps allongée sur l'herbe humide, les yeux perdus dans la nuit. Elle ne savait pas combien de temps s'était écoulé.

Une seule pensée l'habitait désormais : disparaître.

Le cocktail abandonné sur le comptoir depuis plusieurs minutes, semblait presque oublier sa raison d'être. Alix finit par le saisir d'une main et le porta à ses lèvres. D'un geste machinal, elle tapota délicatement ses lèvres avec la serviette. Elle attendait nerveusement.

La lumière tamisée des chandeliers du restaurant projetait une lueur dorée sur les nappes immaculées, donnant à l'endroit une ambiance feutrée et raffinée. Le ciel, à l'extérieur, était un tableau mouvant de teintes orangées et rosées. Un spectacle apaisant mais qui ne suffisait pas à chasser l'ombre du passé.

Elle s'était réfugiée dans le sud de la France, espérant que la douceur du climat et le bruit des vagues finiraient par apaiser ses cauchemars. Elle avait tout effacé : son compte OpenOrbit, ses réseaux sociaux, chaque trace numérique de son existence passée.

Comme si elle n'avait jamais existé.

Aujourd'hui, elle s'accrochait à une normalité fragile. Manon en faisait partie, elles s'étaient rencontrées sur la plage, par un de ces hasards bienvenus qui illuminent les jours les plus sombres. Une amitié inattendue, mais précieuse. Son amie ne savait rien de son passé ni pourquoi elle avait fui.

Une silhouette attira son regard. Elle redressa légèrement la tête et aperçut son amie entrer dans le restaurant. Un sourire sincère illumina son visage jusqu'à ce qu'elle remarque qu'elle n'était pas seule. À son bras, un jeune homme avançait d'un pas assuré.

— Alix, je te présente Basile, mon copain, annonça son amie avec un sourire radieux.

Basile inclina légèrement la tête en guise de salut, un sourire aux lèvres. Alix se leva pour les accueillir.

— Enchantée, répondit-elle.

Ils prirent place à la table et la conversation s'engagea.

Alix observa Basile discrètement du coin de l'œil, intriguée par son allure et cette force tranquille qu'il dégageait. Manon quitta la table un instant pour aller passer un coup de fil. Il se redressa légèrement, posant son coude sur la table.

— Alors Alix, parles-moi un peu de toi, d'où viens-tu ?

Elle s'essuya discrètement les lèvres avant de lui répondre, légèrement gênée.

— Je viens de Normandie. J'ai eu besoin de changer d'air… de repartir à zéro. Et toi ?

— Oh, moi ? Je m'appelle Baptiste Androdek. Je dirige une galerie d'art, et ici, il y a de quoi faire.

Alix posa les yeux sur lui, un instant de trop.

— Androdek ? Tu as des origines turques ?

Arborant un léger sourire, il sortit un stylo de sa poche et, prenant une serviette en papier sur la table, écrivit soigneusement en lettres majuscules :

BASILE ANDRODEK

Il poussa la serviette vers elle.

— Non, ce n'est pas turc.

Il ne la quittait pas des yeux, souriant, patient, jouant distraitement avec le stylo entre ses doigts.

Puis, d'un geste fluide, il le lâcha sur la table avant de se lever.

— Excuse-moi un instant.

Elle fixa les lettres inscrites sur la serviette. On dirait un prénom et un nom de…

De quoi, Alix ? De sorcier ?

Un vertige la saisit. Elle tira lentement la serviette vers elle et, les doigts crispés sur le stylo, commença à réarranger les lettres. Juste pour voir.

Son cœur accéléra à mesure qu'elle traçait chaque lettre sur la table. Peu à peu, l'angoisse monta en elle, ses mains tremblantes déplaçaient les lettres comme dans un jeu de puzzle.

Et soudain, l'horreur la frappa.

**BASILE ANDRODEK
ISOLDE DARKBANE**

Une anagramme. Une putain d'anagramme.

Ce n'était pas une coïncidence. Une panique incontrôlable la submergea, ses doigts tremblèrent autour du stylo Elle chercha une issue, une échappatoire. Il fallait fuir. Maintenant.

Son sac fut saisi d'un geste vif, prête à se relever quand une ombre frôla sa peau.

Elle tourna brusquement la tête, deux yeux verts, d'un vert tranchant, hypnotique, inoubliable la scrutaient. Il se tenait toujours derrière elle, impassible. Il n'était pas parti—il avait compris.

Peu à peu, un rictus déforma ses lèvres. Il murmura, sa voix douce mais venimeuse :

— Alors, je ne t'ai pas trop manqué Alix ?

L'AFTER

Émilie se fraya un chemin avec difficulté entre les corps en mouvement, se glissant entre les danseurs exaltés et ceux qui se heurtaient violemment dans le mosh-pit. L'air vibrait sous les assauts puissants de la musique.

L'ambiance était électrique, presque palpable, comme une décharge statique qui hérissait la peau. L'odeur entêtante de la sueur, de la bière renversée et de la fumée flottait dans l'air épais.

Les cris enthousiastes se mêlaient aux riffs enragés du groupe sur scène. Les membres de The Drifters étaient enfin de retour, et la foule était bien décidée à célébrer ce moment.

Sous les éclats aveuglants des lumières, Émilie parvint jusqu'au comptoir. Le barman, noyé dans un flot de commandes, lui tendit une bière en échange d'un signe rapide. La fraîcheur de la bouteille dans sa main lui offrit un court répit.

Son cœur battait au rythme de la basse, et elle savait qu'elle ne pouvait pas manquer la prochaine chanson : *One Track Mind*, sa préférée.

Déterminée à retrouver sa place près de la scène, elle se lança de nouveau dans la fosse. Les corps sautaient et tourbillonnaient autour d'elle. Chaque pas ressemblait à une lutte.

Elle leva bien haut sa bière, évitant de justesse les bras qui se balançaient, les épaules qui heurtaient la sienne. La mousse menaçait de déborder, mais elle tenait bon.

Le sol vibrait sous ses pieds, et l'excitation collective faisait presque vaciller l'air. Enfin, elle y parvint. Sa place. Juste au bon moment.

Les premières notes distinctes de sa chanson préférée retentirent, jouées par le guitariste. L'excitation monta d'un coup, irradiante. Elle ferma brièvement les yeux, laissant la mélodie familière l'envahir. Le moment était parfait. Ou du moins, elle le pensait.

Elle ne se doutait pas qu'il l'observait, trois rangs derrière. Lorsqu'elle tourna brièvement la tête, croyant avoir croisé des yeux familiers, la foule compacte ne révéla qu'un mur de visages indistincts.

Elle haussa les épaules, persuadée d'avoir rêvé, et se remit à danser, emportée par la vague sonore. Puis, le refrain éclata. Le chanteur cria d'une voix rauque : *« Let's get crazy ! »* La foule répondit avec une énergie explosive. Un cercle se forma aussitôt dans le mosh-pit. Comme une mer en furie, les spectateurs se mirent à courir, poussant, tirant, criant.

Émilie fut happée dans cette frénésie incontrôlable. Ses pieds perdirent l'équilibre. La bière qu'elle tenait éclaboussa son débardeur. Avant même qu'elle ne réalise ce qui se passait, une poussée brutale la projeta en avant.

Elle s'attendait à heurter violemment le sol, mais au lieu de cela, deux bras fermes la retinrent. Ils l'enveloppèrent avec assurance, la stabilisant. Haletante, elle leva les yeux.

— Émilie ! Quelle surprise ! Ça fait un bail ! lui dit-il en haussant la voix pour se faire entendre malgré le vacarme.

Ils s'éloignèrent de la foule, cherchant un coin plus tranquille où la musique résonnait encore en arrière-plan, mais de manière plus lointaine.

Les battements frénétiques de la batterie et les cris enthousiastes s'estompaient peu à peu derrière eux. Revoir Maxime dans ces circonstances était comme ouvrir une vieille boîte de souvenirs, poussiéreuse mais précieuse.

Chaque pas qu'ils faisaient ensemble semblait les ramener des années en arrière.

À l'époque, ils avaient 23 ans. Insouciants, libres, toujours prêts à traîner jusqu'à l'aube après un concert ou à refaire le monde dans des cafés bondés. Leur histoire avait été brève, un éclair intense mais fugace, qui s'était éteint sans drame, sans rancune. Juste la vie, qui avait pris son cours, les emportant chacun de son côté.

Maxime sourit en la regardant, un éclat familier dans les yeux.

— Ça fait longtemps, trop même.

Avant qu'Émilie ne puisse répondre, la scène derrière eux s'anima une dernière fois. Les membres de The Drifters prirent leurs positions finales sous les applaudissements nourris.

La batterie lança un dernier rythme percutant, le guitariste enchaîna un ultime riff enflammé, et la voix rauque du chanteur retentit au-dessus de la foule exaltée dans un *« Thank you, Paris ! »*

— C'était super, non ? sourit-elle.

— Absolument. Ça m'a rappelé de bons souvenirs. Écoute, je me demandais… ça te dirait de prolonger la soirée chez moi ? On pourrait continuer à discuter et écouter de la musique.

Elle fit mine de réfléchir, bien sûr qu'elle avait envie, cependant elle n'était pas sûre que ses tympans allaient pouvoir fonctionner correctement après cette heure passée dans la fosse.

— Ça pourrait être sympa. Tu habites loin d'ici ?

— Non, juste à quelques rues. On peut y aller à pied. Promis, je ne te kidnappe pas.

— D'accord, allons-y alors. J'espère que tu as du bon vin.

Je pense que tu as assez bu comme cela, se dit-elle à elle-même.

Dans un mouvement, ils quittèrent la salle de concert, la fraîcheur nocturne de Paris contrastant agréablement avec la chaleur et l'agitation de l'intérieur.

Ils marchèrent ensemble dans les rues encore animées de la capitale, discutant de la performance du groupe et de leurs moments préférés de la soirée. L'enthousiasme de Maxime était palpable, et Émilie se laissa porter par l'instant. Après quelques minutes de marche, ils arrivèrent devant un immeuble ancien aux murs de pierre.

Il sortit une clé de sa poche et ouvrit la porte de l'immeuble qui grinça, ils prirent l'escalier qui sentait la pisse. Arrivé au quatrième étage, Maxime inséra la clé dans la serrure.

— Bienvenue chez moi.

Son appartement était un mélange éclectique de styles et de passions. Dès qu'ils entrèrent, elle fut frappée par le contraste saisissant du décor.

Un canapé jaune vif trônait au milieu du salon, détonnant avec le reste des meubles en bois sombre et les étagères remplies de figurines de science-fiction et de bandes dessinées.

Des vinyles étaient soigneusement alignés le long du mur, et un tourne-disque occupait une place d'honneur sur une petite table. Des posters de concerts, certains légèrement décollés aux coins, couvraient les murs, témoins des nombreuses soirées passées à écouter de la musique.

— Installe-toi, fais comme chez toi. Tu veux boire quelque chose ?

Émilie s'installa confortablement, prenant le temps d'observer les alentours. L'appartement était plongé dans le noir, seuls les petits néons de la cuisine l'éclairaient.

— Je veux bien un verre de vin, merci.

Il s'éloigna vers la cuisine ouverte, où des étagères croulaient sous les bouteilles de vin et de bière artisanale.

Émilie se sentit étrangement apaisée par l'atmosphère chaleureuse et décontractée de l'endroit, bien qu'une partie d'elle restait vigilante, consciente du regard intense qu'il posait sur elle de temps à autre. Cela dit, ça ne la dérangeait pas.

Il déposa le verre de vin sur la table. Ce n'est qu'à cet instant qu'elle remarqua l'éclat étrange de ses yeux dans la pénombre.

— Tu te souviens quand tu m'avais chanté One Track Mind dans ma voiture a capella ?

Addiction, thrills, and midnight creature

Not sure which one I'll turn into tonight

You say I've lost control[1]

Elle chantonna l'air à tue-tête dans un anglais yaourt approximatif, ce qui fit rire Maxime.

— À la base, c'est quand même ma chanson ! Je te l'ai fait découvrir !

Elle acquiesça, lorsqu'elle aperçut une photo encadrée, ses yeux s'arrêtèrent sur une photo de Maxime qui se tenait devant le Palais du Peuple à Bucarest. La photo dégageait une atmosphère étrange, presque mélancolique. Intriguée, elle se leva pour l'examiner de plus près.

— Tu étais en Roumanie tout ce temps ? demanda-t-elle, une pointe de curiosité dans la voix.

Il la contempla un instant, un air mystérieux dans les yeux.

— Pas tout le temps, non. Mais j'y suis resté deux mois.

La façon dont il répondit, mystérieuse et énigmatique, fit frissonner Émilie d'une manière qu'elle ne pouvait pas expliquer. Il y avait quelque chose dans son ton, dans la manière dont il avait parlé de son séjour là-bas, qui déclenchait une étrange sensation.

---

[1] *Addiction, frissons et créatures de la nuit*
Je ne sais pas lequel je serai ce soir
Tu dis que j'ai perdu le contrôle de moi même

Elle s'attarda un instant, scrutant la photo une dernière fois, avant de la reposer délicatement et se sentit soudain un peu plus distante, malgré la proximité de l'instant. Dans un geste fluide, elle se réinstalla sur le canapé.

La conversation reprit, portée par les souvenirs qui affluaient comme une rivière tranquille. Des anecdotes légères se mêlaient à des confidences plus profondes, chacun révélant ce que la vie avait apporté depuis leur dernière rencontre.

Un silence finit par s'installer. Pas gênant, presque confortable. Le genre qui ne demandait pas à être comblé. Maxime se leva soudainement.

Dans un mouvement assuré, il déplia le canapé-lit, transformant la pièce en un espace plus intime. L'ambiance changea imperceptiblement. Le léger grincement du mécanisme résonna dans la pièce désormais silencieuse.

Émilie l'observa, un sourire discret se dessinant sur ses lèvres. Tout cela semblait si naturel, presque inévitable. Lorsqu'il se tourna vers elle, leurs regards se croisèrent à nouveau.

Mais cette fois, il y avait autre chose. Une tension silencieuse, plus dense, qui s'étira entre eux. Ils s'allongèrent côte à côte, dans une proximité qui semblait instinctive. Chaque battement de cœur semblait résonner dans la pièce.

Puis, lentement, presque comme une évidence, leurs lèvres se rencontrèrent. Un baiser, tendre au départ, qui se transforma en quelque chose de plus passionné, de plus brûlant. Mais au milieu de cette étreinte, Émilie s'arrêta brusquement.

La réalité reprit ses droits. Elle recula légèrement, reprenant son souffle. Ses doigts glissèrent doucement sur la couverture alors qu'elle cherchait ses mots.

— Je suis vraiment désolée, mais je vais devoir y aller, murmura-t-elle, sa voix douce mais ferme.

Le poids du moment s'intensifia, mais dans le regard qu'elle releva vers Maxime, flottait une ombre d'inachèvement.

D'un geste automatique, elle enfila ses baskets, ses doigts effleurant les lacets avant de se diriger vers la porte d'entrée. Ses pas s'estompèrent peu à peu.

Une légère hésitation la fit marquer un temps d'arrêt. L'air lui paraissait plus dense, presque oppressant.

Maxime, étendu sur le canapé-lit, l'observait sans dire un mot, ses yeux semblaient perdus dans un flot de pensées insondables.

Elle posa la main sur la poignée de la porte, la tourna doucement. Un cliquetis résonna, sec, mais le verrou refusa de céder. Une gêne furtive lui remonta le dos, un agacement instinctif d'abord, qui se mua en une tension plus diffuse.

Elle inspira, fronça les sourcils et tenta de pousser la porte avec plus de force. Toujours rien. Le battant resta obstinément fermé.

Son intuition la poussa à appuyer sur l'interrupteur. Rien. Le mécanisme bascula dans le vide, incapable de provoquer la moindre réaction. L'obscurité demeurait, épaisse, oppressante.

Lentement, ses yeux se levèrent vers le plafond. Plus d'ampoule, juste un trou noir béant. Son cœur accéléra. Une nouvelle tentative pour tourner la poignée, cette fois avec plus de force. La porte refusait toujours de s'ouvrir.

— C'est ça que tu cherches ?

Elle fit volte-face le cœur battant à tout rompre, et vit Maxime debout, tenant dans une main l'ampoule du plafonnier, et dans l'autre main, la clé de la porte. Son sourire avait disparu, remplacé par une expression sombre et menaçante.

— Qu'est-ce qu'il se passe ? Pourquoi as-tu enlevé l'ampoule ?

Il resta muet, les yeux rivés sur l'ampoule qu'il faisait tourner lentement dans sa main.

— C'est une blague, hein ? Une mauvaise blague ?

Mais aucune réponse. Il se mit à faire les cent pas, frappant le parquet dans un rythme régulier.

— Maxime, ouvre la porte. Ce n'est pas drôle !

Ses mots tombèrent dans un vide glacial. Les ombres dansaient sur les murs, projetées par la lumière vacillante du couloir filtrant sous la porte.

Il s'arrêta soudainement, et releva la tête, ses yeux plongés dans ceux d'Émilie. Ses pupilles semblaient avaler la lumière.

— Tu ne sortiras pas d'ici, Em.

Dans l'ombre, il avait glissé sans un bruit, dessinant un cercle invisible autour d'elle.

— Tu ne t'es jamais demandé pourquoi certaines bêtes chassent la nuit ?

Silence.

— Pas parce que c'est romantique. Parce qu'elles n'ont pas besoin de voir.

— Arrête, tu commences à me faire peur !

Il s'approcha, lentement. Son visage n'était plus qu'une silhouette, floue, et pourtant, elle sentit son regard comme une lame sur sa peau.

— Tu as toujours aimé les histoires qui font peur, pas vrai ? Moi aussi. Mais tu sais ce que j'ai compris ? Les pires, ce sont celles où tu réalises, trop tard… que tu en es le personnage principal.

Son sourire s'esquissa dans le noir. Pas un sourire joyeux, mais un rictus.

— Tu sens cette odeur ? C'est ton cœur. Il bat si fort que je pourrais presque le goûter.

Émilie plaqua sa main contre la porte. Elle tira, frappa, mais rien ne bougea.

— Tu veux que je t'ouvre les yeux, Em ? Tu crois vraiment que tu es là par hasard ? Je t'avais repérée. Au concert. Trois rangs derrière. Groupe O, pas vrai ? C'est rare, précieux, presque trop beau pour être vrai.

Il était juste derrière elle.

— Et ce soir… on va terminer ce qu'on a commencé.

Un courant d'air froid traversa la pièce. Le ton de sa voix ne laissait aucune place au doute. Sec, menaçant. Chaque mot résonnait comme une sentence irrévocable.

C'était la voix de quelqu'un qui n'avait plus rien d'humain, comme une ombre qui s'étirait lentement vers elle, prête à l'envelopper.

Émilie sentit son cœur s'emballer, battant à un rythme frénétique qui résonnait dans ses oreilles. Pourtant, ses jambes restèrent comme paralysées. Chaque instinct en elle criait de fuir, mais son corps ne répondait plus. La pièce semblait se resserrer autour d'elle.

Maxime bougea lentement, et s'arrêta dans la pénombre. Ses doigts effleurèrent une boîte posée sur le comptoir. Il l'ouvrit sans un mot, en sortit une bougie et l'alluma.

La lumière tremblotante révéla alors un détail qui glaça Émilie jusqu'à la moelle. Ses crocs. Ils luisaient dans l'obscurité, légèrement découverts par un sourire dénué d'émotion.

Now you've got me under your control
I'm the suffering, and you're the delight[2]

La chanson tournait sans cesse en boucle dans son esprit, ce n'était pas par hasard, la chanson *One Track Mind* parlait d'un chasseur qui poursuivait sa proie. C'était la chanson préférée de Maxime, et la sienne, coïncidence qui, à présent, lui paraissait terrifiante.

— Alexa, dans combien de temps le soleil se lève ? demanda-t-il soudainement, d'une voix posée, mais étrangement dénuée d'émotion.

Le cône lumineux au fond de la pièce s'illumina d'une lueur bleu pâle. Une voix féminine, robotique, résonna :

— Le soleil se lèvera dans quatre heures, soit à six heures du matin.

---

[2] *Maintenant, tu m'as sous ta coupe*
Je suis la souffrance, et tu es le plaisir

Quatre heures.

Elle recula instinctivement, pressant son dos contre la porte. Ses doigts cherchaient le loquet à tâtons, mais il ne céda pas. Son esprit se mit à tourner à toute vitesse.

Gagne du temps. Parle-lui. Distrais-le.

— Mais… tu ne peux pas sortir au soleil, hein ?

— Au début, si. Mais plus la malédiction dure, moins je tolère la lumière. Elle me brûle. Elle m'efface.

Il se leva, lentement, sans la quitter des yeux.

— C'est pour ça que je dois te transformer maintenant.

Il posa la bougie sur la table basse. La flamme dansait, projetant sur son visage des ombres déformées qui accentuaient ses traits creux. Émilie se sentit chanceler. Ce n'était plus Maxime, pas vraiment, mais quelque chose d'autre qui l'habitait.

— Pourquoi moi ?

Il pencha légèrement la tête, un éclat presque tendre dans ses yeux.

— Parce que tu es parfaite, Em. Nous avons toujours été liés. Depuis la première fois que j'ai entendu *One Track Mind* avec toi. Un chasseur. Sa proie. Tu vois… c'est notre histoire. Et quand le soleil se lève, il faudra que ce soit fait. Sinon…

Il esquissa un sourire froid.

— Je disparaîtrai. Et toi aussi. Car maintenant, on ne fait plus qu'un.

La flamme vacilla à nouveau, projetant des ombres mouvantes sur les murs. Elle comprit, cette nuit serait la dernière. Une course contre le temps venait de commencer. Elle sentait l'horreur et le désespoir la submerger, Maxime continua à avancer, ses traits se déformant lentement.

Sa peau pâlit, devenant translucide et laissant apparaître des veines sombres. Ses yeux devinrent rouge sang, des griffes acérées apparurent à la place de ses ongles, et son corps se recroquevilla légèrement, adoptant une posture prédatrice.

Une odeur de mort et de décomposition envahit la pièce, rendant l'air presque irrespirable. Son visage se tordit en un rictus effrayant, révélant toute l'horreur de sa transformation. Émilie chercha désespérément une issue, mais la porte était verrouillée et les fenêtres ne s'ouvraient pas. Elle était piégée.

4 heures jusqu'au lever du soleil.

— Tu n'es pas obligé de faire ça… Il doit exister une autre issue !

Un éclair de douleur traversa Maxime, mais il ne s'arrêta pas. Le cœur d'Émilie battait à tout rompre. Elle scruta la pièce, cherchant désespérément une arme, une échappatoire.

Son attention se posa sur une lampe en métal posée sur une table basse. Sans hésiter, elle l'empoigna et la brandit devant elle comme un rempart dérisoire.

— Ne t'approche pas ! Je te jure que je n'hésiterai pas !

Un rictus tordit les lèvres de Maxime avant qu'un rire sombre et caverneux ne s'échappe de sa gorge.

— Tu crois vraiment que ça va m'arrêter ? Ne sois pas ridicule…

Il s'approcha d'un pas rapide, trop rapide. Avant qu'elle ne puisse réagir, il lui arracha la lampe des mains avec une force brutale, presque surnaturelle.

Elle eut à peine le temps de comprendre ce qui venait de se passer qu'il était déjà trop près. La panique l'envahit. Tremblante, elle se recroquevilla sur le sol, son corps secoué de sanglots incontrôlables.

Les larmes, chaudes et amères, coulaient sur ses joues, emportant avec elles une part de son espoir. Maxime hésita un instant, la détresse de son amie semblant le toucher.

Dans un réflexe de survie, elle se jeta au sol et rampa pour lui échapper, se faufilant derrière le canapé dans l'espoir de créer une barrière entre eux. Le temps jouait en sa faveur — si elle pouvait tenir jusqu'à l'aube, peut-être avait-elle une chance. Mais une vague de désespoir la submergea aussitôt.

La transformation de Maxime n'était pas qu'une métamorphose physique, c'était une déchirure profonde, une perte irrémédiable de celui qu'elle avait aimé. Il n'était plus l'homme qu'elle connaissait, mais une créature dévorée par la soif et l'instinct.

Elle tenta de réfléchir à une stratégie. Si elle faisait assez de bruit, peut-être que les voisins entendraient et appelleraient la police… peut-être qu'il restait un espoir. Sans hésiter, elle renversa violemment la table du salon, qui s'écrasa au sol dans un vacarme assourdissant.

— À l'aide !

Il ne lui laissa pas le temps de recommencer. Contournant le canapé avec une rapidité inhumaine, il fondit sur elle et agrippa son bras d'une poigne de fer. La peur explosa en elle.

Dans un sursaut de panique, elle réagit instinctivement et lui asséna un violent coup de pied. Il vacilla une seconde. Elle ne pouvait plus hésiter. Elle devait fuir, se mettre à l'abri, trouver un endroit clos, sécurisé. Son esprit tourna à toute vitesse. Un lieu… un refuge… Puis l'évidence s'imposa : La salle de bains.

Elle devait vite l'atteindre. Ses jambes tremblaient, mais elle se força à avancer jusqu'à la pièce.

Elle claqua la porte, tourna le verrou et appuya sur l'interrupteur. Rien.

Putain. Il a même enlevé l'ampoule ici !

Elle s'adossa à la porte. tentant de respirer. Des pas résonnèrent, lents et mesurés.

Maxime était là, de l'autre côté de la porte. Il ne tentait pas encore d'entrer, il attendait, comme un chasseur qui savourait l'instant avant d'achever sa proie.

La salle de bains était un curieux mélange de modernité et de décrépitude. Un miroir fissuré au-dessus du lavabo renvoyait une image brisée d'elle-même. Les carreaux blancs jaunis par le temps exhalaient une légère odeur de moisissure.

Le goutte-à-goutte du robinet semblait résonner comme un coup de marteau. Il fallait qu'elle se cache.

Elle recula lentement jusqu'à la baignoire, soulevant le rideau de douche du bout des doigts. Le plastique était froid, humide, elle se glissa à l'intérieur et tira le rideau. Un rayon de lune perça l'obscurité, projetant une lueur argentée sur le sol carrelé. La fenêtre. Pourquoi n'y avait-elle pas pensé plus tôt ?

De l'autre côté, Maxime s'impatientait. La poignée grinça sous sa pression, le bois gémissant à chaque secousse. Il voulait entrer. Il *allait* entrer. Le bruit suffirait-il à alerter quelqu'un ? Un voisin, un passant nocturne ? Il ne fallait pas compter dessus.

Elle devait essayer.

Elle sortit précipitamment de la baignoire, fixant la petite fenêtre en hauteur. Trop étroite pour qu'elle puisse s'y glisser, mais assez grande pour qu'elle puisse crier.

— À l'aide ! Je suis enfermée ! Appelez la police !

Sa voix s'éleva dans la nuit. Mais un ricanement de l'autre côté de la porte balaya ses espoirs d'un revers cruel.

— Alexa, combien de temps avant le lever du jour ? interrogea Maxime d'un ton presque désinvolte.

Une voix artificielle résonna dans l'appartement. « *Trois heures avant le lever du soleil.* » Trois heures. L'éternité.

— Tu ne pourras pas me garder ici éternellement. On va me chercher, et en plus, je n'ai même pas désactivé la géolocalisation de mon téléphone. On va forcément me trouver.

Elle glissa une main tremblante dans sa poche. Son téléphone n'était plus là. Un rire sec et moqueur retentit derrière la porte.

— Ne sois pas ridicule, Em. C'est la première chose à laquelle j'ai pensé. Je l'ai éteint.

Il frappa violemment contre la porte. Le bois trembla sous l'impact. Un coup, puis un autre—chaque choc faisait vibrer le verrou, qui ne tiendrait pas longtemps. Émilie se recroquevilla sur elle-même, la peur lui enserrait la gorge comme une main invisible. Puis, une pensée insidieuse s'infiltra en elle, et si elle arrêtait de lutter ? Après tout… devenir vampire, est-ce que c'était vraiment la pire des fins ? Est-ce que ce ne serait pas plus simple que cette lutte incessante ?

Peut-être que ce serait même une délivrance.

Le troisième coup fit exploser le verrou. La porte s'ouvrit avec fracas. Maxime surgit dans la pièce avec une rapidité inhumaine, ses yeux brillant d'une faim irrépressible.

Il se rua avec une rapidité terrifiante, ses yeux brillant d'une faim bestiale, dans un réflexe fulgurant, elle esquiva de justesse.

Dans un ultime sursaut de survie, elle se projeta contre lui. Ses bras se refermèrent autour de ses jambes avec une force désespérée, le déséquilibrant. Il bascula en arrière dans un grognement rauque, percutant le sol avec un bruit sourd.

C'était maintenant ou jamais.

Elle se redressa précipitamment, ses yeux furetant la pièce. Les clés. Où étaient-elles ? Si elle pouvait atteindre la porte d'entrée, elle aurait la vie sauve.

Un bruit sourd, lourd, retentit à l'extérieur. Plusieurs coups. Quelqu'un frappait à la porte. Son cœur explosa dans sa poitrine.

— À l'aide ! On essaie de me tuer !

Sans perdre un instant, elle se redressa d'un bond et se rua vers l'entrée. Ses pieds dérapèrent légèrement sur le sol, mais elle continua, la gorge brûlante d'avoir crié. Un second impact. Le bois craqua sous la pression, troisième impacte et la porte explosa.

Une pluie d'éclats vola à travers la pièce, projetant une odeur de bois brisé et de poussière. Émilie s'arrêta net, clouée sur place.

Dans l'encadrement béant de la porte défoncée, une silhouette imposante se dessina dans la pénombre.

Un homme, fusil à la main.

— Reculez ! cria-t-il à Maxime.

La silhouette ne bougea pas immédiatement. L'homme était grand, vêtu d'un manteau sombre qui absorbait la lumière du hall, son fusil était braqué droit devant lui, prêt à faire feu. Ses yeux glissèrent d'Émilie, tremblante et recroquevillée près du canapé.

Maxime se redressait lentement, ses crocs brillants sous la lueur blafarde du réverbère extérieur.

Une fraction de seconde s'écoula, puis il attaqua et s'élança avec une vitesse inhumaine sur l'homme, ses mains griffues tendues, prêtes à déchirer la chair. Mais l'inconnu ne flancha pas.

D'un mouvement précis, presque mécanique, il leva son fusil. Le coup de feu claqua comme une détonation dans la nuit.

Maxime s'arrêta net en plein élan, son corps tressaillit, son torse se creusant autour de l'impact. Ses yeux s'écarquillèrent, comme s'il ne comprenait pas ce qui venait de se passer. Puis un hurlement déchirant s'échappa de sa gorge. Un son inhumain, un mélange de rage, de souffrance et de terreur pure.

Son corps se convulsa, se tordit de manière grotesque, sa peau devenant cireuse, et enfin il se désintégra dans un voile de fumée. Des lambeaux de chair se détachèrent en volutes grises, sa bouche s'ouvrit dans un dernier râle silencieux avant qu'il ne s'effondre. En quelques secondes, il ne resta plus qu'un tas de cendres au sol.

Émilie ne bougea pas, les yeux rivés sur la scène, ses jambes vacillant sous elle. L'homme baissa lentement son fusil.

— Est-ce que ça va ? lança-t-il d'une voix grave, éraillée.

Elle acquiesça, tout en sachant que c'était un mensonge.

Son corps était secoué de tremblements incontrôlables, et pourtant, une partie d'elle ressentait un immense soulagement.

Elle était en vie.

Il l'aida à franchir le seuil de l'appartement, l'éloignant du cauchemar qui s'était joué entre ces murs. Les larmes lui montèrent aux yeux.

— Merci… Vous m'avez sauvée. Mais… Comment avez-vous su ?

L'homme esquissa un sourire en coin, et un éclair d'amusement traversa ses traits fatigués.

— Oh, disons que j'ai passé quelques semaines en Roumanie.

TERMINUS : PERSONNE NE DESCEND

Léa se faufila dans les rues de Paris, d'un pas rapide et lourd, ses baskets claquaient contre le bitume. La capuche de son sweat noir était bien en place, dissimulant son visage.

Elle se retournait constamment, la panique gonflant son cœur à chaque ombre qui bougeait. Son regard fuyait, cherchant un signe : une voiture qui ralentit, un flic qui la colle de trop près, un inconnu qui pourrait signaler sa présence.

Mais personne. Personne n'était là, et pourtant, elle avait la certitude d'être suivie. Elle accéléra le pas, cherchant à rejoindre la station de métro.

Après plusieurs mètres, elle arriva enfin devant l'entrée. Elle passa le tourniquet et prit la ligne 14 direction Olympiades. Ses pieds glissant légèrement sur les escaliers en béton, son visage caché par la capuche de son sweat, elle s'engouffra dans le tunnel du métro.

Mais alors qu'elle progressait sur le quai, quelque chose attira son attention… Le quai était vide.

Il n'y avait absolument personne.

Pourtant, il y a toujours une ombre qui se faufile, un homme qui parle tout seul, un SDF avec une pancarte. Mais à cet instant précis, elle était seule. Une immobilité solennelle s'installa.

Aucune brise ne passait, pas un bruit de pas. Pas même le murmure lointain d'un métro filant sur une autre ligne.

C'était comme si la ville elle-même s'était arrêtée. Léa jeta un coup d'œil au panneau d'affichage. Prochain métro : 1 minute.

Elle s'assit sur un banc en béton glacé, les bras croisés sur sa poitrine, le regard vissé au sol.

Un cliquetis métallique, familier, résonna dans le tunnel et la tira de ses pensées. Sa tête se releva lentement, attirée par une lumière pâle qui s'infiltrait dans l'obscurité du souterrain. Le métro arrivait. Mais lorsqu'il entra en gare, sa gorge se noua, les wagons défilaient devant elle, leurs fenêtres béantes exposant l'intérieur.

Complètement vide. Aucun passager. Pas un seul.

Elle jeta un dernier coup d'œil autour d'elle. Toujours personne. Les portes du métro s'ouvrirent dans un soupir mécanique. Un froid étrange s'en dégagea, un vide anormal.

Une silhouette allait forcément arriver sur ce quai, un retardataire, un passant, un ivrogne cherchant son chemin. Mais rien ne se passa. Seules les portes ouvertes, béantes, comme une gueule attendant qu'elle entre.

Elle fronça les sourcils. *Pourquoi ne se refermaient-elles pas ?* Habituellement, après quelques secondes, un bip retentissait, et elles se fermaient automatiquement.

Hésitante, elle avança un pied, frôlant le sol du wagon. Elle inspira profondément, fit un pas de plus.

Une fois à l'intérieur, elle baissa lentement sa capuche et s'assit, guettant le moindre bruit, le moindre mouvement. D'un coup sec, les portes claquèrent. Le métro démarra aussitôt, glissant dans le tunnel avec une fluidité inquiétante. Aucun conducteur. Personne d'autre dans les wagons.

Les secondes se succédèrent. Trois minutes. Le métro s'arrêta enfin à la station suivante. Toujours personne en vue. Son estomac se noua. Un nouveau claquement, les portes s'ouvrirent.

Cette fois, quelqu'un entra.

Un homme élégant, costume blanc immaculé, canne parfaitement ajustée à sa main gantée, chapeau melon posé avec soin. Il tenait un journal sous son bras.

Lorsqu'il croisa son regard, il lui adressa un sourire. Léa déglutit difficilement. Elle se tassa légèrement sur son siège. L'homme s'assit en face d'elle, lissant méthodiquement les plis de son pantalon avant d'ouvrir son journal. Le métro reprit sa course.

Léa fixait le sol, ses pensées tourbillonnaient. Quelque chose n'allait pas, elle le sentait. Arrêt suivant. Le quai était désert. Et à l'arrêt encore après. Toujours personne.

La panique s'empara d'elle, et un malaise l'envahit. Les portes s'ouvrirent à nouveau. D'un geste brusque, elle se leva. Elle devait sortir. *Maintenant.*

D'un pas hésitant, elle franchit le seuil, quand une main surgit de nulle part et la repoussa violemment à l'intérieur du wagon. Léa bascula en arrière sous l'impact et tourna la tête, le cœur battant. Une femme rentra, trop belle, trop impeccable pour être réelle.

Cheveux blonds parfaitement lissés, lunettes noires masquant ses yeux, rouge à lèvres écarlate tranchant sur sa peau pâle. Un manteau de fourrure immense, trop grand pour elle, l'enveloppait comme une ombre. Ses ongles rouges effleurèrent la manche de Léa, son sourire s'étira légèrement.

— Personne ne descend encore, mon cœur.

Le métro reprit sa course effrénée. Elle venait de comprendre.

Elle était piégée.

Léa se tourna lentement vers l'homme en blanc, d'un geste mesuré, il replia légèrement son journal, révélant des yeux d'un bleu perçant, presque inhumain. Elle vacilla.

— Que se passe-t-il ? balbutia-t-elle, la voix légèrement tremblante.

Il la fixa un instant, l'ombre d'un sourire flottant sur ses lèvres. Puis il rit doucement, un rire chaleureux, mais étrangement déplacé dans cette atmosphère étouffante.

— Rien de particulier. Une journée ordinaire !

Sa voix était douce, fluide, mais il y avait quelque chose… quelque chose qui sonnait faux. Léa sentit son estomac se contracter.

De l'autre côté du wagon, la femme blonde semblait totalement indifférente à la conversation. Elle croisa et décroisa lentement ses jambes gainées de cuir, avant d'examiner ses ongles d'un rouge parfait.

— Mais… il n'y a personne sur le quai ! Vous avez vu ? insista Léa.

L'homme en blanc ne répondit pas tout de suite. Il inclina légèrement la tête sur le côté, comme s'il réfléchissait à sa réponse.

— Je ne l'ai pas vu.

Un sourire léger, presque complice, étira ses lèvres.

— Je l'ai senti.

Léa écarquilla les yeux.

— Quoi ? Mais qu'est-ce que ça veut dire ?

Son cœur battait plus fort. Ce n'était pas une réponse normale, ni une réponse logique. Elle chercha une échappatoire, une explication rationnelle. Quelque chose qui prouverait qu'elle n'était pas en train de devenir folle.

Son regard se porta instinctivement vers les fenêtres du métro et ce qu'elle vit lui glaça le sang.

Du noir.

Pas le noir du tunnel habituel. Pas ces ombres floues que l'on devine entre deux stations. Un noir total, absolu, terrifiant.

Il n'y avait plus rien derrière les vitres. Pas de murs, pas de lumières de sécurité, juste une obscurité si dense qu'elle semblait vivante, comme si elle les entourait, les englobait lentement. Léa sentit son corps se raidir.

— Pourquoi est-ce aussi sombre ?

Paniquée, elle chercha l'écran d'affichage. Le prochain arrêt aurait dû être proche. Mais il ne venait pas. Le métro continuait sa course. Trop longtemps. Bien trop longtemps.

Elle déglutit difficilement et se tourna à nouveau vers l'homme en blanc. Un sourire tranquille flottait toujours sur son visage. Il semblait attendre quelque chose.

— Vous pouvez m'expliquer ce qu'il se passe ?

Il releva lentement la tête. Lorsqu'il lui répondit enfin, sa voix était douce, posée, mais empreinte d'une étrangeté qui la fit frémir.

— Vous avez déjà vécu un moment où tout vous échappe, Léa ?

Elle se raidit.

— Où vous ne savez plus si vous rêvez ou si vous êtes éveillée ?

Sa gorge se noua.

— Ce moment où la réalité devient fragile, où les choses ne sont plus ce qu'elles semblaient être.

Léa sentit une douleur lui parcourir les bras. Puis, quelque chose fit exploser la panique en elle. Il avait dit son nom.

— Comment… ? Comment savez-vous qui je suis ?

Sa propre voix tremblait. À sa droite, la femme en fourrure arrêta de jouer avec ses ongles et leva lentement les yeux.

D'un geste lent et mesuré, elle fit glisser ses lunettes noires sur le bout de son nez, révélant un regard glacé, qui transperça Léa. Elle esquissa un sourire en coin, mâchant son chewing-gum bruyamment, avant de faire une bulle qui éclata avec un claquement sec.

— C'est notre travail de savoir, Léa.

Elle sentit la terre se dérober sous elle. Ce n'était pas normal. Rien de tout ça n'était normal. Ce métro qui continuait d'avancer sans fin dans cette obscurité oppressante. Ces deux inconnus qui semblaient tout savoir d'elle.

Elle se recroquevilla légèrement sur son siège, ses mains agrippant les accoudoirs comme si cela pouvait l'ancrer dans une réalité tangible.

— Votre… travail ?

Elle secoua violemment la tête.

— Vous êtes quoi ? De la CIA ?

La panique la consumait, tandis que la douleur dans son bras s'intensifiait. L'homme en blanc, lui, ria doucement. Comme si sa question était enfantine.

— La CIA ? Non, Léa. Rien d'aussi banal.

Toujours aucune station en vue. Elle chercha désespérément une issue, un repère, quelque chose qui ferait sens, mais toujours aucun signe, uniquement ces deux personnages, trop sûrs d'eux.

— Je suis Theo. Theo Solara.

Il fit un léger geste de la main vers la femme en fourrure.

— Et voici Luce. Luce Noctis.

Léa serra la mâchoire. Leurs noms sonnaient faux, comme une énigme dont elle n'avait pas encore la clé.

— Nous sommes ici pour te parler, Léa.

— Me parler de quoi ? Qu'attendez-vous de moi ?

Luce éclata soudain d'un rire strident, trop aigu, trop long. Un rire qui n'avait rien d'humain.

— Attendre de toi ? Oh, mon cœur… on n'attend rien de toi.

Elle se pencha légèrement vers elle, ses lèvres peintes de rouge s'étirant en un rictus dérangeant.

— C'est toi qui attends.

— Qu… Quoi ?

Luce claqua sa langue contre son palais, amusée par sa confusion.

— Et maintenant… Tu dois décider.

— Décider quoi ?

La femme lui adressa un sourire trop large, un sourire qui n'avait rien de bienveillant.

— Tu sais ce que tu as fait, Léa.

Elle sentit ses muscles se tendre violemment.

— Tu sais exactement ce que tu as fait.

Le wagon sembla rétrécir autour d'elle.

— Non… non, je ne sais pas de quoi vous parlez.

Luce haussa un sourcil, faussement étonnée, puis fit claquer son chewing-gum entre ses dents.

— Voyons, ne joue pas à ça avec moi.

Sa voix était suave, presque chantante, mais il y avait un sous-entendu dans chaque syllabe. Léa ouvrit la bouche pour protester, mais Theo l'interrompit d'une voix assurée :

— Doucement, Luce. Ne commence pas à lui faire peur.

Il ferma délicatement son journal, puis, il planta son regard dans celui de Léa.

— Nous savons tout, Léa.

Sa voix n'était plus douce, mais solennelle.

— Je sais tout, mon enfant.

Elle sentit son cœur s'effondrer dans sa poitrine. Ils savaient. Une vague d'angoisse monta en elle, comprimant sa poitrine comme une main invisible refermée sur son cœur.

Son pouls battait à un rythme effréné, chaque battement cognant dans ses tempes comme un avertissement.

L'idée que ces deux inconnus, énigmatiques puissent connaître ses actes lui glaçait le sang. Elle devait s'échapper.

Elle bondit de son siège manquant de perdre l'équilibre tant ses jambes tremblaient.

Affolée, elle parcourut le wagon, cherchant une échappatoire, une issue, quelque chose, une fenêtre restée ouverte, mais rien., juste ces deux êtres assis la fixant avec amusement. Sa respiration se hâta, irrégulière, tandis que la panique lui glissait entre les doigts sous forme de sueur moite.

Elle tourna brusquement à gauche et se précipita vers la vitre qui séparait son wagon du suivant, ses doigts tremblants se plaquèrent contre le verre froid alors qu'elle tentait d'y voir plus clair.

L'obscurité pesante des tunnels empêchait tout reflet, rendant la scène de l'autre côté étrangement nette, presque irréelle. Un nœud brutal lui serra la poitrine. Elle n'était pas seule.

Un groupe de silhouettes, toutes vêtues de noir, dispersées dans le wagon voisin., certains feuilletaient distraitement un journal, les pages tournant avec une lenteur mécanique, d'autres murmuraient entre eux, leur posture relâchée, mais quelque chose clochait.

Aucun d'eux ne bougeait normalement. Leurs gestes étaient trop fluides, trop mesurés. Comme s'ils étaient chorégraphiés.

Puis l'un d'eux leva lentement la tête. Léa sentit une bouffée de terreur la transpercer. Son regard croisa celui de l'homme, ses yeux étaient vides, sans âme, sans expression.

Son dos heurta violemment le siège. Sa main serra son bras droit, tentant d'apaiser la douleur. Ses lèvres s'entrouvrirent, mais aucun son ne s'échappa.

Dans le wagon voisin, des têtes se tournèrent lentement vers elle. Un à un, ils la fixaient, muets, mais porteurs d'un message silencieux.

Elle avala sa salive avec peine, prise dans un piège invisible. En quête d'explication, elle se tourna vers Theo et Luce. Mais ils l'observaient déjà.

Theo, curieux et étrangement calme. Luce, adossée à la paroi, son sourire moqueur s'étirant encore, savourant sa peur.

— Où crois-tu aller, mon cœur ?

Léa ignora la question. Elle repéra le bouton d'urgence et fonça dessus, tendit la main et l'écrasa avec force. Mais rien ne se passa, aucun son n'en sortit, pas de signal, comme si ce bouton n'avait jamais existé.

Pendant ce temps, le métro roulait toujours, sans fin, sans arrêt. Les ombres dans le wagon voisin continuaient de l'observer. Ils attendaient quelque chose. Mais quoi ?

— Qui sont ces gens ?

Luce se leva lentement, ses talons claquant sur le sol métallique du wagon dans un écho sinistre. Arrivée à la hauteur de Léa, elle posa une main froide sur son épaule.

— Ils ont déjà fait leur choix.

Sa voix était douce, presque un murmure.

— Ils ont franchi la même ligne que toi. Mais eux, ils n'ont pas l'intention de revenir en arrière.

Theo se leva à son tour et se dirigea lentement vers elle, un sourire bienveillant flottant sur son visage.

— Tu sais, Léa… Nous avons toujours été là pour toi. Mais je n'ai pas l'impression que tu en aies pris conscience.

Il s'assit à côté d'elle.

— Et c'est justement pour cette raison que tu es ici. Avec nous.

Son corps réagit avant même que son esprit ne comprenne, propulsé par une seule certitude : il fallait qu'elle sorte d'ici au plus vite.

Elle s'élança vers la porte du wagon, ses pieds glissant sur le sol métallique. Son épaule heurta violemment la vitre, mais elle l'ignora, plaquant ses mains tremblantes contre la surface froide dans un sursaut de désespoir.

— Ce n'est pas possible… pas possible, je suis en train de rêver !

Ses mains se plaquèrent sur ses tempes, tentant de chasser cette réalité insoutenable.

— Vous n'avez pas le droit de me garder ici !

Mais personne ne répondit. Luce, toujours adossée nonchalamment à la paroi, ricana, un rire lent, moqueur, presque cruel. Théo, en revanche, ne riait pas. Il la regardait avec une sorte de douceur mélancolique, comme s'il savait déjà.

— Léa… souffla-t-il doucement.

Son corps tremblait. Elle savait que c'était trop tard. Les jambes engourdies, elle se précipita vers la porte du wagon, frappant la vitre.

D'un mouvement désespéré, elle s'élança à nouveau, cognant de toute sa force. Le bruit du verre résonna dans l'espace clos, mais la barrière restait intacte. Encore, encore. Ses poings martelaient la surface, jusqu'à la douleur.

— Laissez-moi sortir ! Vous n'avez pas le droit !

Une voix s'éleva, douce, paisible.

— Tu sais… Il n'y a pas de portes ici.

— Quoi ?

Theo inclina légèrement la tête.

— Il n'y a que toi… et ton passé.

— Arrêtez ! Arrêtez de me répéter ça comme un disque rayé ! Changez de disque à la fin !

— Dis-moi, Léa… est-ce que tu aimes ta vie ?

— Pourquoi me posez-vous cette question ?

Il sourit doucement. Un sourire ni moqueur ni condescendant, mais empreint d'une patience infinie.

— Réponds, Léa.

La question la prit au dépourvu. Jamais elle n'y avait vraiment pensé.

— Oui… J'imagine que oui, j'aime ma vie.

— Si tu aimes ta vie… alors pourquoi la gâches-tu ?

Un poids s'abattit sur sa poitrine. Elle voulut rétorquer immédiatement, crier qu'il disait n'importe quoi, mais les mots restèrent coincés au fond de sa gorge.

— Je… je ne la gâche pas…

— Tu en es vraiment sûre ?

Il la contempla, une douceur troublante flottant dans ses traits. À cet instant précis, quelque chose se fissura en elle.

Elle aurait voulu nier, hausser les épaules, détourner les yeux. Mais au lieu de ça, la douleur à son bras continuait.

Elle avait vécu en mode survie, prenant chaque jour comme il venait, se convainquant que le monde fonctionnait ainsi.

Confrontée à l'insistance de Théo et au rictus moqueur de Luce, elle ne pouvait plus fuir cette vérité. Lentement, elle se rassit, passant ses mains derrière sa tête. Theo, voyant ce moment d'hésitation, eut un léger sourire.

Il prit son journal posé sur ses genoux, l'ouvrit à une page précise, puis le fit osciller doucement devant elle, comme une invitation.

— Lis, Léa.

Ses doigts tremblants s'accrochèrent au papier glacé. Un titre en gras attira immédiatement son regard.

Elle sentit son cœur s'arrêter une fraction de seconde, ses yeux parcoururent les mots à une vitesse qui trahissait son angoisse, dévorant chaque phrase sans vraiment les absorber, comme si une partie d'elle-même refusait encore d'accepter ce qu'elle lisait.

Mais il était trop tard pour reculer.

Braquage à la Bijouterie Belladonna.
Un butin estimé à plusieurs millions d'euros
Paris, 12 Juillet 2024 - Article par Christophe Ruiz
La bijouterie Belladonna, située en plein cœur du quartier huppé de la rue Saint-Honoré à Paris, a été la cible d'un braquage spectaculaire dans la nuit de mercredi à jeudi. Le montant du

butin volé lors de ce cambriolage est estimé à plus de 5 millions d'euros en bijoux et pierres précieuses.

Le braquage a eu lieu aux premières heures de la nuit, lorsque le magasin était fermé au public mais que les employés étaient toujours présents dans l'arrière-boutique.

Selon les témoignages recueillis, les malfaiteurs, au nombre de trois, deux hommes et une femme, ont pénétré discrètement dans la bijouterie après avoir neutralisé les systèmes de sécurité.

Une fois à l'intérieur, ils ont pris d'assaut le coffre-fort principal, où étaient conservées les pièces les plus précieuses de la boutique, notamment des colliers, des montres de luxe et des diamants d'une grande valeur.

Ce braquage à la Bijouterie Belladonna rappelle la montée en puissance des attaques de grande envergure contre des commerces de luxe à Paris.

Léa vacilla, une vague de nausée l'assaillant.

Chaque mot inscrit sur la feuille était un rappel cruel de cette nuit où tout avait basculé. Les lettres tremblaient sous son regard, comme si le papier chuchotait ses fautes à voix haute.

La voix de Theo s'éleva doucement, implacable, alors qu'il reprenait lentement son journal.

— Tu es une criminelle, Léa.

Elle sursauta comme si ces mots venaient de la gifler. Son cœur s'emballa, la panique s'infiltra dans chaque fibre de son être. Theo et Luce savaient tout. Ils n'étaient pas là par hasard.

Son esprit tourna à toute vitesse, cherchant une explication rationnelle. Des flics infiltrés ? Une agence secrète ?

— Je n'avais pas le choix !

Sa voix tremblait, plus aiguë qu'elle ne l'aurait voulu.

— Alors quoi ? Vous êtes là pour m'arrêter ?

Theo ne répondit pas tout de suite. Son visage, toujours aussi impassible, se pencha légèrement sur le côté, comme s'il observait une vérité qu'elle-même refusait encore de voir.

— Nous ne sommes pas là pour te punir. Nous voulons seulement t'aider à voir ce que tu refuses d'accepter.

Ses mots résonnèrent dans le wagon, et pourtant, ils ne la rassuraient pas. Elle ne pouvait s'empêcher de les voir autrement. Des flics, des interrogateurs, cachés sous un masque de bienveillance.

— M'aider ? Vous me traitez comme une criminelle ! Comme si vous saviez tout de moi ! Vous êtes là pour me faire avouer, c'est ça ?

Luce laissa échapper un rire léger, un son doux, trop doux pour être réconfortant.

— Nous ne sommes pas des bourreaux de la loi, Léa.

Elle se redressa lentement, retirant un fil imaginaire de son manteau de fourrure, avant de croiser les bras avec une élégance presque désinvolte.

— Ce que nous te proposons… c'est une chance, de reprendre le contrôle.

Elle recula encore d'un pas, mais il n'y avait nulle part où fuir.

— De reprendre le contrôle ? De quoi ?

Theo s'avança légèrement.

— Du poids que tu portes.

Ses mots étaient légers, mais ils résonnèrent comme une sentence. Elle secoua violemment la tête.

— Et qu'est-ce que vous attendez de moi ?

Leurs sous-entendus l'exaspéraient.

— Que je me rende ? Que j'admette que tout ça était inévitable ?

Theo ne se laissa pas déstabiliser.

— Non, Léa. Ce n'est pas une question de se rendre.

Il s'accroupit légèrement à sa hauteur.

— Tu as eu des choix. Même dans les pires moments. Chaque instant offrait une possibilité de changer ton destin.

Elle serra les poings, sentant une colère naître en elle, un rejet pur et viscéral.

— Vous dites toujours que j'avais le choix ! Mais comment expliquer que tout se soit effondré autour de moi ?

— Même au cœur du chaos… il y a toujours une lumière au bout du tunnel.

Il marqua une pause.

— Nous sommes ici pour te montrer que cette lumière existe. Que tu peux encore choisir un autre chemin.

Il s'approcha d'elle, et pour la première fois, elle ne recula pas.

— Tu n'es pas condamnée à répéter tes erreurs.

Elle voulait hurler que c'était faux., que tout était déjà écrit. Mais au fond d'elle, elle savait. Elle craignait que Theo dise la vérité.

Le wagon sembla englouti dans une ambiance oppressante, le bruit sourd des rails lui martelait la poitrine. La voix de Luce s'éleva, tranchante comme une lame.

— C'est pourtant toi qui as choisi de suivre Viktor !

Léa sentit un choc brutal la traverser. Viktor. Le prénom explosa dans son esprit comme une détonation, depuis qu'elle était montée dans ce métro, elle n'avait pas pensé à lui une seule fois. Et pourtant… Il était partout, dans chaque décision qu'elle avait prise, dans chaque mensonge qu'elle s'était raconté.

— Tu te souviens de lui, maintenant ?

Elle s'arrêta à quelques centimètres de Léa, son parfum enivrant se mêlant à l'air du wagon.

— Viktor, ton cher petit ami.

Léa ferma les yeux, mais c'était pire. Les souvenirs remontèrent brutalement. Le rire de Viktor, rauque et arrogant. Sa voix qui lui murmurait à l'oreille qu'elle était spéciale, indispensable, ses mains sur elle, possessives, craintes et désirs entremêlés. Elle secoua violemment la tête, refusant de plonger plus loin. Mais Luce ne la lâcha pas.

— Celui pour qui tu as tout sacrifié, continua-t-elle, un sourire cruel au coin des lèvres.

Elle s'était toujours dit que l'amour qu'elle lui portait pouvait être une excuse pour tout. Une excuse pour avoir suivi ses ordres. Une excuse pour avoir fermé les yeux, pour avoir plongé tête la première dans l'abîme.

— Léa, il serait peut-être temps d'arrêter de penser que tu n'avais pas le choix, intervint Theo.

Il la fixait avec une douceur infinie, mais dans ses yeux, elle lisait autre chose. De la déception.

— On a tous le choix.

Chaque syllabe était un coup de poignard.

— Toi, tu as fait le choix de prendre cette direction, tu as toujours justifié tes décisions par la souffrance. Tu es restée trop longtemps spectatrice de ta propre vie.

Léa sentit ses poings se crisper malgré elle. Elle détestait la façon dont ses mots la frappaient en plein cœur. Luce croisa les bras, secoua la tête avec un ricanement.

— Tu n'es qu'une simple marionnette, Léa. Lui, il te manipule depuis le début.

Elle souffla ces mots comme un poison.

— Il t'a fait courir après des illusions et t'a fait croire que tu étais indispensable à ses plans. Mais en réalité, il te traite comme une moins que rien.

La mâchoire crispée, les muscles à vif, Léa vacilla une fraction de seconde. L'envie de frapper Luce, de l'effacer, de réduire cette vérité au silence la submergea. Ses yeux brûlèrent, mais elle refusa de céder.

Pas devant elle, pas devant eux.

Luce s'arrêta, haussant un sourcil.

— Alors ? Tu veux faire quoi maintenant ? Continuer à suivre Viktor ?

Léa ne lui répondit pas.

— Te vautrer dans tes mensonges ? Ou bien te réveiller… et tout effacer ? Parce que je vais te le dire, mon cœur…

Elle haussa les épaules.

— Le mauvais côté t'attend.

— Arrête, Luce, répliqua Theo.

La femme recula d'un pas avec un soupir exagéré et tira la langue comme un enfant qu'on avait puni. Léa redressa la tête.

— Vous êtes fous ! C'est ça, hein ? Vous êtes fous !

Sa voix éclata, traversant l'espace confiné du wagon, percutant les parois. Un cri strident, chargé de rage. Ses yeux cherchèrent une réponse dans l'impassibilité de ses interlocuteurs.

— Vous parlez comme si vous saviez tout, comme si vous aviez le droit de juger ma vie ! Mais vous êtes fous ! Vous êtes complètement fous !

Ses mains tremblantes se crispaient en poings. Autour d'elle, le wagon semblait se resserrer, la lumière blafarde accentuant l'intensité de son désarroi.

Les autres passagers, invisibles dans l'ombre, semblaient suspendus à cet instant, témoin silencieux de sa révolte.

Theo resta impassible, ses yeux trahissant une sagesse infinie, tandis que Luce, d'un geste presque théâtral, haussait légèrement les épaules, comme si ce déchaînement ne la dérangeait guère.

Encore dans le déni et à la douleur de ses propres choix, Léa continuait de hurler, refusant d'admettre la réalité qui se dessinait devant elle.

— Vous ne comprenez rien ! Vous n'êtes qu'une hallucination ! Vous n'existez pas !

Elle sentit son cœur s'emballer, son souffle se coupa alors qu'elle se retrouvait transportée dans ce souvenir qu'elle aurait voulu enterrer à jamais.

Le froid lui piquait sa peau, l'odeur métallique du danger imprégnait l'air, et les lumières de l'entrepôt jetaient sur le sol des ombres déformées, menaçantes, ses doigts crispés sur le rebord d'une caisse. Elle observait, spectatrice impuissante d'un scénario dont elle connaissait l'issue.

Autour d'elle, le chaos. Ces complices, silhouettes fantomatiques, s'agitaient, leurs visages tendus par l'adrénaline et la peur.

Et au centre de tout, Viktor, son charisme sombre, son assurance terrifiante, cette lueur dans ses yeux qui ne tremblait jamais. Tout était sous contrôle.

Jusqu'à cet instant précis. Un bruit. Un mouvement trop brusque, un employé qui tente de fuir, Viktor pivote, lève le bras. Léa sait. Elle voit l'arme avant même que le clic ne résonne.

Elle voudrait crier, arrêter tout ça, mais la scène se déroule comme une mécanique inaltérable, une tragédie qu'elle ne peut qu'observer, impuissante. Un claquement sec. Une détonation brève, brutale, éclatant dans l'espace clos comme une condamnation irrévocable. La balle siffle, puis frappe.

Elle voit l'homme vaciller, son corps basculer en arrière comme au ralenti. Son visage se fige dans une expression de pure incompréhension, puis de douleur, ses yeux, déjà ailleurs, la fixent sans la voir.

Son corps s'écroule, brisé, sans vie. Il baisse son arme et croise son regard. Elle s'attend à y lire du triomphe, de la satisfaction, mais il n'y a rien.

Seulement ce vide insupportable.

Léa sentit le métro revenir autour d'elle, la ramenant à l'instant présent comme une gifle. Ses yeux embués de larmes, fixant son propre reflet dans la vitre du wagon. Elle se détestait.

— Regarde-toi.

Elle sursauta légèrement, comme si elle avait oublié la présence de Theo.

— Que vois-tu ?

Que voyait-elle ? Une criminelle ? Une lâche ? Un monstre incapable d'arrêter l'inévitable ?

— J'ai fait des erreurs terribles. Je n'arrive pas à oublier…

Elle vit Theo hocher lentement la tête, comme s'il savait déjà ce qu'elle allait dire.

— Tu te fais trop violence. La culpabilité que tu portes est réelle, mais elle ne doit pas te définir.

— Comment puis-je me pardonner, alors qu'à chaque fois que je me regarde… Je ne vois qu'une complice d'un crime ?

Elle ravala un sanglot. Son murmure se perdit dans l'écho du wagon. Theo ne répondit pas immédiatement, il ferma brièvement les yeux. Quand il reprit à nouveau, sa voix était plus intense.

— Regarde cette image, Léa.

Elle observa son reflet dans la vitre.

— Ce reflet n'est pas seulement le témoin de tes fautes. Il est aussi celui de ta force.

Nouvelle pause.

— Tu as survécu à ce moment horrible. Et même si ton passé te hante, tu as toujours la possibilité de changer.

Il posa une main sur la vitre.

— Ce reflet ne montre pas seulement ce qui a été. Il montre aussi ce que tu peux devenir.

Elle resta immobile. Elle voulait croire en ses mots, s'accrocher à cet espoir qu'il lui tendait. Mais pouvait-elle vraiment changer ? Ses yeux cherchèrent une réponse dans son propre reflet, mais elle ne vit rien d'autre qu'elle-même. Une femme brisée, mais qui était encore là.

— Tu dis que je peux changer ?

— Oui, Léa.

— Chaque erreur est une leçon. Et si tu oses affronter ta culpabilité, tu trouveras la force de te reconstruire.

Elle déglutit. Dans ce regard, elle discerna bien plus que de la pitié—une lueur de confiance.

— Comment puis-je m'en sortir ? Comment puis-je échapper à Viktor ?

Il ne répondit pas immédiatement et l'observa avec une douceur troublante, comme s'il avait toujours su qu'elle finirait par poser cette question.

— Tu as déjà franchi un seuil. Celui de la prise de conscience. Tu sais ce que tu as fait. Et c'est un grand pas.

— Y a-t-il un moyen de réparer ce que j'ai fait ?

Le rire tranchant de Luce interrompit ce moment.

— Réparer ? Tu veux vraiment réparer tout ça ? Tu veux tout effacer, après tout ce que tu as fait ? Il est trop tard pour la rédemption, mon cœur ! La vie que tu mènes, ces braquages, ces mensonges… tout ça fait partie de toi maintenant.

Une chaleur réconfortante la ramena à la réalité. La main de Theo, posée avec une infinie douceur sur son épaule.

— Il est toujours temps, Léa. Tu dois affronter tes erreurs, et les accepter.

Il appuya légèrement sur son épaule, comme pour lui donner du courage.

— Et après… tu peux commencer à réparer. Ce ne sera pas facile, ce ne sera pas rapide. Mais tout est possible.

— Mais comment ? Il m'a tout appris, je lui dois tout. Même ce que je suis devenue.

Luce soupira théâtralement, exaspérée.

— Tu crois que tu lui dois quelque chose ? Mais lui… Il ne te doit rien. Il se sert de toi. C'est toi qui l'as rendu fort. Pas l'inverse.

Elle pointa son index sur la jeune femme.

— Et tu es trop faible pour t'en rendre compte.

Léa leva les yeux vers Theo.

— Si je m'éloigne de lui, si je fais ça… Est-ce que je pourrai vraiment m'en sortir ? Vivre une vie différente ?

— Il n'est jamais trop tard pour choisir le bien.

Il posa de nouveau une main légère sur son bras.

— La première étape… c'est de couper les liens avec Viktor.

Luce éclata d'un rire sec.

— Oh Theo… Tu es tellement naïf. Tu sais bien qu'elle ne pourra pas se défaire aussi facilement de lui. Elle l'a dans la peau.

Léa explosa et se leva d'un bond.

— La ferme ! Si Theo croit en moi, alors je peux le faire ! Qui es-tu pour me dire que je n'en suis pas capable ?!

Luce resta silencieuse mais lui répondit dans un sourire forcé. Léa baissa lentement la tête comme pour contenir la colère qu'elle avait en elle se recroquevillant dans son pull à capuche noir.

Autour d'elle, le métro grondait toujours dans l'obscurité, filant vers une destination inconnue.

Mais en elle, quelque chose venait de s'arrêter. Un instant suspendu., une prise de conscience vertigineuse.

Les paroles de Theo tournaient en boucle dans son esprit, des vérités qu'elle avait trop longtemps refusé d'entendre.

Toujours dans le rôle de la victime, elle s'était cachée derrière des excuses, des justifications creuses. Persuadée que ses choix ne lui appartenaient pas vraiment, elle rejetait la faute sur les autres, les circonstances, le destin. Mais ce n'était qu'une illusion. Rien n'était jamais acquis.

Pour la première fois, elle se sentait prête.

— Je veux être quelqu'un d'autre. Je ne veux plus de cette vie.

Elle s'autorisa à y croire.

— Je suis désolée… Pour tout. Pour cet homme… Il est mort à cause de nous. À cause de moi.

Son corps se crispa, comme s'il voulait retenir la douleur, mais quelque chose se fissurait en elle, elle sentit sa poitrine se serrer douloureusement. Pourquoi ne la jugeait-il pas ? Pourquoi ne la condamnait-il pas comme elle le faisait ?

— Léa, ce poids que tu portes… Il ne t'appartient pas.

— Mais j'y étais ! Je l'ai vu mourir !

Le flash du coup de feu. Le corps qui s'effondre.

— Tu n'as pas tiré, Léa.

— Mais j'étais là ! J'étais là, j'aurais pu l'empêcher, j'aurais dû…

— Et tu ne pouvais rien faire.

— J'aurais dû arrêter Viktor !

— Il t'aurait tuée.

Cette fois, Theo s'était légèrement penché vers elle, sa voix plus basse, plus intense.

— Cette fois-là, oui, tu n'avais pas le choix. Mais pour le reste, c'était entre tes mains.

Léa sentit de nouveau une douleur dans son bras, ses défenses s'effondraient les unes après les autres et serra ses bras autour d'elle, comme si elle pouvait retenir la douleur, mais c'était inutile. Les larmes qu'elle avait refusé de verser menacèrent de déborder.

— Je m'en veux tellement…

— Léa, ce fardeau que tu portes… Ce n'est pas le tien. Il est temps pour toi de te pardonner. En tout cas… moi, je te pardonne.

Les mots la frappèrent de plein fouet.

— Tu… tu me pardonnes ?

— Si tu es prête à l'accepter, alors oui. Je te pardonne, Léa.

Ses épaules se mirent à trembler. Elle aurait voulu retenir cette émotion, mais c'était impossible. C'était trop. La culpabilité, la peur, la douleur… tout s'écroulait en un seul instant. À quelques pas d'elle, Luce décroisa lentement ses jambes.

— Mais le pardon, ce n'est qu'un premier pas. Maintenant… Que comptes-tu faire ?

Léa inspira profondément, ses larmes séchant peu à peu sous l'embrasement d'une nouvelle émotion.

— Je vais me battre pour devenir quelqu'un de meilleur.

Un apaisement étrange s'installa en elle, remplaçant lentement Mais une question, la question, continuait de la hanter.

— Où est-ce que je suis ?

Theo la contemplait avec une douceur teintée de tristesse, et, lentement, il replia son journal et lui tendit.

— Lis, Léa.

Ses doigts tremblants saisirent le journal, la texture glacée du papier, son instinct lui hurlait de ne pas regarder, et les mots lui sautèrent à la gorge.

Accident mortel après un braquage violent

Le 08 Septembre 2024 - Article par Christophe Ruiz

Dans la nuit de mercredi à jeudi, trois individus en fuite après le braquage du magasin de luxe Panthera ont été victimes d'un accident de voiture.

Le véhicule, roulant à vive allure, aurait percuté une barrière de sécurité avant de s'écraser contre un mur. Un des passagers est mort sur le coup.

Les deux autres, grièvement blessés, ont été transportés en urgence à l'hôpital et sont actuellement dans le coma.

La police, qui enquête sur l'affaire, attend leur réveil pour procéder à leur arrestation.

Le sol se déroba sous elle. Ses genoux cédèrent presque, comme si une force invisible la tirait vers le sol.

— Non…

Elle relut. Encore. Et encore. Mais les mots restaient les mêmes, brutaux, implacables. Trois braqueurs : Viktor, Dimitri, et elle.

Un mort.

Son cœur cogna contre sa poitrine. Un murmure presque inaudible s'échappa de sa bouche :

— Je suis… dans le coma.

La révélation éclata en elle, brutale, inarrêtable. Tout prenait sens, ou plutôt, tout s'effondrait. Terrifiée, elle plongea son regard dans les yeux de Théo. Il ne nia pas et se contenta d'acquiescer. Elle reprit :

— Et cet endroit… ce métro… ?

Theo leva doucement les mains vers le ciel, comme s'il révélait un secret.

— Un entre-deux.

Elle sentit le néant s'ouvrir sous elle. Ce voyage… Ce n'était pas réel. Ou peut-être… *Un entre-deux.*

Entre la vie et la mort. Les silhouettes en noir restaient là, spectrales, coincées dans une routine silencieuse.

— Et eux… Qui sont-ils ?

Luce s'étira paresseusement, avant de pointer un ongle rouge vers le wagon.

— Ce sont ceux qui ont déjà fait leur choix, qui ont compris qu'ils n'avaient plus rien à espérer. Ils ont choisi de rester ici.

— Choisi ? Mais… si je reste ici… ça veut dire que je vais… mourir ?

— Mourir ? Survivre ? Quelle importance, mon cœur ? Regarde-les. Ils ne souffrent plus. Plus besoin d'avoir peur, plus besoin de se battre. Le repos éternel. Sans jugements. Sans douleur.

Ses mots résonnaient comme une promesse, une délivrance. Ne plus rien ressentir, ne plus rien regretter, ne plus porter de fardeau. Elle ne voulait pas l'entendre, mais son corps hurlait la tentation.

Ses pensées s'emballaient, une porte de sortie, une issue où elle n'aurait plus à affronter quoi que ce soit. Elle sentit le wagon se refermer sur elle, comme une prison invisible.

— Et... si je descends du métro ?

Theo s'approcha, le tintement discret de ses pas effleurant le sol.

— Alors tu te réveilleras, mais tu devras faire face aux conséquences.

— Je vais être arrêtée...

— Possiblement.

— Mais j'irai quand même en prison ?

— Oui.

Le mot claqua, définitif. La prison, justice, affronter son passé, ses erreurs, ou bien... rester ici. Ne plus rien ressentir. Les silhouettes en noir semblaient l'attendre. Deux chemins : rester ?

Où partir ?

Le métro ralentissait. Il était temps pour elle de prendre une décision, elle ne voulait pas aller en prison.

L'idée même d'être enfermée, privée de liberté, lui glaçait le sang, mais une autre voix résonnait en elle, plus forte, plus déterminée, elle avait promis à Theo qu'elle changerait, qu'elle se libérerait de Viktor, et qu'elle commencerait une nouvelle vie.

Une infime étincelle d'espoir.

Luce souriait toujours, ce sourire énigmatique, presque moqueur, comme si elle connaissait déjà sa décision.

— Il est temps, Léa, dit Theo d'une voix douce.

— Tu es sûre de ton choix, mon cœur ? Tu crois vraiment que le monde de là-haut t'accueillera les bras ouverts ?

Elle s'avança, ses mains tremblantes, et soudain, dans un mouvement, se jeta dans les bras de Theo, une étreinte désespérée.

Un sanglot secoua son corps tout entier, violent, incontrôlable, une larme, chaude et lourde, glissa sur sa joue avant de s'écraser sur les mocassins blancs de l'homme.

— Est-ce qu'on se reverra ?

— Oui, mon enfant.

— Si je cherche un certain Theo Solara dans l'annuaire, je pourrai te retrouver ?

Theo éclata de rire, un vrai rire chaleureux, un son qu'elle voulait graver dans sa mémoire.

— J'existe dans ton monde… Mais sous un autre nom.

Léa sécha ses larmes, son cœur battait fort, mais cette fois, c'était différent. Ce n'était plus la peur mais de la détermination

— Bonne chance, mon cœur, lança Luce, haussant les épaules avec un sourire en coin.

Sa voix résonna derrière elle, tandis que Léa franchissait le seuil, laissant le wagon et ses ombres derrière elle.

Un plafond blanc baigné de néons, le bip régulier d'un moniteur cardiaque, des draps rêches contre sa peau, une perfusion plantée dans le bras. Un soulagement profond lui échappa.

Elle était revenue, tout était engourdi. Sur la table, un journal plié, et en première page : *«Accident mortel après un braquage violent. »* Le même article du métro.

Sur la vitre, face au lit, des mots apparurent, comme gravés par une main fantomatique : *« À la prochaine station »*

Une ligne manuscrite venait d'apparaître tout en bas de la page, fine, presque élégante du journal : *« Tu dors encore peut-être. »*

Sa tête se releva brusquement, mais la vitre était redevenue nette. Plus aucune trace, juste son propre reflet.

Et au loin, tel un écho, elle crut entendre le grincement métallique du métro.

R.I.P : Rest In Peace

Une sonnerie de téléphone stridente tira Nathan des profondeurs d'un sommeil trouble. Il grogna faiblement, encore engourdi, persuadé d'avoir sombré dans son lit après une nuit tardive. Mais quelque chose attira son attention, cette sonnerie de téléphone… Ce n'était pas la sienne.

Des voix lointaines, floues, se firent entendre au loin. Il plissa les paupières, s'attendant à voir la lueur familière du matin percer les rideaux de sa chambre. Le noir, total.

Un mouvement brusque pour se redresser—sa tête heurta une surface dure, à quelques centimètres à peine. Un bruit sourd. Un cri retenu, le cœur affolé, cognant contre sa cage thoracique. Ses bras s'étendirent. Du bois. Rugueux, sec.

Ses doigts tremblants explorèrent frénétiquement la surface au-dessus, cherchant une faille, une prise, une poignée. Rien. Juste ce plafond bas, impitoyable. Ses mains glissèrent sur les côtés, encore du bois.

L'espace était si étroit qu'il ne pouvait bouger que ses poignets. Ses genoux pliés se heurtaient à un obstacle rigide.

Il tenta de tendre les jambes, mais elles étaient comme enfermées, prisonnières d'une boîte trop petite.

Ses poumons se contractèrent. L'air, lourd et vicié, lui paraissait insuffisant. Chaque respiration devenait plus difficile.

Un goût désagréable envahit sa bouche, il se mit à marteler la surface au-dessus de lui, ses poings frappant frénétiquement dans un bruit creux.

La sonnerie du téléphone retentissait toujours. La panique laissait désormais place à une terreur viscérale. Nathan sentait la claustrophobie envahir chaque fibre de son corps, il se pencha sur les côtés, mais il se sentit serré.

Une poignée de terre s'effondra sur son visage, s'infiltrant dans sa bouche et son nez, l'obligeant à suffoquer. Son cœur s'emballa. Il comprit. Il était sous terre, et vivant.

Enterré vivant.

Un hurlement déchira le silence du cercueil. Si des individus étaient au-dessus de lui, alors ils allaient sûrement pouvoir l'aider, mais personne ne semblait bouger. Nathan cria de nouveau, la position allongée ne facilitant pas son cri.

— Aidez-moi ! Je suis enfermé !

Il frappa les côtés de la boîte avec ses poings et ses jambes. Il suffoquait. Le peu d'air qu'il arrivait à respirer lui brûlait les poumons, sa gorge se nouait sous la panique.

Chaque seconde passée dans cet endroit lui semblait être une éternité, son cœur battait furieusement, cognant contre ses côtes. Il devait sortir, le plus vite possible.

Il leva les bras autant que l'étroitesse de la boîte le lui permettait et frappa le couvercle de toutes ses forces. Le bois grinça, mais ne céda pas, il recommença, encore et encore, sentant bientôt la douleur envahir ses poings.

Ses doigts fébriles cherchèrent une faille dans le bois, une languette ou un trou qui pourrait l'aider à s'échapper.

Ses ongles s'enfoncèrent sous une planche et il tira désespérément. L'une d'elles se souleva légèrement avec un craquement sinistre.

Encouragé, il s'acharna, sentant l'humidité de la terre s'infiltrer à travers le bois. Il se tordit pour donner un coup plus puissant de son épaule. Le cercueil trembla, un craquement plus fort résonna dans l'obscurité, et une planche céda enfin, s'arrachant sous la pression.

Aussitôt, une pluie de terre s'engouffra à l'intérieur, lui tombant sur le visage, pénétrant sa bouche et ses narines.

Il toussa violemment, recrachant la boue qui l'étouffait et pencha son buste vers ses genoux pour se mettre assis ou dans une position qui pourrait lui donner le change. Usant de ses doigts comme de griffes, il dégagea frénétiquement la terre au-dessus de lui.

Ses ongles se brisaient, ses mains saignaient, mais il ne s'arrêta pas. Le poids du sol au-dessus était écrasant. Il n'allait pas tenir longtemps.

Puis, enfin, ses doigts touchèrent quelque chose de différent. Une texture plus légère, plus sèche. De l'air.

Dans un dernier mouvement de désespoir, il enfonça sa main dans cette ouverture et tira son corps vers le haut. La terre céda sous son poids, et soudain, il sentit la fraîcheur de la nuit frapper son visage.

Il sortit sa tête hors de la tombe, aspirant une bouffée d'air glacée, haletant à la recherche d'air frais.

Ses bras tremblants le traînèrent hors du trou, jusqu'à ce qu'il roule sur le sol humide. Couché sur le dos, il fixa un moment les étoiles, avant de se pencher en avant pour vomir, son corps tordu de douleur. Un cri perça la nuit, suivi du bruit précipité de pas fuyant.

Nathan tourna la tête vers sa droite, se redressant péniblement, la terre glissant de ses vêtements et de ses cheveux.

Tout à coup, un homme surgit dans son champ de vision, les yeux écarquillés de terreur, courant comme un dératé vers sa voiture.

— Un zombie ! hurla-t-il, trébuchant presque sur ses propres pieds, avant de sauter dans sa voiture.

Les mains pleines de terre, Nathan regarda s'éloigner en vitesse, totalement stupéfait. Il était vivant.

Encore engourdi par la confusion, il prit enfin conscience de son environnement.

Autour de lui, des arbres massifs se dressaient comme des silhouettes menaçantes, leurs branches formant un épais plafond de verdure.

Les buissons denses étouffaient le moindre bruit. Pas de doute possible : il se trouvait en pleine forêt de Montboisé, à une dizaine de kilomètres de chez lui.

Ses mains tremblaient encore en essayant de se débarrasser de la terre qui les recouvrait. Il se leva tant bien que mal, ses jambes encore faibles, et commença à se frayer un chemin à travers les bois.

Après un temps qui lui sembla infini, il aperçut enfin un sentier. Il marcha un moment, se faufilant entre les arbres, jusqu'à ce qu'il aperçoive, au loin, une route déserte.

Nathan posa un pied sur la route goudronnée, espérant voir des phares. Au bout de quelques minutes, quelqu'un s'arrêta à son niveau. Le conducteur, un homme d'une trentaine d'années, baissa la vitre et le fixa, étonné.

— T'es en forme, mec ? T'as l'air d'avoir passé une nuit compliquée, dit-il en ouvrant la porte.

Nathan s'installa sur le siège passager, silencieux. Le vent frais lui effleura le visage, réveillant ses sens. Il se sentit presque vivant. Il donna l'adresse de sa maison, à peine conscient du trajet. L'homme ne posa pas de questions et se contenta de conduire sans piper mot, jetant parfois quelques regards à son passager.

Arrivé à son domicile, il se précipita dans l'allée. La lumière était allumée, ses parents étaient sur le perron, manifestement inquiets.

— Nathan ! Enfin ! Où étais-tu passé ? Tu n'es pas rentré dormir hier soir, j'ai cru qu'il t'était arrivé quelque chose de grave !

Sans blague. Moi aussi.

Encore sous le choc, Nathan resta silencieux, incapable de formuler des mots. Ses parents avaient sûrement pensé à toutes les hypothèses, sauf celle-là.

—Je… je ne sais pas. Un homme m'a ramené.

Son père jeta un œil aux vêtements sales et à la terre qui lui barrait les bras. Il esquissa un sourire, comme si la situation était presque absurde, puis il se tourna vers son fils.

— Qu'est-ce que vous avez encore fait, hein les jeunes ? plaisanta-t-il, un peu trop jovial.

Il lui passa un bras autour du cou et l'invita à rentrer. Christine, sa mère, poussa un soupir de désespoir à la réaction de son mari, qui, comme souvent, prenait les choses trop à la légère. Elle lui servit une assiette de tagliatelles au saumon.

Nathan posa son regard sur le cadran du micro-onde, il était 8 heures et on était dimanche. Trop tôt pour des tagliatelles au saumon, mais il s'en ficha, il engloutit son plat.

— Tu comptes nous dire ce qu'il s'est passé ? demanda son père tasse de café à la main.

Il jeta un œil dans le salon pour s'assurer que sa femme ne l'entende pas.

—Je… ne sais pas.

Nathan baissa la tête dans son assiette.

— Écoute Nathan, ce n'est pas dans tes habitudes de découcher sans nous prévenir… Tu nous préviens généralement, et là, pas un mot, rien. Ta mère s'est fait un sang d'encre, on a failli appeler Gianni. Luca ne nous répondait pas non plus. Vous étiez bien ensemble hier soir, non ?

— Oui, mais… je ne sais plus trop ce qu'il s'est passé.

Après avoir englouti son plat, il monta les escaliers d'un pas lourd, mais à mesure qu'il avançait, sa frustration et sa colère grandissaient. Ses amis n'étaient même pas venus le chercher.

Personne n'avait prévenu ses parents.

La porte claqua derrière lui, verrouillée à clé. Sans même retirer ses vêtements, il se jeta sur le lit. Les pensées se bousculaient dans sa tête.

Comment avait-il pu se retrouver sous terre ? Et surtout… où étaient passés ses amis ? Pourquoi personne ne s'était inquiété.

La douche ne dissipa rien, les idées restaient floues, embrouillées. Une serviette nouée autour des hanches, il s'approcha de la panière à linge pour y déposer ses affaires.

En fouillant machinalement ses poches, un détail le stoppa net, un ticket de caisse, un autre, un troisième. Aucun souvenir de ces achats, ni même d'être entré dans un magasin.

Le jean abandonné sur le sol dissimulait son portefeuille. Peut-être un indice s'y nichait-il ? À l'intérieur, rien de suspect— seulement une fine couche de terre, il devait contacter ses amis ; eux sauraient.

Mais en inspectant ses affaires, une vérité glaçante le transperça : aucun téléphone. La recherche bascula dans la panique, table de nuit, dessous le lit, tiroirs ouverts à la volée— tout fut inspecté. Son portable avait disparu.

Il se calma un instant, prenant une profonde inspiration. Peut-être que son téléphone avait simplement été égaré, quelque part entre la voiture et le portail ?

Aussitôt dehors, les yeux balayèrent le sol, les plantes… mais rien. Presque machinalement, il ouvrit la boîte aux lettres.

Son portable était là. Une vague de nausée monta.

Dès qu'il fut allumé, il chercha immédiatement les numéros de ses amis.

Il appela Alice en premier, mais la sonnerie se coupa directement après quelques secondes. Aucun message, aucune réponse. Il tenta ensuite Luca, son meilleur ami, espérant qu'il soit au moins là pour le rassurer, mais là encore, personne ne décrocha. Enfin, il tenta Kael, un autre ami.

Cette fois, après quelques secondes de sonnerie, une voix résonna à l'autre bout du fil.

— Nathan ?!

Son ami sembla choqué, presque incrédule.

— Kael, c'est quoi ce bordel ? Je n'arrive à joindre personne depuis ce matin. Je me suis réveillé en pleine forêt !

Kael restait silencieux.

— Je crois qu'on m'a enterré vivant, putain. Je… je ne sais plus ce qu'il s'est passé.

Silence.

— Kael ? Réponds-moi, putain.

— Je…ne sais pas. Je ne peux pas te répondre… Vois avec Luca, c'est lui qui sait.

Il raccrocha subitement. Un nouvel appel, mais rien—Kael semblait avoir éteint son portable. Le vertige monta, l'air manqua, comme si la terre s'infiltrait dans ses poumons. Chaque tentative pour joindre les autres échoua, les appels se perdaient dans le vide.

Désespéré, il leur envoya des SMS, espérant une réponse, en vain. Allongé sur son lit, les larmes coulèrent tandis que son regard s'accrochait à une photo posée sur la commode : Alice et lui, souriants dans un photomaton. Leur première rencontre restait vive dans sa mémoire.

C'était à sa rentrée universitaire, dans l'un des grands amphithéâtres de l'Université Honoré.

Il était au fond de la salle, quand elle est entrée, elle dégageait une aura particulière, ce genre de présence magnétique qui faisait oublier tout le reste, comme si le monde s'effaçait autour d'elle.

Grande, avec des cheveux blond clair qui tombaient en vagues soyeuses autour de ses épaules, ses yeux, d'un vert intense, avaient l'éclat d'un mystère qui attirait instantanément l'attention, ses traits étaient fins, presque parfaits, mais c'était surtout la façon dont elle se déplaçait avec une telle assurance qui l'avait captivé.

Très vite, ils se lièrent d'amitié et formèrent un groupe soudé avec les autres.

Luca, Kael, Charlie et Mélissa. Nathan et Luca se connaissaient depuis l'enfance, leur complicité naturelle les avait conduits à suivre les mêmes chemins scolaires, comme deux frères.

Charlie était le fêtard du groupe, toujours dans les bons plans pour trouver de quoi fumer et comment.

Kael, quant à lui, était le suiveur. Il n'avait pas la même énergie que Charlie, mais il se laissait souvent entraîner dans ses idées. Discret et réservé, sans ambition propre, préférant s'accrocher aux idées du groupe pour ne pas trop sortir de sa zone de confort.

Mélissa, toujours en retrait, était la seule de la bande à prendre ses études au sérieux, beaucoup plus sérieuse qu'Alice, c'est celle qui suivait les règles à la lettre.

Nathan et Luca se considéraient comme les deux piliers de la bande, mais tous les deux différents.

Luca, avec son attitude m'as-tu-vu, aime se démarquer, cherchant constamment à être au centre de l'attention, un individualiste dans l'âme.

À l'inverse de Nathan, beaucoup plus subtil avec un côté geek assez décalé, préférant la cohésion de groupe, ce qui a déjà créé des tensions avec Luca qu'il juge parfois trop égoïste. Mais malgré tout, ils ne pouvaient se passer l'un de l'autre.

Avant de sombrer dans le sommeil, sa dernière pensée fut pour Alice.

L'Université Saint-Honoré comptait parmi les facultés les plus prestigieuses de Paris. Chaque coin semblait briller de l'élite qu'elle attirait.

Les étudiants, vêtus de tenues soignées, se pressaient autour des bâtiments anciens, dans l'air frais de ce matin de juin, mais Nathan n'avait aucun intérêt pour les pavés dorés ou les grands halls. Tout ce qui comptait, c'était d'aller voir Luca. Il savait que le retrouver ici, ne serait qu'une question de minutes.

Lorsqu'il l'aperçut, il se sentit envahi par une rage incontrôlable, son ami était en train de mettre des livres sans son casier.

Il arriva par-derrière, et, dans un élan de furie, l'attrapa par le col et le plaqua violemment contre les casiers.

— Alors ? On m'a laissé crever dans une putain de boîte ? Tu comptes m'expliquer pourquoi je suis devant toi et pas dans la putain de forêt de Montboisé ?

Luca, d'abord surpris par la violence de son ami, tenta de se libérer, mais il était trop choqué pour réagir. Nathan lui serra le col plus fort, ne le laissant pas respirer.

Les autres étudiants s'éloignaient rapidement, gênés par la scène. Une accalmie gagna le couloir pendant que Luca adressait un signe de tête aux étudiants, pour sauver les apparences.

— Lâche-moi mec, tu es en train de te ridiculiser devant tout le monde.

Nathan relâcha son étreinte et ajusta d'une tape le col de son ami.

— Tu es en vie, mec ! Mais c'est génial ! On va pouvoir dire aux autres que c'était un malentendu.

— Un malentendu ? Tu te fous de moi ? Je me réveille dans un cercueil et c'est un malentendu ? Et Alice, elle est où ?

Luca attrapa le bras de son ami et l'entraîna dehors, vers une table discrète, à l'abri des regards.

— Écoute mec… je ne sais pas par où commencer.

— Commence peut-être par me dire pourquoi personne ne m'a cherché, et pourquoi vous m'avez tous ignoré mes appels hier ?

Luca plongea ses yeux bleus dans ceux de son ami, prêt à lui raconter l'impensable.

— Tu te souviens qu'on était en forêt samedi ? Autour du feu, Charlie avait ramené de quoi boire et de quoi fumer, on a tous consommé un peu tout et n'importe quoi. Et il se trouve qu'à un moment tu t'es isolé avec Alice.

Nathan acquiesça même si ses souvenirs étaient flous.

— On a entendu un cri… Quand on est arrivé, tu étais à côté d'Alice en état de choc, les mains en sang… Elle était inconsciente. On a vite compris que tu l'avais assommé avec une pierre mais…

Mais quoi ?

— Elle n'avait plus de pouls.

Le cœur de Nathan se serra.

— Je me suis isolé avec toi pour qu'on puisse en parler calmement et qu'on décide quoi faire, mais tu t'es écroulé par terre… un genre de malaise. On a compris avec les autres que tu l'avais tué par accident… Je n'ai pas voulu qu'on ait des ennuis, j'ai dit aux autres qu'on devait t'enterrer pour te protéger et que personne ne sache.

Il haussa un sourcil, complètement ébahi par ce qu'il venait d'entendre.

— C'est une blague ? C'est une putain de blague, c'est ça ?

Il avait crié. Il se leva d'un bond mais Luca l'invita à se rasseoir.

— Et… ensuite ? Il s'est passé quoi ?

— On est allé à la cabane de chasse du père de Charlie. On a pris des pelles, la grosse malle en bois qui servait d'outil… Et on t'a mis dedans.

Nathan écoutait son ami parler, chaque mot lui parvenant comme un coup de massue. Il avait du mal à comprendre ce qu'il entendait, comme si son esprit refusait d'accepter l'horreur de ces révélations.

— Et on a creusé…

L'idée était insupportable. Il fixa son ami, cherchant une once de regret ou de remords, mais il ne trouva qu'une tension maladroite, comme si l'aveu était forcé.

— Et Alice ?

— Je te l'ai dit… On a essayé de la réveiller, on a pris son pouls mais rien.

Nathan sentit de nouveau son cœur battre dans sa poitrine.

— Et personne n'a pensé à appeler une ambulance à ce moment-là ?

— Mec… on était complètement déconnectés de la réalité, on a pris de la drogue toute la soirée, et toi y compris, tu sais comment c'est…

— Tu veux me dire que c'est ça, votre excuse ? Vous m'avez enterré vivant parce que vous étiez trop perchés pour réfléchir clairement ?!

— Mais t'en a pris aussi, mec ! On était tous un peu hors sol. Rien ne semblait réel. Entre les hallucinations, la paranoïa… je te jure que quand je suis rentré chez moi je me suis demandé si ce qu'il s'était passé était réel… Et quand Kael m'a appelé dimanche en panique, on a compris que c'était vrai. Alice, toi…

Nathan serra les poings, ses ongles s'enfonçant dans ses paumes.

— Mais si vous étiez aussi défoncés que ça, comment être sûr qu'Alice est bien… morte ?

— On est quatre à avoir vu la même chose… toi, à côté d'elle, l'air hagard et les mains pleines de sang. C'est moi qui ai dit aux autres de ne rien dire. Personne ne sait ce qu'il s'est passé et personne ne doit savoir.

Le visage de Luca s'assombrit d'un coup.

— On a fait un pacte avec les autres, tu comprends ? Si mon père l'apprend, ça risque de mal se passer pour tout le monde.

Nathan ne sut deviner si c'était une menace ou un conseil de la part de son ami, son père, Gianni était le Commissaire divisionnaire de Montboisé.

— Luca, il faut que quelqu'un aille en parler. Surtout si Alice…

Sa voix trembla.

— Surtout si elle a disparu.

Il était incapable de prononcer le mot « *morte* » et refusait de croire qu'il avait pu lui faire du mal. C'était inconcevable, impensable. Lui, faire une chose pareille ? Non, il devait forcément y avoir une explication rationnelle.

— C'est dans l'intérêt de personne d'aller en parler… Je me suis occupé de tout, si personne ne parle, personne ne saura, mec. Tu comprends ? Mon père connaît tout le monde à Montboisé, imagine si tes parents l'apprennent ou même ceux de Kael et Charlie qui ont galéré à lui payer cette fac. De toute façon même si tu y vas, personne ne te prendra au sérieux. C'est comme l'histoire avec Julie.

Nathan eut envie de se lever et le frapper.

— Quand tu es allé raconter à tes parents que j'avais mis un couteau sous la gorge à Julie alors que c'est toi qui l'avais fait.

— C'est toi qui lui as mis un couteau sous la gorge et je me suis dénoncé à ta place !

Nathan avait hurlé sans le vouloir.

— Je n'ai pas fait de mal à Alice, je ne l'aurais jamais touchée !

— On est quatre à le confirmer ! Demande aux autres, ils te diront la même chose.

— Quelqu'un va forcément la chercher !

— Et c'est bien pour ça qu'on doit faire profil bas.

Luca planta ses yeux dans ceux de Nathan cherchant la meilleure façon de lui faire entendre raison.

Il avait toujours été celui qui prenait les décisions pour le groupe, celui qui savait comment réagir, comment éviter les ennuis.

Dès le collège, c'était lui qui décidait où ils traînaient après les cours, qui réglait les embrouilles, qui devait sortait avec quelle fille, et qui devait rejoindre l'équipe de basket.

Et aujourd'hui encore, il continuait à jouer son rôle à la perfection. Luca se leva pour indiquer que la conversation était terminée.

— Tu vas où ?

— En cours, mec. Et après je passe chez NeoPulse, j'ai perdu ma NeoWatch samedi soir, je dois en racheter une, mais on se reparle plus tard ? Surtout… ne dis rien.

Nathan sentit une montée de frustration l'envahir. Il se leva brutalement, renversant sa chaise au passage, fixant l'ombre de son ami qui s'engouffrait dans le bâtiment.

À peine rentré, allongé dans son lit, le poids de la tristesse lui écrasait la poitrine. Son esprit tournait en boucle, Alice, samedi soir, la fête. Tout semblait flou.

Il se sentait tel un étranger. Fermant les yeux, il espérait retrouver des bribes de souvenirs dans l'obscurité de son esprit. Finalement, le sommeil l'emporta.

Un flash.

La forêt de Montboisé. Autour du feu : Luca, Kael, Charlie, Mélissa, Alice. Charlie rit en sortant un paquet de sa poche — un sachet blanc. Il propose de rouler pour tout le monde. Des bouteilles jonchent le sol. Nathan se voit tirer une longue bouffée. Alice et Mélissa prennent des selfies, insouciantes.

Une nouvelle scène jaillit.

Alice, à l'écart, avec ce sourire tendre aux lèvres. L'ambiance est électrique. Nathan le sent, ce vieux trouble qu'il n'a jamais osé nommer.
Luca surgit dans son champ de vision.
— Elle est à moi, mec. Tu te souviens ? On s'était interdit de tomber amoureux de la même fille !

Nouveau flash.

Alice. Elle est devant lui. Mais cette fois, l'ambiance est différente. Son visage est fermé, du sang coule sur son front. Il a une pierre à la main, et un liquide lui chatouille les mains. Du sang.

La vision s'efface, il ouvre les yeux, haletant.

Qu'est-ce qui était réel dans tout ça ? Il passa une main tremblante sur son visage, haletant, comme s'il était encore dans le cercueil.

Ses pensées tourbillonnèrent dans son esprit quand une évidence le frappa : c'est qu'il n'avait pas tué Alice.

Le café Balzac était quasi-vide cette après-midi-là. Nathan était au fond en fixant son café quand une silhouette qu'il connaissait fit irruption dans le café. Sans hésiter, elle traversa la pièce et, avant même qu'il ne réagisse, elle le prit dans ses bras.

— Je suis vraiment désolée…

Il resta figé, pris au dépourvu. L'étreinte était forte, un peu trop même. Il posa doucement ses mains sur ses épaules et la repoussa légèrement, mal à l'aise. D'un geste nerveux, elle repoussa les mèches brunes et bouclées qui tombaient sur son visage avant de s'asseoir en face de lui.

— Merci d'être venue.

— Je… Je ne sais pas si c'est une bonne idée. Je n'ai pas envie que Luca sache qu'on se voit, je ne lui ai rien dit, je t'avoue qu'il me fait peur parfois.

— J'ai besoin de savoir, Mélissa. J'ai quelques souvenirs de la soirée mais je ne sais pas s'ils sont exacts ou non, j'ai besoin de toi… Tu me dois bien ça.

Nathan avait crié sans le vouloir, il fit un geste de la main pour s'excuser. Elle inspira profondément.

— Moi aussi, c'est flou, mais pas tout.

— Dis-moi tout ce dont tu te souviens.

Mélissa s'assit, serra les lèvres, hésitante.

— On buvait près du feu. Avec Alice on se filmait en train de danser pour ensuite les mettre sur Instagram, après, Charlie a roulé pour tout le monde. Je me souviens que tu faisais des selfies avec Alice. Luca et Kael racontaient des histoires qui font peur. À un moment, Alice a eu envie de faire pipi, et elle est partie. Tu t'es levé pour la suivre, Luca t'a alors interrompu, pour te parler en privé, et vous êtes partis ensemble.

Nathan resta silencieux, la laissant poursuivre. Il avait donc bien parlé à Luca cette soirée-là. Mais c'était visiblement avant l'incident avec Alice, et non après comme dans son souvenir.

— À un moment, j'ai entendu un cri. Tout le monde s'est arrêté. Kael, Charlie et moi on s'est levé d'un coup, et on t'a vu près d'Alice, tu étais en état de choc.

Elle déglutit, ses doigts tremblant autour de sa tasse.

— Alice était inerte, du sang coulait sur son front. C'était horrible. On était tous défoncés mais on a vite compris que c'était grave et en même temps… à la vue de la gravité de la situation, j'étais persuadée que ce n'était pas réel… un genre de bad trip.

Nathan sentit son ventre se nouer.

— Quand vous m'avez vu, j'étais inconscient ou conscient ?

— Moi, je me souviens que tu étais inconscient. Je ne comprenais pas ce qu'il se passait. Et après…

Elle fronça les sourcils, perdue dans ses souvenirs.

— Après, Luca t'a pris à part et vous avez parlé je crois.

— Donc on a parlé deux fois avec Luca ? Une fois, quand Alice est partie pisser et après ?

— Je… je crois, oui. Luca nous a dit un truc du genre : *« je m'en occupe. »* Et quand il est revenu, il nous a dit que tu avais fait un malaise.

— Donc j'ai fait un malaise, mais quand tu m'as vu à côté d'Alice, j'étais inconscient ? Ça ne tient pas !

Mélissa leva les yeux au plafond comme si elle essayait de se souvenir.

— Je ne sais plus… mais Luca nous a dit que tu étais en état de choc.

— Est-ce que tu te souviens de m'avoir enterré ?

— Je n'ai pas creusé mais je me souviens avoir vu les gars le faire. Ensuite, je me souviens être monté dans la voiture avec Kael et Charlie direction Boisclair.

— Et Luca, il était où à ce moment-là ?

— Il était garé je crois un peu plus loin, il est parti de son côté.

— Et Alice ? Vous l'avez aussi enterré ?

— Aucune idée…

Il avait envie de hurler rien qu'à imaginer le corps d'Alice dans dix pieds sous terre.

Quelqu'un mentait.

Sa colère monta d'un cran. Comment pouvait-on être à la fois inconscient et conscient ? À quel moment avait-il fait un malaise ? Et surtout… Pourquoi Luca semblait encore vouloir tout contrôler ?

Alors qu'il tentait de remettre de l'ordre dans ses pensées, une idée lui traversa l'esprit : son portable. Il devait vérifier ce qu'il contenait.

Nathan referma violemment la porte de sa chambre, son cœur battant à tout rompre. Sa respiration était saccadée.

Il sentait une rage bouillonnante monter en lui, ses pensées tournaient en boucle, entre les mensonges, les faux souvenirs, et ce sentiment d'avoir été trahi par ceux qu'il croyait être ses amis.

D'un mouvement brusque, il arracha la lampe de son bureau et la balança contre le mur.

L'abat-jour en métal cogna dans un bruit sourd avant de rouler au sol, il envoya valser les livres qui traînaient, leurs pages se froissant dans leur chute, et renversa sa commode avec ses affaires.

— Bordel !

Il était à deux doigts d'exploser, de tout réduire en miettes, comme si saccager sa chambre pouvait effacer ce qui s'était passé. Comme si ça pouvait faire disparaître ce doute qui le rongeait. Et si Luca avait raison ? Et s'il avait tué Alice ? Au fond de lui, il n'y croyait pas.

Son regard glissa sur son bureau, là où trônait une boîte de médicaments, « Carbamazépine »[3], indiquait l'étiquette. Il la fixa, immobile, comme si la boîte seule contenait toutes les réponses qu'il cherchait. Est-ce qu'il était fou ?

---

[3] Médicament utilisé pour traiter les troubles de l'humeur

Est-ce qu'il était malade au point d'avoir fait quelque chose d'horrible cette nuit-là, sans même s'en souvenir ?

D'un geste mécanique, il attrapa la boîte, en sortit une gélule et la fit rouler entre ses doigts avant de la glisser dans sa bouche. Il l'avala à sec, ses yeux toujours rivés sur le vide. Sa colère ne s'était pas dissipée, mais il tenta de reprendre ses esprits.

Il saisit son téléphone portable et fit défiler les photos de la soirée. Des selfies d'eux, souriants, le feu de camp en arrière-plan, Luca, toujours au centre de l'attention, un bras autour des épaules d'Alice. Nathan serra les dents.

Cette compétition entre eux n'avait jamais cessé. Alice n'avait pas échappé à cette règle, Nathan l'avait sentie attirée par son ami, et il savait très bien que lui aussi était attiré par Alice et il en jouait très souvent.

Une vidéo attira son attention, il cliqua dessus et l'écran s'anima. Il se vit à l'image, un verre à la main en selfie avec Alice en train de chanter une chanson à tue-tête. Un détail le frappa. Autour du cou d'Alice pendait un collier avec une pierre verte scintillante, un genre d'émeraude. Il fronça les sourcils, il ne se souvenait pas l'avoir vu avant. Alice portait très rarement des bijoux, elle préférait collectionner les sacs à main.

Intrigué, il ouvrit Instagram et chercha son profil. Il lut ses dernières publications et tomba sur une photo postée quelques jours avant la soirée fatidique, un selfie pris devant la fenêtre de sa chambre. Son doigt glissa sur l'écran et il s'arrêta sur la légende de la photo. *Nouveau collier* #LoveOrsini #bijoux #selfie #blonde.

Sa respiration se bloqua. Orsini. Le nom de Luca.

Il ferma l'application de son téléphone. Une boule se forma dans son ventre. Et si Luca et Alice sortaient ensemble en cachette ? Après tout, Luca devait tout le temps arriver le premier en tout.

Pour essayer de se souvenir, il devait retourner sur place.

Sans perdre une minute, il enfila une veste et sortit de chez lui, il démarra le moteur de sa voiture direction la forêt de Montboisé. La nuit n'était pas encore tombée, le soleil de juin illuminait les feuilles qui craquaient sous ses pas.

Après plusieurs minutes de marche, il arriva sur le site du feu de camp. Le cercle de pierres noircies était toujours là, des cendres refroidies recouvrant le sol.

Des bouteilles vides gisant autour, une odeur de bois brûlé flottait encore dans l'air.

Nathan balaya les environs du regard. Des souvenirs flous remontèrent à la surface. Il se revit aux côtés d'Alice, en retrait du groupe, partageant un instant complice—puis, un cri. Soudain, il eut la sensation de s'éloigner, Alice saignait.

Était-ce réel ? Son esprit lui jouait-il des tours ?

Il s'installa face au feu, essayant de se replonger en situation. Alice et lui s'étaient éloignés du groupe… mais où exactement ? Devant le feu de camp, la clairière était trop exposée pour qu'elle y soit allée pour se soulager.

Il en déduit qu'ils s'étaient dirigés derrière, il s'aventura dans la forêt. *Et si Alice était encore en vie ? Coincée quelque part, attendant d'être secourue… ou pire. Et si elle aussi avait été enterrée vivante ?*

Il secoua la tête pour chasser cette pensée terrifiante.

Ses pas le guidèrent vers un coin plus reculé, là où les bois s'épaississaient, l'endroit lui sembla familier, deux gros rochers surplombaient l'eau, parfaits pour s'asseoir et discuter à l'écart. C'était ici. Il en était certain.

Il continua à chercher, et c'est alors qu'il distingua des traînées sur le sol, elles marquaient la terre, juraient avec le reste de la forêt. Deux lignes parallèles, comme les traces laissées par une brouette. Ou pire… Comme si on avait traîné un corps. Impossible de savoir dans quel sens elles commençaient et où elles terminaient.

Il prit plusieurs photos de la scène, son cœur battait à tout rompre tandis qu'il allait près des deux rochers. Il devait retrouver Alice, tant pis pour Luca et leur pacte à la con, il n'avait plus rien à perdre, *enfin si, si tu l'as tué, tu vas aller en taule,* mais à ce stade, tout était trop flou.

Après plusieurs tours dans le bois, la cabane de chasse du père de Charlie apparut enfin. La porte s'ouvrit. Rien. Juste trois pelles, posées là.

En refermant la porte, son regard fut attiré par un monticule de terre retournée, juste à côté de la cabane. Sa tombe, ou du moins, ce qu'il en restait.

Le cercueil de bois gisait là, à moitié enseveli sous la terre fraîchement remuée, une étrange vague de soulagement l'envahit, ce qu'il voyait confirmait qu'il n'était pas fou. Ses amis l'avaient bel et bien enterré vivant ce soir-là.

Au moins quelque chose qui était vrai.

De retour chez ses parents, il les salua rapidement avant de retourner dans sa chambre. Un bourdonnement retentit à côté de lui. Son doigt glissa sur l'écran, des messages avaient été laissés sur le profil Instagram d'Alice. Ses amies la cherchaient. Une boule d'angoisse lui serra la gorge.

Il examina les commentaires, son regard s'arrêtant sur un nom qui lui était familier, Clara, sa meilleure amie. Elle aussi semblait inquiète.

Il hésita à la contacter, puis se dirigea vers la commode près de son lit. Ses doigts glissèrent sur le bois lisse, effleurant machinalement la surface, avant que son attention ne se fixe sur la photo de d'Alice et lui.

Son téléphone glissa entre ses doigts alors qu'il composait le numéro de Kael. Silence. Il tenta Charlie, sans plus de succès. D'un geste las, il s'adossa à la commode, son regard perdu sur le mur, absent.

Un flash.

Ses amis sont tous autour du feu, à la seule différence que Luca et Alice semblent proches. Peut-être un peu trop. Charlie montre des photos de nanas avec qui il a matché sur une appli de rencontres, quand Alice se lève, Luca la suit. Nathan les observe discrètement. De loin et dans la pénombre, il voit deux ombres s'entremêler puis rien. Un trou noir.

Nathan fronça les sourcils. Il ferma les yeux un instant, cherchant une brèche dans cette obscurité mentale. Et s'il n'avait pas oublié mais simplement refusé de se souvenir ?

Il devait arrêter de se laisser hanter par ces trous de mémoire.

La musique électrisante de la soirée étudiante résonnait dans ses oreilles alors qu'il pénétrait dans la salle bondée. L'air était chargé d'alcool et de sueur, les lumières stroboscopiques déchiraient l'obscurité.

Il n'avait aucune envie d'être ici mais c'était l'occasion de parler à des personnes et voir si quelques éléments pouvaient l'aider à se souvenir. Son regard fut attiré par un jeune homme posé de dos sur le tabouret de bar, casquette à l'envers, et jean trop grand. Charlie était là.

Dès que leurs yeux se croisèrent, son ami fit volte-face, s'éloignant rapidement vers la sortie.

— Charlie ! Attends !

Mais son ami ne ralentit pas. Nathan accéléra le pas, se frayant un chemin entre les étudiants jusqu'à l'attraper par le bras avant qu'il ne puisse disparaître dans la foule.

— Lâche-moi, souffla Charlie, les traits tendus

— Non. Il faut qu'on parle.

Il essaya de se dégager de l'étreinte de son ami mais Nathan serra plus fort.

— S'il te plaît… tu me dois bien ça.

Charlie pinça les lèvres et attira Nathan sur la terrasse, loin du tumulte. Il alluma une cigarette.

— Pourquoi tu me fuis ?

— J'ai honte mec, vraiment honte.

— Honte de quoi ?

Charlie s'assura que personne ne les entendait avant de poursuivre.

— De ce qu'il s'est passé… J'ai dit à Luca qu'on devait aller voir les flics mais il m'a menacé. C'est très grave ce qu'on a fait.

Nathan hocha la tête silencieusement.

— Il faut que tu m'aides à me souvenir, Luca et Melissa m'ont donné deux versions mais rien ne colle… J'ai des flash-backs qui ne collent pas non plus à ce qu'on me dit.

— Je vais essayer de t'aider au mieux.

— Est-ce que j'étais dans les vapes quand vous m'avez trouvé près d'Alice ?

Charlie se gratta le haut de la casquette en réfléchissant.

— Oui… Luca nous a dit que tu avais fait un malaise.

— Tu crois ou tu es sûr ?

— Je suis quasi sûr que tu étais dans les vapes mais… Luca nous a dit de dire que tu étais conscient et en état de choc. Alors du coup… je ne sais plus trop.

— Quand on t'a enterré, Luca nous a demandé de nous en tenir à la même version en cas d'interrogatoire : tu étais en état de choc. Mais quelque chose cloche… Dans mon souvenir, quand j'ai essayé de te parler, tu as répondu. Difficile, donc, d'imaginer que tu étais sonné. Je ne pourrais pas l'affirmer avec certitude…

— Et Alice ? Elle était bien immobile où Luca vous a aussi demandé de mentir à ce sujet ?

— Non, elle… enfin… elle… bref, tu vois quoi…

Charlie s'interrompit, sa voix se brisa.

— Elle n'était plus avec nous… On a essayé de la porter et lui mettre des gifles, mais rien. Elle n'avait plus de pouls.

— Tu sais où elle est ?

Son ami n'avait pas relevé la tête, les yeux perdus en fixant le sol.

— Non plus… Luca s'en est occupé. On est parti avant avec Melissa et Kael donc je ne pourrais pas te dire et Luca ne nous a rien dit.

— Tu peux me dire ce dont tu te souviens juste avant que vous entendiez le cri ?

Charlie changea de position et s'assit sur la chaise, les yeux dans le vide essayant de se remémorer les événements.

— On était devant le feu, et à un moment, Alice s'est levée pour partir et Luca l'a suivie. Tu t'es ensuite levé à ton tour pour les espionner.

Nathan l'interrompit immédiatement.

— Quoi ? Luca a suivi Alice ?

— C'est là qu'on a entendu le cri… Mais je me souviens aussi que, juste avant, tu nous avais dit quelque chose comme quoi tu comptais les suivre.

— Et Luca et moi on a parlé ? Je veux dire… est-ce qu'on s'est éclipsé un moment avant pour se parler tous les deux ou pas ?

— Non je ne crois pas, par contre Luca nous a dit que vous aviez parlé en aparté quand tu les avais rejoints. Et, c'est là que tu aurais fait ton malaise.

— On est d'accord que personne ne m'a vu tomber, et que c'est uniquement basé sur ce que vous a dit Luca ?

Charlie tira une dernière bouffée de sa cigarette avant de l'écraser nerveusement contre le rebord de la rambarde.

— Oui. On est arrivé en courant, il nous a dit que tu avais fait un malaise et que tu ne respirais plus. Un genre d'arrêt cardiaque.

— Tu viens de dire le contraire en haut !

— Je ne sais plus mec… C'est là que mon cerveau se bloque aussi… Je crois que la vision d'Alice morte et de toi aussi, j'ai un fusible qui a sauté. C'était horrible, j'ai cru qu'on était en bad trip mais quand Kael m'a appelé le lendemain j'ai su que ce qu'on avait vécu la nuit d'avant c'était réel et je t'ai évité pour ça.

Nathan jeta un œil nerveux derrière lui nerveusement avant de poser la question qui lui brûlait les lèvres.

— Est-ce que tu penses que j'ai tué Alice ?

— Je n'en sais rien… Luca et toi vous me faites peur parfois.

Lui et ses menaces tout le temps, à nous dire que si on parle son père va nous enfermer en taule. Et toi qui pètes des plombs souvent… L'autre fois en soirée quand tu as cassé un verre et tu as menacé Luca avec à cause d'un TD… Tes changements d'humeurs sont parfois flippants.

Charlie jeta sa cigarette puis reprit :

— Je ne te cache pas qu'exister avec vous deux, c'est compliqué. Alors, si tu me poses la question… peut-être que oui, tu l'as tué… peut-être que non… Je n'en sais rien.

Nathan se souvenait de cette scène mais n'avait pas le souvenir d'avoir menacé Luca, pour les humeurs et ses colères fréquentes, il savait.

De toute façon, il n'était pas censé boire de l'alcool avec son traitement, ce qu'il ne respectait absolument pas, mais de là à commettre l'irréparable, c'était absurde.

— Est-ce que tu sais si Luca et Alice sortaient ensemble ?

Charlie haussa les épaules, évitant toujours son regard.

— Aucune idée. De toute façon vous étiez aussi en compétition par rapport à ça. Même si c'était le cas, je pense qu'il aurait mieux valu que tu ne le saches pas, tu aurais pété un plomb.

Il voulut poser une autre question mais se ravisa, il comprit qu'il n'aurait pas plus d'explications à ce stade. Il le remercia avant de s'engouffrer à l'intérieur, la colère grondait en lui.

Par automatisme, il serra dans sa poche son comprimé de Carbamazépine, puis le jeta dans sa bouche qu'il avala d'un trait avec un shot de vodka.

Une crise en plus. Après tout, il n'était plus à ça près.

Dans une salle de cours à moitié vide, après le cours de droit, Luca rassemblait ses affaires. Charlie était assis au fond, le visage fermé, Mélissa se rongeait l'ongle du pouce, visiblement mal à l'aise.

Quant à Kael, depuis l'incident de samedi, il n'était plus revenu en cours. Luca, imperturbable, posa ses mains sur la table et parla d'une voix basse mais tranchante.

— Souvenez-vous du pacte, personne ne dit rien.

— Et si quelqu'un parle ? demanda Mélissa, presque en chuchotant.

Luca la fusilla du regard.

— Personne ne parle, compris ? Vous voulez tous finir en taule ?

— Peut-être que tu as une loyauté envers Nathan, mais, moi je n'en ai aucune. Rien ne m'empêche d'aller vous dénoncer à la police, déclara Charlie d'une voix sûre.

— Ah ouais ? Et avec quelles preuves ? Parce qu'on est quatre à avoir vu la même chose, Nathan près d'Alice les mains en sang. Donc tu es aussi complice.

Melissa pâlit et baissa les yeux. Nathan se leva d'un bond.

— Je rectifie mec, vous êtes trois. Moi, j'étais soit dans le coltard, ou soit éveillé, d'ailleurs ça aussi, personne ne dit la même pareil ! Et après, j'ai étrangement été déclaré mort, et vous m'avez enterré comme un chien. Quelle version est la bonne, d'ailleurs ? Parce que j'en ai trois différentes !

— Celle que j'ai donnée !

— Évidemment, c'est toujours toi, toi-même et toi. Je n'arrive pas à comprendre pourquoi c'est encore toi qui prends les décisions ! Si vous êtes tous d'accord pour dire que j'ai fait du mal à Alice, je devrais aller me dénoncer !

Luca se leva à son tour et fit face à son ami.

— Parce que c'est comme ça depuis toujours et tu le sais. Je ne veux pas d'ennuis, si mon père le sait on est tous morts. Tu iras en prison et nous, on sera cité dans une procédure judiciaire et adieu les stages dans les plus grands cabinets parisiens, adieu nos futures carrières, adieu nos rêves ! C'est ce que vous cherchez ?

Une tension silencieuse passa entre eux. Même s'ils avaient du mal à l'accepter, ils savaient au fond d'eux que Luca avait raison.

Plus tard dans la soirée, Nathan s'installa à table en face de ses parents, tentant de paraître aussi normal que possible. Sa mère avait préparé un gratin, l'odeur du fromage fondu flottait dans l'air, mais il n'avait pas faim.

Il jouait distraitement avec sa fourchette, repoussant les morceaux de pommes de terre dans son assiette sans réellement en manger.

— Tu es bien silencieux, fit remarquer son père en servant un verre d'eau.

La télévision, allumée en fond sonore dans le salon adjacent, diffusait les nouvelles du soir. Les bruits familiers des couverts contre la porcelaine et du tic-tac régulier de l'horloge masquaient en partie les voix des journalistes… quand Nathan aperçut la photo d'Alice à l'écran.

« … disparition inquiétante d'une jeune étudiante, Alice Moreau, 22 ans … »

Son cœur s'accéléra. Sa mère, qui venait de porter une bouchée, s'arrêta net. Son père fronça les sourcils et tendit le bras pour augmenter le volume de la télévision.

La vidéo enchaîna sur une journaliste debout devant le campus. Nathan sentit son estomac se contracter, l'air autour de lui sembla devenir plus épais, irrespirable, comme s'il était de nouveau enterré sous terre.

L'un des trois avait forcément parlé. Mais qui ? Personne ne savait qu'Alice était à Montboisé samedi soir, la soirée s'était déroulée en dernière minute. Ses doigts crispés sur sa fourchette se mirent à trembler légèrement.

— Oh mon Dieu, Alice… c'est bien ton amie, non ? souffla sa mère.

Nathan hocha la tête, incapable de parler.

— Elle était avec vous samedi soir ? demanda son père.

Mentir ou ne pas mentir ? Nathan hésita un instant.

— Non, elle n'était pas avec nous.

Il sentit leurs regards peser sur lui.

— Mais elle n'habite pas Montboisé, si ?

Son cœur rata un battement. Il ouvrit la bouche pour répondre, mais à la place il se leva pour débarrasser la table, les souvenirs flous de cette nuit-là lui revinrent en vrac, le feu de camp, les rires, Alice, il déglutit difficilement.

— J'imagine que si elle a disparu ici, Gianni va être au courant, continua son père.

Sa mère hocha la tête. Gianni Orsini. Si l'enquête était confiée à la Police de Montboisé, il allait forcément faire le tour des maisons et venir l'interroger en premier.

Nathan le savait, il savait aussi que les soupçons allaient se diriger vers lui ou Luca. Alice habitant Paris, pour quelle raison serait-elle venue ici alors que c'est à l'autre bout de chez elle ? Melissa et Kael vivant à Boisclair, il y a peu de chance qu'ils tombent dans le radar de Gianni, à moins que Luca ne lui dise quelque chose, mais ce n'était pas dans son intérêt.

Il sentit l'étau se resserrer autour de lui. Hier encore, il était convaincu que Luca avait pu blesser Alice, mais aujourd'hui, tout lui échappait. Et si la vérité était encore plus atroce qu'il ne l'imaginait ?

Ce n'était pas son genre de blesser quelqu'un, pourtant, au fond de sa tête, le doute persistait.

Il monta dans sa chambre et sortit son téléphone de sa poche. Devait-il rappeler Luca en premier ou répondre à Clara ? Après tout, il en avait assez de lui rendre des comptes. C'était lui qui avait orchestré son enterrement sous terre. *Qu'il aille se faire foutre.* Pris d'un accès de rage, il arracha son pull et le balança violemment contre la chaise. Le choc fit tomber sa veste, qui y était posée, et un bruit métallique résonna dans la pièce.

Intrigué, il fronça les sourcils et se pencha pour voir ce qui était tombé. Un objet long, rectangulaire, avec un cadran brillant. Une montre, pas n'importe laquelle. Une NeoWatch., celle de Luca.

Nathan fixa l'objet, il la prit dans ses doigts. Il allait pousser le bouton pour l'allumer quand son portable vibra, c'était un nouveau message de Clara. Il n'eut pas à attendre longtemps avant que son téléphone ne vibre entre ses doigts. Il décrocha immédiatement.

— Salut Nathan, c'est Clara.

— Ouais… salut, désolé de ne pas t'avoir répondu. J'imagine que tu as vu les infos. Tu as de ses nouvelles ?

Elle prit le temps de réfléchir, puis répondit :

— Non, c'est pour cela que j'ai essayé de te joindre. Je sais qu'elle était à Montboisé samedi… elle n'était pas avec toi et Luca par hasard ?

Nathan sentit son cœur s'accélérer. *Surtout, ne rien dire.*

— Non. Mais… comment tu sais qu'elle était ici ?

— Elle devait me rejoindre en soirée puis après elle m'a envoyé un SMS me disant qu'elle allait à Montboisé pour rejoindre la bande, j'en ai déduit qu'elle était avec vous.

Nouvelle pause.

— En tout cas, je n'étais pas avec elle. Tu as essayé d'appeler Luca ?

— Il ne me répond pas… Nathan, si tu sais quelque chose, il faut me le dire. Ou du moins, aller à la Police… Les parents d'Alice ont de l'argent, ils ne lâcheront pas l'affaire, et c'est d'ailleurs pour ça que la police a réagi tout de suite, ils sont passés par leur avocat.

Il ne parvenait pas à déterminer si Clara cherchait à le prévenir subtilement ou si, au contraire, si elle savait et qu'elle le menaçait.

— Je ne sais rien, Clara.

— Et moi, je pense que tu mens. C'est impossible qu'elle ait été à Montboisé samedi sans que tu sois au courant.

Nathan déglutit.

— Comment ça… ?

— J'ai vu les messages que tu lui envoyais.

Elle laissa sa phrase en suspens, mais il comprit très bien ce qu'elle sous-entendait.

— Si tu parles des messages que je lui envoyais à répétition quand elle ne me répondait pas…

— Il n'y a pas que ça, et tu le sais. Et puis certains trucs qui se sont passés…

— Je n'ai jamais été violent envers elle.

— Tu sais très bien de quoi je parle.

Il se passa la main sur son visage frénétiquement. Chaque mot de Clara s'enfonçait dans son esprit comme une lame.

— Je ne comprends pas pourquoi tu me reparles de tout ça et en quoi ça fait avancer les choses pour retrouver Alice.

— Parce que je pense que tu sais avec qui elle était samedi. Si ce n'est pas avec toi, elle était forcément avec Luca. Dis-lui de me rappeler, s'il ne le fait pas, j'irai voir la police pour donner vos noms.

Clara s'apprêtait à raccrocher quand Nathan l'interrompit.

— Attends. Tu savais que Luca avait offert un collier à Alice ? Tu sais s'ils sortaient ensemble ?

— Je sais que Luca appréciait Alice mais elle ne m'a rien dit sur un collier… Comment tu le sais ?

— Son post sur Instagram. Je te laisse faire tes propres déductions, je n'en ai pas encore parlé à Luca, mais s'ils se voyaient, il ne m'a rien dit… Et, visiblement elle non plus.

La fac était baignée dans une atmosphère pesante, presque irréelle. Il y avait quelque chose dans l'air, une tension sourde qui semblait peser sur les épaules de chacun. Ce n'était pas un matin comme les autres.

Nathan marchait dans les couloirs de la fac, écouteurs vissés sur la tête. Dans le hall principal, un écran diffusait en boucle les actualités locales. Les étudiants, d'habitude bruyants et insouciants, s'étaient agglutinés devant, juste en dessous, une bande rouge clignotait : *Disparition inquiétante : Alice Moreau, 22 ans, introuvable depuis trois jours.*

Assis seul sur un banc près des casiers, le regard perdu, il observait sans vraiment voir. Des murmures, des conversations étouffées lui parvenaient par bribes.

Un instant, les paupières se fermèrent, espérant faire taire le brouhaha dans son esprit.

Une main se posa sur son épaule, celle de Clara, elle avait les traits tirés, les cernes sous ses yeux trahissant son manque de sommeil.

— Des nouvelles de Luca ?

Elle l'observa, un pli soucieux entre les sourcils. Nathan secoua la tête. Hier, il lui avait envoyé un SMS pour qu'il le rappelle, mais aucune réponse. Et lui-même n'avait pas cherché à relancer.

Devant eux, un groupe de filles chuchotait, jetant des regards furtifs dans leur direction. Il devina immédiatement le sujet de leur discussion.

— Je crois que je vais rentrer.

Elle posa une main sur son bras.

— Je vais essayer de trouver Luca ce matin, votre cours commence dans quel amphi ?

— Au B2. On termine le CM[4] à 10 heures.

---

[4] Cours Magistral

Il quitta hall sans un mot de plus. Chaque pas résonnait étrangement dans le couloir presque désert.

Cette journée n'était que le début. Bientôt, les attitudes changeraient, et les rumeurs commenceraient à circuler.

Alors qu'il poussait la porte de la fac et inspirait profondément l'air froid du matin, une idée s'imposa : il devait parler à Kael.

Le quartier où vivaient les parents de Kael était constitué d'imposantes maisons en pierre, des bâtisses anciennes aux jardins soigneusement entretenus.

Nathan se gara sur le bas-côté et s'approcha du portail de fer rouge avant d'appuyer sur la sonnette. Mais rien. Il patienta quelques secondes avant d'appuyer de nouveau. Toujours aucun mouvement.

Les volets étaient fermés, le garage verrouillé. Tout indiquait que la maison était vide. Kael aurait-il décidé de disparaître du jour au lendemain ? Avait-il fui ?

Un dernier appel. La sonnerie résonna, mais personne ne décrocha. Un soupir frustré s'échappa alors qu'un regard s'attardait une dernière fois sur la maison.

Sur la route, son téléphone n'arrêtait pas de vibrer, le prénom Melissa s'affichait sur le cadran. Elle n'avait pas cherché à le contacter depuis qu'ils s'étaient vus dans le café. Pourtant, il rappela immédiatement.

— Nathan, enfin tu décroches !

Il perçut du bruit en arrière-plan, une sorte de brouhaha indistinct, comme si elle se trouvait dans un lieu public.

— Où es-tu ?

— À la cafétéria. Écoute, j'ai appris un truc sur Luca, et il faut qu'on parle.

Il se redressa brusquement.

— Des filles à la fac, elles parlent de lui.

— Comment ça ?

— Certaines filles évoquent des trous noirs après avoir fait la fête avec Luca, et une autre mais…

La réception était mauvaise, Nathan enleva son téléphone de son oreille pour essayer de capter de nouveau un signal.

— Allô ? Mélissa ?

Il tenta de la rappeler, sans succès.

Une fois chez lui, il ouvrit le placard de sa chambre et en sortit une petite boîte en bois, où il avait pris l'habitude d'entasser des objets trouvés. Souvent des bijoux oubliés qu'il trouvait par terre, et souleva délicatement le couvercle pour fouiller à l'intérieur.

Ses doigts effleurèrent plusieurs objets avant de se refermer sur un objet froid et métallique, la montre de Luca. Son cadran rectangulaire était éteint, mais il savait que l'écran pouvait s'allumer d'un simple effleurement. Il déglutit, le cœur battant à tout rompre.

Comment cette putain de montre s'est-elle retrouvée dans ma veste ?

Avec précaution, il s'assit sur son lit et la posa sur sa paume ouverte. Il inspira profondément, puis effleura l'écran du bout du doigt. L'écran restait noir.

— Allez… murmura-t-il, son pouce glissant sur le cadran.

Il chercha le bouton et l'enfonça. Un léger bip retentit, l'écran s'illumina, projetant une faible lueur dans la chambre, le logo de la marque apparut brièvement, suivi d'une interface simple, l'heure, la date… et une icône rouge clignotante dans un coin de l'écran. Nathan fronça les sourcils.

Une notification apparut, un SMS.

Son cœur cognait contre ses côtes. Il fouilla dans les historiques des messages et des trajets, quand un trajet en particulier attira son attention, daté du samedi, quelques heures avant le début de la soirée.

Cette adresse ne lui disait rien. Ce n'était ni chez Luca, ni un bar qu'ils avaient l'habitude de fréquenter.

Il sortit son ordinateur portable d'un geste brusque et tapa l'adresse dans le moteur de recherche. Une liste de résultats apparut, mais ce qui l'intéressait, c'était l'option Street View.

Il cliqua, le cœur battant. L'écran chargea lentement, et l'image se précisa, une rue étroite, un bâtiment à la peinture jaunie. Nathan plissa les yeux et zooma, s'attardant sur les détails. Pourquoi Luca était-il venu ici, quelques heures avant la soirée ?

Il s'attarda sur les lettres inscrites au-dessus du bâtiment, et il comprit. Une vérité brutale, qu'il n'était peut-être pas prêt à affronter, le gifla de plein fouet, mais il n'était pas prêt à se l'avouer.

Pas encore.

La nuit était tombée depuis longtemps sur Montboisé. Allongé sur son lit, entre l'éveil et le sommeil, l'écho de ses pensées tourbillonnait quand un son le fit sursauter. Son téléphone vibra sur la table de nuit. Un appel, en numéro masqué. Il hésita, une seconde, deux, puis décrocha d'une voix endormie.

— Allô ?

Une voix, familière, basse, presque murmurée.

— C'est Kael.

— Kael ? Tout va bien ? Où es-tu ?

— Samedi soir, j'ai vu quelque chose… Je ne peux plus garder ça pour moi.

— C'est-à-dire ?

Son ami semblait au bord de l'implosion, sa voix hachée, paniquée.

— Je… je me souviens. Pas tout. Des flashs. Des images. Des choses qui n'étaient pas là au début. Je vais tout te raconter.

Nathan attrapa son cahier posé sur la table basse. Il décapsula un stylo à la hâte.

— Vas-y, je t'écoute.

La voix de son ami, de plus en plus saccadée, glissa des fragments de cette nuit trouble. Chaque mot s'ajoutait comme une pièce du puzzle que Nathan tentait désespérément d'assembler.

— Tu es sûr de ce que tu dis ?

L'attente s'éternisa.

— Kael ? Tu es là ?

Un chuchotement, presque imperceptible, se glissa à travers le combiné :

— Ne dis rien à Luca.

Puis, un claquement. L'appel avait coupé net. Un nouvel appel, sans succès—boîte vocale.

Ses yeux se posèrent sur l'écran, captant un reflet pâle dans la vitre du téléphone. Son cœur battait dans ses tempes.

L'avait-il vraiment entendu ? Ou venait-il d'assister à un cauchemar éveillé ?

Peut-être que Kael avait sombré pour de bon. Ou peut-être… était-ce lui qui glissait lentement dans un gouffre dont il ne percevait plus le fond.

Depuis quelques jours, Nathan cherchait à assembler les morceaux éparpillés de cette histoire.

Son ami lui avait livré les pièces manquantes du puzzle, dont une autre en particulier, mais il lui manquait encore l'image complète. Trop de versions contradictoires, trop d'ombres autour de cette nuit.

Il alluma sa lampe de bureau, projetant une lueur jaune sur les murs, et ouvrit son carnet, un vieux cahier à spirales qu'il utilisait rarement. Et pour la première fois depuis son réveil sous terre, il tenta de tout poser, de tout organiser. Les faits, tels qu'on lui avait raconté et sans filtre.

Il se força à respirer doucement et nota tout ce qui lui revenait, mais rien ne collait.

Il déverrouilla le tiroir de sa commode pour prendre la NeoWatch de Luca, cette montre contenait plus de secrets que son propriétaire et il le savait.

Il tâtonna à l'intérieur, repoussant quelques vieux carnets, des écouteurs emmêlés. La montre n'était plus là. Pourtant, il était certain de l'avoir rangée là. L'angoisse le saisit.

Il pivota lentement vers son placard pour sortir la boîte en bois où il gardait des babioles. Elle était là, posée, bien en évidence, entre un vieux pendentif rouillé et un briquet cassé. Ce n'était pas possible.

Il savait avec certitude qu'il l'avait mise dans son tiroir. Mais alors… comment avait-elle atterri ici ? Ses mains se crispèrent. Il n'était pas fou. Quelqu'un était entré dans sa chambre ? Ses parents n'avaient aucune raison de fouiller dans ses affaires, et personne ne sait pour la montre.

Pas même Luca

Cette fois, il n'hésita plus. Il se sentait prêt, il devait obtenir des réponses, une vérité claire, quitte à raviver des blessures enfouies.

L'obscurité s'installait sur Montboisé lorsque Nathan atteignit la maison des Orsini. Il s'arrêta devant le grand portail en bois, son regard glissant sur l'immense façade de la maison qui se dressait devant lui, imposante et silencieuse.

La maison était une immense demeure de pierre, aux volets sombres et à la toiture impeccable, trônant au bout d'une allée bordée de chênes. Elle avait un côté presque austère, pétrifiée dans une élégance trop parfaite.

Nathan s'avança sur le gravier et sonna à la porte principale. Après quelques secondes, il poussa le battant, qui n'était pas verrouillé. À l'intérieur, l'odeur du bois et du cuir emplissait l'air. Tout était immaculé, chaque meuble, chaque cadre suspendu aux murs semblait suspendu dans une perfection sans défaut, rien ne dépassait, tout était parfaitement en ordre.

Il progressa jusqu'au grand salon, une pièce vaste où trônait une immense cheminée en pierre sculptée. Devant elle, un fauteuil en velours vert profond.

Ses yeux se posèrent sur son ami, Luca était assis, presque avachi, un verre d'alcool posé sur l'accoudoir, vêtu d'un simple t-shirt noir et d'un pantalon assorti. Il leva les yeux vers lui, un sourire mince aux lèvres.

— Ça va mec ? Tu veux quelque chose à boire ?

Nathan déclina, il rejoignit son ami près de la cheminée éteinte.

— Je sais ce qu'il s'est passé.

— Vraiment ?

La lumière du plafonnier projetait des ombres étranges sur son visage ce qui fit frémir Nathan un instant.

— J'ai rassemblé tous les éléments, j'ai tout écrit.

Il ouvrit son cahier et le fit glisser sur la table entre eux.

— Et toi ? Tu es prêt à entendre la vérité ?

Luca posa son verre et s'adossa à son fauteuil, son sourire s'élargissant légèrement.

— Je suis tout ouï, dis-moi ce que tu as découvert, Nathan boy.

Nathan boy, ce surnom qu'il lui donnait à l'école devant les autres fit surgir en lui une vague d'agacement.

— Samedi soir, tu t'es isolé avec Alice en premier. Je vous ai suivi après car je voulais vous espionner en cachette.

Aucune réaction de Luca, qui continuait de l'observer un sourire en coin.

— Je me suis fait repérer et tu es venu me voir, de là on a eu une discussion houleuse où tu m'as dit qu'il n'y avait pas la place pour deux avec Alice. On s'est battu, j'ai perdu connaissance, et je suis tombé. De là, tu m'as traîné sur le rocher avec Alice, qui voulait sûrement appeler les secours, tu l'as frappé, c'est là qu'elle a crié.

Luca restait silencieux.

— Tu l'as assommé avec une pierre pour la faire taire, la tuant sur le coup. J'étais allongé près de son corps, et c'est à ce moment que tu as inventé cette histoire de malaise. Tu voulais te débarrasser de moi. Quand les autres sont arrivés, tu leur as dit que j'étais mort.

Luca avait écouté Nathan avec intérêt et dédain, il tourna les yeux vers lui avec amusement.

— C'est toi qui t'es isolé avec Alice en premier. Tu étais à côté d'elle, les mains en sang. Je me suis isolé avec toi pour qu'on décide quoi faire et c'est là que tu es tombé… Tu n'avais plus de pouls.

— Arrête de mentir ! J'ai deux versions différentes qui se contredisent ! Kael a entendu un bruit… comme si quelqu'un traînait un corps, juste avant le cri, quand il s'est éloigné pour pisser. Il m'a dit que j'étais soi-disant inconscient, voire mort, mais tout ça, c'est basé sur ce que *toi* tu leur as raconté ! Il m'a aussi confié un truc plus grave… Je respirais encore quand vous m'avez enterré !

Luca ne réagit pas. Il restait assis, les yeux baissés vers son verre qu'il faisait lentement tourner entre ses doigts.

— Je suis retourné dans la forêt le lendemain et j'ai vu les traces en question, ce qui valide la version de Kael. Arrête de mentir Luca !

— Le meurtrier retourne toujours sur les lieux de son crime…

Nathan fou de rage se leva, prit son ami par le col et le plaqua contre le mur en brique blanche, son verre glissa des doigts et s'écrasa par terre dans un fracas.

— Tu n'es qu'un putain de menteur !

Les yeux de Nathan étaient injectés de sang, Luca lui fit signe de desserrer son étreinte.

— Lâche-moi mec, on va en parler tranquillement !

— Dis-moi la vérité ! Si tu avoues que tu as tué Alice, je te jure que je ne dirais rien.

Nathan relâcha son emprise, prenant une demi-seconde pour retrouver sa respiration. Imperturbable, Luca lui fit signe de se rasseoir avant de disparaître dans la cuisine, cherchant de quoi ramasser les éclats de verre dispersés au sol.

— Je n'ai pas tué Alice, mec. J'ai toujours dit la vérité. Tu étais jaloux qu'elle ne te voie que comme un petit frère à protéger, alors qu'au fond, elle avait peur de toi. Tes sautes d'humeur, ton impulsivité… elle savait que tu finirais par faire le geste de trop. Tout le monde savait que tu buvais malgré ton traitement ! Les bagarres en soirée, les fois où j'ai dû te couvrir… Tu sais que je t'ai toujours protégé. Alice, et moi, c'était plus que de l'amitié. Ce soir-là, tu étais à cran. Je ne sais pas ce que vous vous êtes dit, mais elle t'a rejeté, et tu n'as pas supporté.

— Pourquoi tu ne m'as jamais dit que tu avais offert un collier à Alice ? Comment suis-je censé te croire alors que tu m'as menti ?

— Je ne vois pas en quoi ça te concernait. C'était un souvenir de Milan, je l'ai trouvé joli, j'ai pensé à elle.

— Et, tu as pris soin de le récupérer sur son corps après l'incident ? Kael m'a dit qu'Alice n'avait plus son collier quand ils sont arrivés.

— Pourquoi j'aurais repris le cadeau que je lui avais offert ?

Nathan secoua la tête, confus.

— Tout ça n'a aucun sens Luca, et tu le sais ! Tu voulais me tuer. Quand vous m'avez mis dans cette boîte. Tu savais très bien que j'étais en vie, et tu as fait le choix de m'enterrer vivant.

Il arracha une page de son cahier et, sans un mot, la jeta sur la table.

— Tu reconnais cette adresse ?

Luca fixa le cahier et fronça les sourcils.

— Comment tu l'as eue ?

— Ta putain de NeoWatch me l'a donné.

Sa dernière phrase avait résonné contre le mur de la pièce.

— Je ne sais pas comment ta montre s'est retrouvée dans mon pull, mais elle y était. Tu as sûrement une explication, non ?

Luca se rassit mais ne répondit pas.

— Et bien, figure-toi qu'elle m'a donné des informations précieuses. J'ai même eu accès à ton historique de SMS. Et, il se trouve que le samedi après-midi avant la fête, tu es allé au QX acheter du GHB, ta montre a borné à cette adresse. Je ne savais pas quel était cet endroit mais Charlie, lui savait. Tu le sais sûrement, mais c'est un bar, et au-dessus un mec vend des médicaments sans ordonnance, notamment des produits dopants aux étudiants en STAPS. Ce mec est aussi connu pour vendre du GHB.

— Tu racontes n'importe quoi, mec.

— Tu n'es pas allé acheter du GHB ? Tu es sûr ? Parce qu'il y a un SMS d'un certain QX dans ta montre qui te demande si « La Gina a bien fait effet. » Gina c'est un autre mot pour GHB. Le mec qui vend ça s'appelle Quentin Xerxes. Chez lui c'est le QX, il se trouve que Charlie t'a filé le tuyau. Tu drogues aussi des filles en soirée, Mélissa et Clara mènent l'enquête, si une plainte est déposée tu es dans la merde.

— Il n'y a aucune preuve. Elle est venue m'en parler après les cours, elle m'a menacé ouvertement. Je n'en ai rien à foutre de cette fille, elle peut dire ce qu'elle veut, ça n'a aucune valeur.

— Et moi, ça a de la valeur ce que je te dis ? Au début, je pensais que tu avais acheté du GHB pour droguer Alice. Mais, c'est moi que tu as drogué. Les trous noirs, les nausées quand je me suis réveillé… Tous les symptômes du GHB. Et tu l'as fait quand on a eu cette discussion dans les bois lors de notre dispute, tu m'as injecté le produit et je me suis évanoui.

— Tu t'es évanoui car depuis des années tu mélanges alcool et médocs, et ce soir-là avec le cocktail molotov ton corps n'a pas supporté ! Ton cœur ne battait plus.

— Tu es le seul à le dire ! Personne d'autre que toi, n'a pris mon pouls. Les autres ont suivi, c'est toi qui as décidé de ce pacte, c'est toi qui as décidé de t'occuper du corps d'Alice ! Tu ne protèges personne, à part toi-même.

Luca se redressa brusquement.

— Moi-même ? Ça fait des années que je te protège ! À l'école, quand tu es arrivé, tu étais le mec bizarre qui collectionnait les cailloux, au lieu de jouer au foot. J'ai pris ta défense parce que j'ai vu qui tu étais, malgré tes sautes d'humeur. Quand tu as mis un couteau sous la gorge de Julie, j'ai dit qu'elle avait commencé… alors qu'elle t'avait simplement repoussé. À la piscine, quand Romain a failli se noyer, tu t'es assis sur lui pour te venger. J'ai couvert tes actes plus d'une fois. Et pourtant, je savais qu'un jour, tu allais péter un plomb… et j'ai été là pour toi.

Nathan se laissa tomber dans le fauteuil.

— Tu es complètement fou. M'aider en quoi ? Couvrir un meurtre ? Je ne t'ai jamais demandé de me protéger et tu le sais !

— Tu es le frère que je n'ai jamais eu et que je n'aurais jamais.

— Et pourtant, tu as pris la décision de m'enterrer. Un peu contradictoire avec ce que tu viens de me dire.

— Crois ce que tu veux mec. Dans tous les cas… Tu n'as aucune preuve. Personne ne risque rien.

— Ce n'est pas le discours que tu as eu dans l'amphithéâtre l'autre fois… D'ailleurs, comment ça se fait que j'ai retrouvé mon portable dans ma boîte aux lettres ?

— Je te l'ai pris avoir t'avoir enterré, puis je l'ai éteint avant de le déposer.

— T'as même pas été foutu de le donner en main propre à mes parents. J'imagine que c'était aussi pour me protéger ?

Luca secoua la tête, comme s'il tentait d'effacer les mots que Nathan venait de prononcer.

— La preuve c'est le corps d'Alice et toi seul sais où elle est.

Nathan s'attendait à ce que Luca lui avoue, mais il ne dit rien.

— D'ailleurs, je crois savoir ce que t'en a fait.

— C'est ma NeoWatch qui te l'a dit ?

— Non, c'est Kael. Lors de la soirée, en allant pisser, il a aperçu un cochon dans la forêt. On sait tous les deux que Pierre-Jean le fermier laisse sa clôture ouverte le samedi pour que ses cochons aillent se balader. On est les deux seuls à connaître les habitudes de ce gars-là.

Nathan prit une profonde inspiration avant de reprendre.

— Personnellement, si j'avais voulu faire disparaître un corps, je l'aurais donné aux cochons.

Un sourire en coin traversa le visage de Luca, mi-ironique, mi-réfléchi. Il remplit son verre. Le glouglou discret du vin fut le seul bruit à se faire entendre.

— Du coup, c'est quoi la suite, mec ? Tu vas me balancer aux flics ? Tu vas leur dire que toi, Nathan Fontaine, avec tes antécédents médicaux, accuse ton meilleur ami, Luca Orsini d'avoir tué Alice, de l'avoir drogué et laissé pour mort dans un cercueil ?

— Je ne comprends pas pourquoi tu as l'air si serein après avoir fait une chose pareille.

— Je n'ai pas tué Alice. Ne me fais pas encore répéter.

— Je te parle de l'avoir donné aux cochons du père Pierre-Jean. Elle valait si peu à tes yeux pour que tu la donnes à des gorets ?

Luca changea de sujet mal à l'aise.

— Tu penses vraiment que j'aurais été capable de t'enterrer en sachant que tu respirais encore ?

Nathan n'était plus sûr de rien à présent. Il marqua une longue pause avant de reprendre.

— Et si les parents d'Alice engagent un détective privé pour enquêter sur sa disparition ?

— Arrête ton délire. Il ne trouvera rien, je te répète que personne ne savait qu'elle était avec nous, nos téléphones ne captaient pas là-bas. Les flics peuvent venir nous interroger, au pire on fera 48 heures de garde à vue, mais vu qu'il n'y a pas de corps, on ne condamne personne en France sans corps. Il ne t'arrivera rien. Ni à toi, ni à nous.

— Tu as l'air d'avoir pensé à tout pour quelqu'un qui veut juste « me protéger ». Tu as raison, ce serait moche d'avoir « recel de cadavre » sur son casier judiciaire !

— J'ai un père flic, je te rappelle. Et puis… c'est toujours mieux que d'avoir « recel de cadavre » plutôt que « meurtre », tu ne trouves pas ?

Nathan soutint le regard de Luca, mais il comprit qu'il n'obtiendrait rien de plus. Son ami restait campé sur sa version, imperturbable. Aucun aveu, aucun remords, toujours le même discours. Ce sourire narquois et cette attitude qui lui donnait envie de lui arracher la vérité de force.

Mais à quoi bon ? Il savait que c'était inutile.

Sans un mot, il attrapa son cahier de notes posé sur la table basse et le fourra sous son bras. Luca ne bougea pas. Il le laissa faire, toujours son verre de vin à la main.

Nathan tourna les talons et quitta la maison Orsini, le cœur lourd et l'esprit embrumé par trop d'incertitudes.

Dehors, l'air était doux. Il traversa l'allée bordée de graviers et s'engouffra dans sa voiture. Une fois assis derrière le volant, il posa ses mains sur le tableau de bord et souffla un grand coup. Ses pensées tourbillonnaient dans sa tête, chaotiques, violentes.

Puis, comme un coup de poignard, un nouveau flash l'assaillit.

Alice. Son visage terrifié sous la lueur du feu. Il tient une pierre dans sa main, un bruit sourd. Un choc. Elle s'écroule. Luca arrive. Ils s'isolent. Un éclat argenté chute au sol—Nathan le ramasse et le glisse dans sa poche. Puis, un coup inattendu l'atteint par derrière. Il vacille et s'effondre.

Ce n'était qu'une illusion, un délire de son esprit en quête de coupable et une conséquence de sa discussion avec Luca qui veut lui faire porter le chapeau. Il chassa l'image et mit le contact.

Il savait ce qu'il devait faire, il n'aurait peut-être pas de réponse claire, mais il pouvait au moins amener la montre de Luca à la police de Montboisé. C'était une preuve, un élément qui pourrait mettre en lumière ce qu'il s'était réellement passé ce soir-là.

Avec ses notes, il espérait reconstituer les événements, et qui sait, peut-être se disculper définitivement. Rien à foutre de Gianni Orsini, si son fils était un criminel, il devait le savoir.

Il franchit la porte de la maison, sa mère l'interpella pour lui demander de mettre la table mais il l'ignora. Il ouvrit son placard et en sortit la petite boîte en bois prêt à récupérer la montre.

Mais au moment où il la saisit, un autre objet chuta au sol dans un bruit mat. Nathan baissa les yeux. Son sang se glaça.

Le collier d'émeraude d'Alice, celui que Luca lui avait offert. Il le reconnut immédiatement. Ce bijou qu'il avait vu autour de son cou, cette nuit-là. Il n'aurait jamais dû être là.

Lentement, une main hésitante se tendit, effleurant l'objet avant de le saisir du bout des doigts. Son regard se perdit dans le vide, le collier suspendu entre ses doigts. Alice, lui, Luca.

La vérité était-elle réellement entre ces murs ? Était-elle celle évoquée dans la maison des Orsini ? Ou pire, dans sa tête ? Nathan déglutit. Il voulait savoir.

Et si Luca l'avait glissé ici ? Et si tout était une manipulation ? Depuis le début, il contrôlait tout. Il aurait pu déposer ce collier ici, lui faire douter de lui-même.

Nathan riva les yeux sur l'émeraude qui brillait sous la lumière tamisée de sa chambre. Il redressa la tête, fixant son propre reflet dans le miroir en face de lui., son expression était indéchiffrable. Un monstre ? Ou une victime ?

Sans hâte, il pivota pour fixer l'espace devant lui, de l'autre côté du miroir, il avait l'impression d'être épié. *Et toi ? Tu crois que je l'ai tuée ? Ou bien… crois-tu que Luca a tout manigancé ?*

Le choix n'appartient plus à Nathan.

Il vous appartient, cher lecteur.

1, 2 ,3, MOURREZ !

Salle d'audience du comté de Silver Lake, Wyoming

Le coup du marteau du juge Cellis retentit avec fracas, imposant le silence dans toute la salle d'audience. Le calme revint aussitôt.

Kade R-Calloway, 18 ans, menotté, vêtu d'une combinaison grise élimée, se tenait droit face au juge.

Ses yeux cernés et son expression fermée trahissaient des nuits sans sommeil. À sa gauche, son avocat commis d'office, Maître Sheridan, feuilletait nerveusement une pile de dossiers en désordre.

À sa droite, le procureur réajustait sa cravate d'un geste mécanique, prêt à enfoncer le dernier clou sur son dossier. Le juge Cellis posa son regard sévère sur le jeune homme.

— Monsieur Calloway, vous avez déjà comparu devant cette cour il y a six mois pour trafic de stupéfiants. Vous avez bénéficié d'un accord de plaidoyer réduisant votre peine à une détention dans un centre correctionnel de transition pour jeunes délinquants, en échange d'un programme de réhabilitation. Or, il semblerait que vous ayez jugé bon de vous évader du centre de Silver Lake. Le juge marqua une pause, le fixant avec insistance.

— Avez-vous quelque chose à dire pour votre défense ?

Kade releva la tête, haussa un sourcil et croisa les bras.

— Merci pour la deuxième chance que je n'ai jamais eue ?

Maître Sheridan laissa échapper un soupir las et baissa la tête, exaspéré par l'attitude de son client.

— Votre Honneur, l'accusé ne manifeste aucun remords. Il a sciemment échappé à un programme conçu pour sa réhabilitation, défiant l'autorité et rejetant toute tentative de réinsertion. Selon les lois de l'État du Wyoming, Monsieur Calloway, ayant atteint sa majorité, peut être jugé comme un adulte. Nous demandons donc une peine de prison ferme, déclara la procureure Jackson dont la robe trop serrée soulignait chaque pli de son corps.

Kade serra les mâchoires, il fusilla la procureure des yeux. Le juge laissa passer un moment, puis inspira profondément avant d'appuyer ses mains sur le bureau.

— Monsieur Calloway, je pourrais vous renvoyer en détention avec une peine alourdie. Cependant…

Il fit glisser un dossier vers lui, le feuilletant brièvement avant de poursuivre.

— L'État a récemment mis en place un programme spécial pour les jeunes délinquants en échec. Un boot camp correctionnel.

L'atmosphère dans la salle changea légèrement.

— Vous passerez plusieurs semaines dans un environnement strict pendant cinq mois, sous la supervision d'instructeurs militaires. Discipline, endurance, reconstruction personnelle… Une chance d'éviter une longue peine de prison. Une fois votre boot camp complété, votre casier judiciaire sera effacé et vous aurez une chance de recommencer à zéro.

Il posa son regard impassible sur Kade.

— Vous avez le choix, soit un retour au centre… ou au boot camp du comté de Silver Lake.

Kade frémit. Un camp militaire ? Des ordres hurlés, de la discipline forcée, des journées brisées par l'épuisement…

Son premier réflexe était de refuser. Mais l'autre option ? L'image du centre de transition lui revint en mémoire.

Les journées interminables. L'odeur rance des cellules. La routine d'un mort-vivant. Ici, au moins, il aurait peut-être une chance. Une échappatoire. Il laissa échapper un rire amer.

— Entre l'enfer et retourner au centre… Je ne sais pas quelle est la meilleure option.

Le juge le fixa un instant avant de pencher légèrement la tête.

— Cela dépend de ce que vous en faites, mon garçon. Alors, votre choix ?

Kade hésita un instant de plus, mais au fond, il savait qu'il n'avait pas vraiment le choix.

— Je choisis le boot camp.

Le juge acquiesça d'un signe de tête, avant d'abattre une nouvelle fois son marteau.

— Décision actée. L'accusé sera transféré dès aujourd'hui vers le boot camp correctionnel du comté de Silver Lake.

Deux officiers s'approchèrent immédiatement, lui attrapant les bras sans ménagement pour le tirer en arrière. Maître Sheridan le dévisagea brièvement, puis détourna les yeux sans un mot.

Les portes de la salle d'audience claquèrent derrière lui.

Kade fut conduit hors du tribunal et poussé à l'arrière d'une fourgonnette blindée du département correctionnel du Wyoming. L'intérieur était froid, une simple banquette en métal sur laquelle il prit place.

Assis à l'arrière de la fourgonnette, menotté, il regardait à travers les minuscules fenêtres grillagées. Le paysage changeait au fur et à mesure qu'ils roulaient.

Fini les routes et les bâtiments, il n'y avait plus que des kilomètres de forêts épaisses, de montagnes et de vide. Les gardiens n'avaient pas dit un mot depuis son départ du tribunal.

Il n'y avait eu aucune pause, aucun arrêt. Juste le grondement sourd du moteur et la route qui filait sous eux.

Puis, le véhicule ralentit. Une secousse. Un bruit métallique. La porte arrière s'ouvrit violemment, laissant entrer une bouffée d'air sec et brûlant.

— Dehors ! Maintenant !

Kade cligna des yeux en descendant de la fourgonnette. Le sol était de la terre sèche, craquelée par le soleil. Il se retrouva face à une clôture de barbelés interminable, surmontée de miradors. Des projecteurs, des caméras, des gardes en uniforme militaire.

Mais ce n'était pas une prison. C'était pire.

Le boot camp ressemblait à une base militaire abandonnée, au milieu de nulle part. Des baraquements en bois et en tôle, posés sur un terrain vague, les uns à côté des autres comme un camp de guerre oublié.

Au loin, un terrain d'entraînement jonché d'obstacles, fils barbelés, murs à escalader, pneus boueux.

Kade aperçut un groupe de détenus en combinaison kaki, couchés dans la boue, en train de faire des pompes sous les hurlements d'un instructeur armé d'une matraque.

— Bougez-vous ! criait-il.

L'un d'eux, un garçon maigre et couvert d'ecchymoses, s'écroula. L'instructeur le fusilla du regard, puis lui écrasa le pied sur le dos, le clouant au sol.

— Tu veux dormir ? Alors dors dans ta putain de tombe !

Il ravala sa salive. Dans quoi venait-il de mettre les pieds ? Il fut dirigé vers l'entrée principale du boot camp quand un homme s'approcha à grands pas. Il était immense, avec des traits sévères, une mâchoire carrée, et des yeux perçants qui ne laissaient place à aucune humanité. Son uniforme militaire était impeccable, ses bottes cirées au millimètre.

Il s'arrêta à un mètre de Kade, l'observant de haut en bas, sa voix claqua comme un coup de fouet.

— Nom.

Kade hésita une fraction de seconde de trop.

— Je t'ai posé une question le merdeux ! Nom !

— Kade Ross-Calloway, Monsieur.

— On a un comique, ici ?

L'homme immense fut interrompu par un autre homme, plus petit, à la carrure trapue. Un sourire mauvais se dessina sur ses lèvres.

— C'est ton jour de chance, Calloway. Wallace va te donner ta première leçon.

Le sergent Wallace s'approcha lentement, son sourire s'élargissant.

— À genoux.

Kade fronça les sourcils.

— À genoux ! Tout de suite !

L'instinct lui cria de résister. Il fixa Wallace dans les yeux. Mauvaise idée. Un coup, un choc violent dans son estomac. Un impact de matraque qui le plia en deux. Il suffoqua, tomba lourdement au sol, les genoux dans la poussière.

Wallace s'accroupit devant lui, lui attrapant le menton pour relever son visage.

— T'as un problème d'audition, p'tit merdeux ?

Kade serra les dents, mais ne répondit pas. Le sergent lui donna une deuxième frappe dans les côtes.

Une douleur fulgurante explosa dans son flanc. Il se plia en deux à nouveau, luttant pour ne pas vomir. L'autre homme, impassible, observa la scène sans un mot. Il se tourna vers un garde.

— File-lui son uniforme. Il commence sa formation maintenant.

Quelques minutes plus tard, Kade troquait sa tenue de civil contre un treillis kaki usé et des bottes trop grandes.

Son corps était encore en feu après l'agression de Wallace, mais il n'eut pas le temps de se plaindre. On le traîna directement à l'un des baraquements, où les autres pensionnaires dormaient.

L'intérieur était un cauchemar. Une longue pièce rectangulaire, des rangées de lits superposés en métal, des matelas si fins qu'ils ressemblaient à du carton. L'air était saturé de sueur et de poussière.

— Toi, Calloway ! hurla une voix.

Il leva les yeux. Un garde lui jeta une serpillière et un seau d'eau sale.

— Tu vas nettoyer les chiottes du camp.

Kade serra les dents. Il n'avait pas encore mangé, pas encore dormi, et il devait déjà subir l'humiliation.

Il avança jusqu'aux sanitaires, l'odeur lui souleva le cœur. Des toilettes rudimentaires, des éviers couverts de crasse, des douches sans eau chaude. Et le pire… les toilettes étaient bouchées.

— Ils te testent, Rookie[5].

Il pivota. Un garçon s'appuyait contre le mur, bras croisés. Grand, brun avec des cheveux ondulés sur le dessus, athlétique, peau mate avec une fine cicatrice au niveau du sourcil gauche et une autre dans le cou.

— Si tu obéis trop vite, ils vont te marcher dessus. Si tu refuses, ils vont te briser en deux. T'as intérêt à bien jouer ton rôle ici.

Kade fronça les sourcils. Il avait senti un accent dans sa voix.

— Et toi, t'es qui ?

Le garçon lui tendit une main.

— Dante Ramirez. Mais ici, on m'appelle Ghost[6].

Il observa la main tendue du garçon sans bouger.

— T'attends quoi ? lança Dante avec un sourire en coin.

---

[5] Le nouveau
[6] Fantôme

Il hésita une seconde, puis lui serra la main. Elle était froide, sèche, ferme. Ce n'était pas une poignée de main fraternelle, juste une confirmation qu'ils venaient d'entrer en contact.

— T'aurais pas dû venir ici, Rookie.

— T'inquiète pas, c'est pas comme si j'avais eu le choix.

Il eut un léger rire avant de s'éloigner, disparaissant dans l'ombre du baraquement. Kade serra les poings.

Première leçon, ici, il était seul.

Sa première journée de fut un enfer. Après avoir nettoyé chaque toilette sous la surveillance d'un garde, on le força à courir dix kilomètres sous le soleil, puis à faire des pompes dans la boue pendant que les instructeurs hurlaient sur lui. Les règles étaient claires :

1. Obéir immédiatement, sans discuter.
2. Toujours regarder un instructeur dans les yeux.
3. Ne pas poser de questions.

Si quelqu'un ne suivait pas ces règles, coups de matraques, humiliations et privations de nourriture étaient au menu.

Au repas du soir, il eut le droit à mélange immonde de haricots froids, de pain rassis et d'eau tiède.

Il prit une bouchée et retint un haut-le-cœur. Autour de lui, certains pensionnaires mangeaient sans un mot, d'autres échangeaient quelques paroles. Certains avaient les yeux vides. D'autres observaient. Un grand type au crâne rasé avec une cicatrice sur la joue, l'observait fixement.

— T'es le nouveau, hein ? lança-t-il avec un sourire carnassier.

Kade ne répondit pas. Le grand type tapota l'épaule d'un garçon assis à côté de lui, un blond plus petit.

— Regarde ça, on a un p'tit mec tout frais qui croit qu'il va s'en sortir ici.

Il fixa de nouveau Kade avec insistance.

— Alors écoute bien, gamin. Y'a des règles ici. Tu donnes ce qu'on te demande. Tu t'écrases. Et surtout…

Sa main saisit une partie du pain de Kade et le porta à sa bouche.

— Tu partages.

Kade sentit la colère le gagner. Il avait deux options, se soumettre, ou se battre, il fixa son interlocuteur, puis tendit la main vers son assiette.

— Tu peux prendre mon pain… mais tu vas devoir me le rendre avec les dents cassées.

Le jeune homme éclata de rire. Certains pensionnaires levèrent les yeux, intéressés.

— Putain, t'as du cran, Rookie. Mauvaise idée.

D'un coup sec, il envoya son poing directement dans la mâchoire de Kade, qui tomba de son banc, le goût du sang remplissant sa bouche.

Le jeune homme s'approcha, prêt à l'écraser encore plus, mais Kade roula sur le côté, attrapa le pied du banc et frappa violemment le genou de son agresseur. Le colosse poussa un cri de rage, vacilla, puis leva son poing pour frapper à nouveau.

— Ça suffit !

La voix de Dante, alias « Ghost » fusa dans l'air, et tout le monde s'arrêta net.

— Le nouveau vient d'arriver. T'as besoin de prouver quoi, T-Rex ? Que t'es le plus con du dortoir ? On le savait déjà !

Le grand gaillard, surnommé T-Rex serra les dents, puis recula lentement.

— Tu viens de te faire un ennemi, Calloway.

Il recracha un filet de sang avant de s'éloigner. Kade, haletant, s'appuya sur un banc et essuya sa lèvre éclatée. Dante s'approcha et lui tendit un morceau de pain volé d'une autre assiette.

— T'as eu du cran. Mais la prochaine fois, sois plus malin.

— C'était qui ce mec, putain ?

— C'est Trevor Owens, on l'appelle T-Rex ici. Il est ici pour violence aggravée et il aime bien faire le chef de meute.

Dante marqua une pause et fixa la lèvre de Kade.

— Tu veux que je t'emmène à l'infirmerie ?

Kade lui répondit par un geste de mépris. Il était hors de question de jouer la victime le premier jour.

Chacun de ses muscles le brûlait, ses côtes tiraient encore sous les coups encaissés, et la douleur sourde dans son dos le clouait sur place. Il fixa le sommier du lit superposé au-dessus du sien. Son bras droit, posé sur son torse, laissait entrevoir ses tatouages.

Des notes de musique serpentant le long de sa peau, un micro dessiné sur sa main, des fragments d'un passé qu'il ne pouvait plus toucher.

Il y a quelques mois à peine, il était dans la petite chambre de sa mère, casque sur les oreilles, enregistrant des morceaux avec un micro bon marché, rêvant d'un avenir qui lui appartenait.

Ici, il n'y avait ni musique, ni futur, juste le bruit des respirations lourdes, des corps épuisés, des cauchemars silencieux. Ses paupières se fermèrent malgré lui.

Dans un dernier écho de souvenirs, il sombra dans l'inconscience.

Un fracas résonna dans le baraquement, suivi d'un cri strident.

— Debout ! Bande de feignasse !

Les lumières s'allumèrent d'un coup, éblouissant les pensionnaires à moitié endormis. Un sifflet perça l'air, suivi de bruits de bottes frappant violemment le sol.

Kade ouvrit les yeux d'un coup, son corps hurlant de douleur. L'espace d'un instant, il perdit toute notion de lieu.

Un garde renversa brutalement le lit superposé voisin, envoyant un pensionnaire au sol dans un bruit sourd.

— Vous avez dix secondes pour vous mettre en ligne !

Il se redressa en vitesse, son cœur battant à tout rompre. Autour de lui, les autres couraient déjà, sautant des lits, se mettant au garde-à-vous en un temps record.

Un autre qui hésita une seconde de trop reçut un violent coup de matraque dans l'abdomen sous les rires sadiques des gardes.

Il rejoignit la rangée, dos droit, mains derrière la tête, calquant ses gestes sur ceux des autres. Surtout, ne pas attirer l'attention. Le sergent Wallace les observa un par un, sourire aux lèvres.

— Aujourd'hui, vous allez suer, saigner et prier pour crever.

Il s'arrêta devant Kade, plissant les yeux.

— Calloway, tu vas adorer. Tiens, d'ailleurs je ne t'ai pas présenté le Commandant Briggs, tu sais, celui qui t'a brisé les côtes hier.

Un homme apparut—celui que Kade avait aperçu en arrivant au camp la veille. Sans prévenir, un violent coup de genou lui broya l'abdomen. La douleur fusa, immédiate. Foudroyé, Kade s'effondra, haletant. Briggs se pencha vers lui et murmura.

— Je vais faire de ta vie un enfer, gamin.

Les autres restèrent suspendus à ses mots, aucun ne fit le moindre mouvement.

— Vous regardez quoi comme ça ? Allez, dehors ! hurla le Sergent Wallace.

Les hurlements des gardes déclenchèrent le mouvement. En un instant, les pensionnaires se mirent à courir vers le terrain d'entraînement.

Le soleil commençait à peine à se lever quand le premier supplice débuta, pompes sur gravier, jusqu'à ce que les bras tremblent et lâchent, course de cinq kilomètres en montée sous le poids de sacs de sable, parcours d'obstacles avec fils barbelés, murs à escalader et fosses de boue.

Kade était au bout de sa vie, ses muscles en feu. À chaque faux mouvement, les coups pleuvaient, et Wallace et Briggs semblaient prendre un malin plaisir à le viser lui en particulier.

Après une heure d'effort, alors qu'il reprenait son souffle entre deux exercices, une voix s'éleva à côté de lui.

— T'as vu, t'es toujours en vie.

Dante. Il semblait fatigué, mais pas brisé.

— Bienvenue au premier jour du reste de ta misérable existence, Rookie.

Kade cracha sur le sol.

— C'est toujours comme ça ?

— Parfois, c'est pire.

Kade jeta un regard aux autres pensionnaires. Certains se débrouillaient mieux que d'autres. Dante sourit légèrement.

— Tu veux que je te présente tes nouveaux colocataires ?

Dante hocha le menton vers Trevor, un peu plus loin, qui forçait un autre pensionnaire à faire des pompes en lui écrasant le dos.

— T-Rex, tu connais déjà. Un connard qui règne par la force. La moitié du dortoir lui lèche les bottes, l'autre espère juste qu'il crèvera dans son sommeil.

Kade fixa Trevor avec haine. Ce mec était un problème.

— Le problème avec les rois, c'est qu'ils finissent toujours par tomber, répondit Kade.

Dante haussa les épaules et pointa du doigt un jeune homme aux cheveux courts, noirs, aux mouvements étrangement fluides et silencieux.

— Dylan Carter, dit « Trigger »[7]. Il parle peu, mais il écoute tout. Il est là pour possession d'armes à feu. Tu ne le verras jamais s'énerver, il réfléchit beaucoup trop avant d'agir.

— Et il suit qui, lui ?

— Personne. Et c'est bien ça qui me fait flipper.

Un rire éclata non loin d'eux. Un jeune garçon mince mais athlétique, couvert de sueur, se moquait d'un autre pensionnaire.

— Et lui ?

— Jaimie Carter, dit « Jay ». Le seul mec ici qui arrive encore à rigoler. Je crois que c'est son superpouvoir. Il dit qu'il est là pour vol de voiture et qu'il a été piégé par un ami, sa version

---

[7] Gâchette

change tous les jours… mais bon, que ce soit vrai ou pas, avec sa tchatche, il pourrait convaincre un flic de lui filer ses clés.

Près des baraquements, un type maigre avec des lunettes rafistolées était assis à l'écart, observant tout et tout le monde.

— Lui, c'est « Sticks »[8] Marcus Evans. Le mec le plus malin du camp. Il voit tout, il comprend tout. Mais il s'en fout. Il veut juste sortir d'ici en un seul morceau.

— Il est du genre à aider ?

Dante haussa un sourcil.

— Uniquement si t'as quelque chose à lui offrir en retour.

Kade nota l'intelligence froide dans ses yeux. Un mec comme ça pouvait être utile. Il allait poser une autre question quand un cri se fit entendre.

— Bouge, Connell !

Un jeune garçon blond, frêle, en sueur, peinait à escalader un mur d'obstacles.

— Et voilà notre dernier élément… Caleb Connell, « Kiddo »[9].

— Kiddo ? Sérieusement ?

— Tout le monde l'appelle comme ça parce qu'il n'a clairement pas sa place ici.

Caleb réussit à peine à passer le mur, avant de s'écrouler au sol, haletant. Briggs s'approcha et lui colla un coup de botte dans les côtes.

— Debout ! Petite merde !

Le regard de Kade s'assombrit.

— Pourquoi il est là ?

— Il a renversé quelqu'un en voiture qui a terminé handicapé. Si tu veux mon avis, il n'a rien d'un criminel, c'est juste un gamin qui a fait une erreur de parcours.

---

[8] Maigrichon
[9] Gamin

Kade observa Caleb lutter pour se relever, les yeux brillants de peur.

— Il ne va pas tenir.

Dante sourit tristement.

— Non. Il va se faire écraser. La question, c'est juste quand.

L'heure du déjeuner sonna, ils avancèrent en file indienne sous le soleil écrasant de juin.

Kade remuait nerveusement son pied gauche, la sueur perlant sur son front. Dante, d'un coup de coude discret, lui rappela de garder son sang-froid avant que Briggs et Wallace ne le remarquent.

Il ne comprenait toujours pas pourquoi Dante l'avait pris sous son aile, mais il savait une chose, c'est que personne n'aidait sans attendre quelque chose en retour.

Ils pénétrèrent dans le réfectoire du camp. Des tables en fer, de longs bancs sans dossier, exactement comme au centre correctionnel, la seule différence, ici, c'était qu'il n'avait pas à cantiner.

Kade s'installa, bientôt rejoint par Dante, Jamie, Dylan, Marcus et Caleb. Un peu plus loin, Trevor – alias « T-Rex » – était assis à une autre table. Le repas du jour leur fut servi, haricots blancs, pâtes et pain. Un mélange douteux. Il grimaça et poussa son assiette du bout de sa fourchette, écœuré.

— Vous savez quand ça commence ? demanda Caleb d'une voix fluette.

Personne ne répondit.

— De quoi ? Ton enterrement ? plaisanta Jamie.

Son rire s'éteignit net lorsque Trevor, de l'autre côté du réfectoire, lui fit signe de se taire.

—Il parle des épreuves, précisa Dante.

— Je croyais que c'était une légende, un truc qu'on racontait aux nouveaux pour leur faire peur… Ça existe vraiment ? renchérit Jamie en mordant dans son pain.

— Demande à Wolf si ça existe, pas sûr qu'il puisse te répondre, répondit Marcus jusqu'ici silencieux.

— On va encore parler de ce type ? Sérieusement ? soupira Jamie en levant les yeux au ciel.

— C'est qui, Wolf ? demanda Kade, intrigué.

Jamie fit mine de ne pas entendre, Marcus fixait obstinément son assiette, Dylan croisait les bras en fixant son verre, Caleb, sans un mot, haussa simplement les sourcils.

— Un gars qui a disparu du camp, lâcha Dante.

— Il n'a pas disparu. On l'a fait disparaître, corrigea Marcus.

— Qu'est-ce que t'en sait, le binoclard ? Tu vas nous dire que tu vois tout avec tes lunettes ? ricana Jamie.

— Contrairement à toi, j'ai un cerveau.

Caleb se tassa sur son siège à l'évocation du nom de Wolf.

— Ces épreuves… c'est quoi au juste ? poursuivit Kade.

— Personne ne sait vraiment. Il y en a tous les ans, et chaque année, elles changent. La seule chose qu'on sait, c'est qu'il y en a trois, expliqua Dante.

— Et toi, t'es devenu le flic du camp ou quoi ? ironisa Jamie.

— Demande à Trigger, il partageait le dortoir de Wolf.

— Trigger ne dira rien. Il ne parle presque jamais.

Tous tournèrent les yeux vers Dylan – alias « Trigger » – qui venait de se lever pour aller chercher de l'eau.

— Et elles ont quoi de spécial, ces épreuves ? reprit Kade.

— T'en reviens pas vivant, lâcha Marcus.

Jamie éclata de rire. Un rire trop bruyant, trop insouciant. Trevor, à l'autre bout de la salle, se redressa et lui lança un regard noir.

— Ferme-la, Jay, siffla Dante.

— Ne l'écoute pas, Rookie. Ils adorent se monter la tête avec leurs alliances à la con et leurs histoires à dormir debout. Ça fait quatre mois que je suis là, et je n'ai jamais rien vu de tout ça, continua Jamie.

— Je pense que Kade est assez grand pour décider lui-même ce qu'il veut croire, intervint Dante.

Caleb posa sa fourchette et se balança sur sa chaise nerveusement.

— Les gars, je crois que je ne vais pas tenir…

— Tout va bien se passer. Il suffit qu'on reste soudés, le rassura Dante.

— Soudés de rien, mec. Moi, je m'allie avec personne. Je suis là, je fous l'ambiance, et c'est tout, répondit Jamie avec désinvolture.

— J'aimerais bien prendre les choses autant à la légère que toi.

Un sifflement strident coupa court à la conversation. Briggs venait d'entrer dans le réfectoire, son sifflet entre les dents. 13 heures. Fin de la pause déjeuner, et le début d'une après-midi interminable.

— Vous êtes prêts ? hurla-t-il.

— Oui, Monsieur ! crièrent-ils tous en chœur.

Pas le temps de souffler. D'un geste brusque, il leur désigna la sortie. Dehors, sous le soleil accablant, la chaleur faisait onduler l'air.

— Aujourd'hui, vous allez apprendre le travail d'équipe et l'entraide ! Vous avez cinq murs et vous êtes vingt. Ce qui fait quatre par mur. Votre objectif, les escalader les uns après les autres, en vous aidant mutuellement. Si j'en vois un qui ne tend pas la main à un autre, il sera sanctionné. Est-ce clair ?

— Oui, Monsieur !

— Bien ! Vous avez une minute pour grimper ce mur. Formez des groupes de quatre !

Kade chercha Dante du regard. Il était déjà avec Marcus et Dylan, sans hésiter, il se joignit à eux.

— Il faut qu'on se synchronise, les gars. Étant le plus costaud, je propose de faire la courte échelle. Une fois en haut, on s'aide à escalader, proposa Dante.

— Mettez le pied sur la gauche pour commencer, il y a un meilleur appui, observa Marcus, scrutant le mur avec attention.

— À mon signal ! tonna Briggs dans son mégaphone.

Kade se tendit, prêt à foncer derrière Dante.

— Un !

Dante se plaça à l'avant, prêt à partir.

— Trois !

Dante s'élança, ses camarades sur ses talons. Kade, juste derrière, lui saisit le pied et lui donna l'impulsion nécessaire. Agrippé au mur, Dante prit appui là où Marcus l'avait indiqué, puis lui tendit la main. Kade et Dante le hissèrent à leur niveau. Dylan suivit, se hissant à la force des bras. Il ne restait plus que Dante. Sans hésiter, Kade lui tendit la main.

— Ta main glisse, mec !

Il glissa lentement, tentant de se cramponner du mieux qu'il pouvait.

— Mets ton pied à gauche et pousse ! lança Marcus, à bout de forces.

Il obéit et donna une impulsion. Dylan l'attrapa solidement et, d'un effort brutal, le souleva.

— Merci, les gars…

Il échangea un regard avec Dylan, hochant la tête en guise de remerciement. Dylan parlait peu, mais Kade crut apercevoir un sourire furtif sur son visage. Autour d'eux, les autres groupes avaient aussi fini l'épreuve. Briggs siffla une nouvelle fois.

— Vous avez tous échoué !

D'un geste, il leur montra sa montre.

— Trop lents !

Kade se mordit la langue pour ne pas soupirer d'exaspération.

— Vous allez donc faire des burpees pendant quinze minutes. À mon coup de sifflet ! C'est compris ?

Le sifflet retentit. Tous s'élancèrent—saut, appui sur les bras, jambes tendues, remontée, et encore un saut. Le cycle recommençait sans relâche.

Un bruit rauque attira l'attention de Kade, d'un geste, il écarta ses mèches brunes, trempées de sueur. Caleb haletait, un râle profond échappé de sa gorge.

— J'ai… oublié mon… inhalateur, balbutia-t-il, peinant à respirer.

— C'est la troisième fois cette semaine !

— Monsieur… laissez-moi aller le chercher…

Kade enchaînait les mouvements en mode automatique, tentant d'évacuer la scène de son esprit.

— Si tu arrêtes… Tu sais ce qui va se passer.

Caleb le savait. S'il s'arrêtait, il risquait une punition sévère, ou pire, un passage en conseil de discipline. Mais s'il continuait, il allait mourir. Kade voyait de la détresse absolue dans ses yeux. Il prit une décision, stupide, mais instinctive, il s'arrêta.

Un coup de sifflet strident retentit juste à côté de son oreille.

— Qui t'as dit de t'arrêter Calloway ?

Kade se releva avant de reprendre sa respiration et se mit au garde à vous.

— Prenez-moi à la place de Kiddo, Monsieur.

D'un revers de main, il essuya furtivement de la sueur sur son front.

— Je m'arrête à sa place. J'accepte la punition, mais laissez-le récupérer et allez chercher son inhalateur.

Dante, visiblement agacé, enchaîna ses burpees sous la chaleur sans ralentir.

— Quand je donne une punition, Calloway, c'est tout le monde qui trinque.

— Laissez-le partir. J'assume ma décision. Les autres n'ont pas à payer pour ça.

Briggs éclata d'un rire sec.

— Il reste cinq minutes, bande de feignasses !

Il se tourna de nouveau vers Kade, sifflet à la bouche.

— T'es sûr de toi, Calloway ?

Entre-temps, Caleb s'était effondré au sol, sa poitrine se soulevant au rythme de sa respiration laborieuse.

— Certain, Monsieur. Je prends sa place.

Briggs esquissa un sourire amusé, puis d'un geste, ordonna à Caleb d'aller chercher son inhalateur. Un garde l'accompagna hors du terrain. Un dernier coup de sifflet retentit. Les cinq minutes étaient écoulées.

Ruisselants de sueur, les autres se redressèrent, se mettant automatiquement au garde-à-vous. Kade les imita et rejoignit le rang. Briggs balaya le groupe d'un regard satisfait.

— Monsieur Calloway accepte la punition de Monsieur Connell. Et la vôtre, par la même occasion.

Personne ne réagit.

— Il restera donc sous la surveillance d'un garde cet après-midi, pendant que vous irez en cours d'anglais. C'est compris ?

Kade serra les mâchoires. Il savait qu'il allait en baver, mais au moins, Caleb pouvait respirer.

Dans un froissement de vêtements et de poussière, le groupe se dirigea vers l'entrée du bâtiment Ouest. Il resta immobile, ancré sur place, attendant son sort.

Que venait-il de faire ? Il ne connaissait même pas ce gamin. Pourtant, il avait choisi de le protéger. Était-il devenu fou ?

— Calloway, tu vas rester ici cet après-midi. Une heure de montées de genoux et de pompes. Ce soir, privé de dîner.

Il serra la mâchoire.

— Les montées de genoux, c'est pour t'être arrêté, la privation de repas, c'est pour avoir foutu ton nez dans MA méthode avec Connell. Personne ne discute ma méthode. C'est compris ?

— Oui, Monsieur.

D'un geste presque mécanique, Kade se mit en position pour commencer son exercice, mais Briggs l'arrêta net.

— Va à l'ombre. J'aimerais pas que tu t'effondres tout de suite.

Kade se dirigea vers une zone ombragée, pendant que Briggs ordonnait à un autre garde de veiller sur son pensionnaire, il disparut ensuite dans le bâtiment.

— Allez, commence, ordonna le garde.

Il inspira profondément, fléchit ses jambes, puis lança son premier mouvement. Ses genoux montaient jusqu'à son bassin, ses bras accompagnaient le rythme.

Yeux clos, il s'imagina derrière une batterie, en plein concert. La musique, son unique échappatoire. Un rythme, une mélodie, une chanson à composer—tout pour oublier la douleur, la chaleur, la faim. Vingt montées de genoux, vingt pompes. Encore et encore.

Plongé dans ses pensées, la cadence se brouilla. Un sifflet strident le ramena brusquement à la réalité. Ses paupières s'ouvrirent mais son esprit erra ailleurs. Elle. Ses lèvres charnues, ses cheveux bruns tressés dans son dos, le tatouage sur sa clavicule, ces yeux perçants d'un bleu intense, ce bandana noué avec soin.

Son corps brûlait de fatigue tandis que son esprit divaguait. Puis, soudain, il sentit une chaleur inattendue dans son bas-ventre. Il s'arrêta net, puis éclata d'un rire incontrôlable en comprenant qu'il était en train d'avoir la trique.

— Pourquoi tu rigoles, Calloway ? lança le garde, suspicieux.

Il resta silencieux, lointain, enfermé entre l'épuisement et ses pensées intrusives. Ses mouvements, alourdis, perdaient toute précision. Son corps cédait, son estomac se retournait, sa gorge brûlait, sa vision vacillait.

Il tenta une nouvelle série de pompes, mais ses bras ne le soutinrent pas. Il s'effondra sur le sol brûlant, la sueur lui piquait les yeux.

Puis, une voix perça le tumulte :

— *Kade… Rejoins-moi.*

Son cœur se déroba. Il releva la tête—elle était là, lointaine, irréelle, comme une ombre insaisissable.

Son sourire—éclatant, doux, presque irréel. Ses yeux d'un bleu limpide, perçant l'espace comme une mer calme sous le soleil. Tout sembla suspendu. Une main surgit dans son dos. Une pression brutale.

Puis, le néant.

Un seau d'eau glacée lui explosa en pleine face. Kade ouvrit brusquement les yeux, haletant. Son corps était engourdi, sa joue collée contre le béton rugueux. Des voix s'élevèrent au-dessus de lui.

— Calloway ! Réveille-toi, bon sang ! beugla le sergent Wallace.

Briggs et Wallace étaient là, et avant qu'il n'ait le temps de réagir, ils le saisirent sous les bras, le redressant sans ménagement.

Des claques sèches lui claquèrent les joues pour le faire émerger complètement. Il vacilla sur ses jambes, son corps hurlant de douleur. Une saveur salée se répandit sur sa langue. Il avait pleuré.

— Sergent Wallace, s'il n'arrive pas à marcher, on va devoir l'emmener à l'infirmerie, suggéra un garde, visiblement inquiet.

Kade leva une main en guise de refus. Il se redressa péniblement et se mit au garde-à-vous, aussi droit que possible.

— Bien, allons-y, mon gars. On va t'escorter à l'intérieur.

Ils l'agrippèrent chacun par un bras et le traînèrent à l'intérieur du bâtiment. L'horloge accrochée au mur indiquait presque 18 heures. D'autres gardes prirent le relais dès qu'ils franchirent le seuil.

— Récupère tes affaires de douche. Serviette, claquettes. Dépêche-toi.

Sans protester, Kade obéit, attrapant ses affaires avant de suivre les gardes.

Une fois dans les douches, il se déshabilla et ouvrit le robinet. Sans hésiter, il tourna directement sur froid et se pencha sous l'eau, buvant à grandes gorgées.

Pour une fois, le garde ne surveilla pas le chrono. Dix minutes sous l'eau glacée. Dix minutes de répit. Il avait faim, son estomac criait famine.

— Habille-toi en cinq secondes. Ensuite, direction la salle de récréation.

Kade hocha la tête. Il ne savait pas où ils allaient l'emmener mais ça ne pouvait pas être pire que ce qu'il venait de subir. Il enfila sa tenue du soir – un pantalon gris et un t-shirt assorti – puis suivit le garde à travers les longs couloirs. Ils marchèrent jusqu'à une porte avec marquée *Salle de Récréation*.

Le garde l'ouvrit d'un geste sec. Kade plissa les yeux, encore rougis par l'eau glacée de la douche.

L'éclairage tamisé ne l'aidait pas à s'adapter tout de suite. Et là, à l'unisson, ses camarades éclatèrent en applaudissements.

— Silence, Messieurs ! tonna une voix féminine depuis l'autre côté de la pièce.

L'agitation s'évapora aussitôt. La salle ressemblait à une salle de classe plutôt banale. Il comprit rapidement l'utilité de l'endroit, c'était ici que les pensionnaires recevaient du courrier, écrivaient des lettres ou lisaient des bouquins empruntés à la bibliothèque.

— Vous pouvez rejoindre vos camarades, précisa-t-elle d'un ton neutre.

Il s'installa face à Dante, qui leva la main pour un check. Marcus, Dylan et Jamie levèrent brièvement les yeux avant de replonger dans leurs lettres.

— Il est où Kiddo ? demanda Kade à voix basse.

— À l'infirmerie.

Dante le fixa un instant avant de reprendre, son ton grave :

— Ce que t'as fait cet après-midi… c'était soit complètement con, soit incroyablement courageux. Dans tous les cas, t'as sauvé nos fesses. Et surtout celles de Kiddo.

Kade ne répondit pas. Il attrapa une feuille de papier et commença à écrire. Il avait pensé à elle, et elle devait le savoir.

— Mec, t'as une sale gueule.

— C'est ce qui arrive quand on traverse l'enfer. Un jour, tu comprendras.

Dante haussa un sourcil et ouvrit une nouvelle lettre.

— Au fait, c'est quoi, ces épreuves dont tu parlais tout à l'heure ?

— Chaque année, le camp nous met à l'épreuve. Trois épreuves. Pour nous tester comme apprentis soldats.

— Et la première, c'est pour quand ?

— Deux semaines. Enfin… c'est ce qu'on dit. Mais il y a beaucoup de rumeurs là-dessus.

— Du genre ?

Dante posa son stylo et fixa Kade.

— Que ces épreuves sont faites pour nous tuer.

— Vu ce que j'ai vécu cet après-midi, j'ai déjà eu l'impression d'y passer. Alors tu sais… ça ou autre chose, ça m'est égal. Je ne compte pas rester.

— T'as cinq mois à faire, comme nous tous, de quoi tu me parles ? Si tu ne restes pas jusqu'au bout, c'est retour au tribunal et ils vont te remettre en cabane.

Aucune réaction de la part de Kade qui continuait d'écrire sa lettre. Dante continuait à l'observer.

— Pourquoi t'es là, d'ailleurs ?

— Parce que le juge Cellis l'a décidé.

— T'as très bien compris ma question.

Il roula des yeux, il détestait cette question et pourtant, quand il était au centre correctionnel c'est la première question qu'on lui posait.

— Trafic de drogues, j'avais pas beaucoup sur moi, mais ça a suffi à m'arrêter. J'ai eu du sursis, j'ai recommencé. Cette fois ils m'ont envoyé dans le centre correctionnel de Silver Lake et bref, je me suis échappé.

Les yeux de Dante s'écarquillèrent.

— Tu t'es échappé ? Mais pourquoi ?

Il lui fit comprendre qu'aucun mot ne franchirait ses lèvres.

— Moi, je me suis fait choper pour cambriolage. Je revendais des trucs volés. Mais un jour, j'ai refourgué une montre à un gars du lycée… et le mec a reconnu qu'elle appartenait à son pote. Il est allé voir les flics et ils m'ont serré.

Kade leva un sourcil.

— C'était pas une Freedom Time, par hasard ?

— Comment tu sais ?

Un rictus amusé passa sur le visage de Kade.

— Parce que j'étais à Silver Lake High. Et il y a un mec qui en avait parlé à l'époque. Je me souviens m'être dit… Quel con a bien pu vendre une montre volée dans son lycée ?

Il marqua une pause avant d'ajouter avec un sourire en coin :

— Sérieusement, mec… Il y avait deux lycées. Une chance sur deux. Et t'as choisi le mauvais.

Dante ne répondit pas. Puis, contre toute attente, il esquissa un sourire. Le premier depuis que Kade était arrivé.

Le premier depuis longtemps.

Après la pause en salle, les autres furent conduits au self, Kade fut escorté directement vers le dortoir, Briggs avait été clair, privé de dîner. Il n'allait pas revenir sur sa décision.

Assis au bord du lit, son esprit divaguait, il savait qu'il ne resterait pas ici. Pas question de tirer cinq mois dans ce camp de fous—il devait s'évader. Et vite. Mais fuir seul était impossible.

Une leçon apprise en centre correctionnel : avoir du poids ne dépendait ni de la force ni de la chance. Tout reposait sur les gens. Savoir qui utiliser, qui manipuler, qui trahir, et surtout… qui garder près de soi.

Caleb lui était redevable, mais il était trop fragile. Il s'écroulerait à la première difficulté. Kade n'avait pas besoin de boulets, mais d'hommes fiables.

Il observa les lits vides autour de lui, réfléchissant aux pions qu'il pouvait placer.

Marcus, alias « Sticks », un mec discret, observateur. Son truc, c'était les détails, du genre à mémoriser des plans sans même s'en rendre compte. Il pourrait l'aider à comprendre la structure du camp, les allées et venues des gardes.

Dylan, alias « Trigger », le silencieux, l'instinctif. Loin des embrouilles. Lui, il ne parlerait à personne. S'il devait s'échapper, il lui faudrait quelqu'un pour couvrir ses arrières, quelqu'un qui sente les dangers avant qu'ils ne frappent.

Jamie, alias « Jay », Le clown du groupe. Pas drôle, mais utile. Il était doué pour faire diversion, semer la zizanie. Un élément instable et influençable, et en plus, il craignait Trevor, il l'avait vu à midi, grande gueule, mais la ferme dès qu'on hausse la voix. Ce genre de faiblesse peut être exploité.

Dante, alias « Ghost », celui-là, il était intéressant. Un idiot pour avoir vendu une montre volée dans le lycée de sa victime, mais un mec assez intelligent pour ne jamais s'être fait choper lors de ses cambriolages. Il savait passer inaperçu, et c'était une compétence précieuse.

Il ferma les yeux un instant. Si les fameuses épreuves dont Dante avait parlé approchaient, il lui faudrait une stratégie. Personne ne gagnait seul, et Kade comptait disparaître avant leur arrivée, mais s'il échouait… Il devrait survivre.

Et pour ça, il allait avoir besoin d'alliés. Ou de marionnettes.

L'extinction des feux approchait. Sous la surveillance rigide des gardes, les autres furent escortés à travers les couloirs jusqu'au dortoir.

Aucun murmure, aucun signe de fatigue n'échappait à leurs geôliers. Ici, tout était une question de discipline, de contrôle. Son estomac, pourtant habitué aux privations, semblait vouloir lui rappeler l'injustice de la punition.

Arrivés devant la porte métallique du dortoir, un garde déverrouilla la serrure, laissant entrer les pensionnaires un par un.

— Tous au lit ! Je vous rappelle que vos bras doivent être en dehors de vos couvertures et que vous devez dormir sur le dos, de sorte qu'en cas de ronde on puisse vous identifier ! Compris ? cria le Sergent Wallace.

Les lumières du couloir s'éteignirent progressivement, plongeant la pièce dans une obscurité totale, à l'exception des veilleuses murales.

Puis, un léger bruissement, un pas discret s'approcha de son lit. Kade sentit une pression contre sa main, quelque chose de rugueux, légèrement écrasé. Il ouvrit les doigts.

— Tiens, murmura une voix qu'il reconnut immédiatement.

La voix de Caleb. Kade attrapa discrètement la nourriture et la porta à sa bouche. Il mastiqua lentement, savourant le peu qu'il avait. Une ombre bougea à sa gauche, un objet roula doucement sur son lit.

— Mange ça aussi, souffla Dante, assis sur le bord de son propre lit.

Kade attrapa la pomme et la porta à ses lèvres, mordant sans bruit. La satisfaction l'envahit, douce et immédiate.

Ils venaient de prouver leur loyauté.

À cinq heures précises, un sifflet strident vrilla les tympans, brisant la quiétude du dortoir comme une explosion.

Kade avait l'impression de revivre les mêmes journées, comme s'il était bloqué dans une boucle temporelle.

Des bruits de matelas grinçant, de couvertures jetées sur le côté, des grognements de fatigue envahirent la pièce, dans un même mouvement, tous se levèrent au garde à vous pour faire des pompes sous l'œil aguerri du Sergent Wallace.

Son corps endolori protestait contre l'effort, mais il ignora la douleur. Il avait connu pire. Dans le chaos matinal, des gardes ouvrirent la porte, leurs bottes claquant sur le sol dur.

— Habillez-vous, enfilez vos gants. Aujourd'hui, c'est boxe. Et je veux du spectacle !

Kade esquissa un sourire en coin. C'était parfait et l'occasion rêvée pour cuisiner Marcus, tout en lui testant les côtes. À la file indienne, en parfaite synchronisation, ils traversèrent le camp sous l'œil vigilant des gardes.

L'air du matin était chargé d'humidité et d'une fraîcheur soudaine, un contraste brutal après la chaleur suffocante de la veille.

Le sol, encore imprégné de rosée, crissait légèrement sous leurs chaussures. Kade inspira profondément, sentant l'odeur du métal, de la terre battue et du lointain parfum de sueur qui flottait déjà dans l'air.

Ils avancèrent dans l'aube, leurs pas cadencés par le martèlement des bottes des gardes qui les escortaient.

Pas de murmures, pas d'échanges furtifs, seulement le bruit des semelles frappant le gravier et le léger sifflement du vent contre les clôtures barbelées.

Devant eux, apparut une structure austère, massive, presque camouflée parmi les autres bâtiments du camp.

Un préfabriqué en acier, terne et sans fenêtres apparentes, avec une large porte métallique verrouillée par un loquet lourd qui ressemblait plus à un entrepôt abandonné qu'à un espace d'entraînement. Le sol était recouvert d'un tapis usé, aux coins parfois décollés. Des affiches élimées de boxeurs d'un autre temps étaient scotchées sur les murs.

Au centre, trois rings en corde, montés sur des plateformes légèrement surélevées, marquaient l'espace principal. Sur le côté, quelques sacs de frappe, alignés comme des soldats en attente d'un combat.

Kade enfila son t-shirt d'entraînement, son short et ses chaussures, puis attrapa une paire de gants en cuir dur dans le bac que distribuait un garde.

Autour de lui, les autres faisaient de même, certains déjà réveillés, d'autres encore à moitié endormis. Briggs apparut au centre de la salle.

— Mettez-vous en binôme. Si vous saignez, vous continuez. Si vous tombez, vous vous relevez. Si vous pleurez, vous faites des burpees ! Compris ?

Kade scruta les environs. Trigger s'était déjà mis avec Dante. Jay avec un autre gars plus massif que lui. Il se tourna vers Marcus.

— Toi et moi, Sticks.

Ils montèrent sur le tapis. Kade se mit immédiatement en position. Garde haute, poings serrés, pieds bien ancrés.

Il savait que Marcus n'était pas un combattant mais un stratège. Il analyserait chaque mouvement avant d'agir. Premier coup. Marcus tenta un direct du droit.

Kade esquiva avec un léger pas de côté et enchaîna avec un crochet au foie.

— Putain… souffla-Marcus.

Kade ne répondit pas. Il testait ses réflexes. Nouvelle offensive. Feinte d'un jab du gauche, puis véritable coup de droite en uppercut. Marcus para au dernier moment, absorbant le choc sur son gant.

— Pas mal.

Kade sourit.

— Alors, dis-moi… c'est quoi ton histoire, Sticks ?

— T'essaies de me distraire ?

Kade lança un jab rapide vers son épaule, juste pour lui rappeler que la conversation n'était pas terminée.

— Non. J'essaie de te comprendre.

Marcus grogna, encaissa, puis tenta un direct du gauche. Kade le bloqua avec son avant-bras.

— T'as un bon timing.

— J'analyse les schémas, c'est mon truc.

Kade arqua un sourcil. C'était exactement ce qu'il voulait entendre.

— Et c'est quoi ton truc, alors ?

Marcus hésita. Puis il lança une rafale rapide de trois coups – jab, direct, crochet.

— Hacking.

Kade esquissa un sourire, tout en pivotant légèrement pour feinter un crochet du droit, puis balancer un direct du gauche dans l'épaule de son adversaire. Il tituba.

— Merde…

— Hacking, hein ?

Marcus secoua la tête, relevant sa garde.

— J'étais bon. Trop bon.

— Explique-moi.

Marcus tenta une attaque – un direct mal assuré. Kade l'attrapa par le poignet et le repoussa d'un coup sec.

— Tu veux me faire parler en m'épuisant, c'est ça ?

— C'est toi qui te fatigues tout seul.

— J'ai infiltré des banques. Des bases de données. J'ai détourné de l'argent, modifié des fichiers, joué avec des pare-feu que même les flics avaient du mal à craquer.

— Et comment tu t'es fait choper ?

— Une putain d'erreur. J'ai laissé une brèche ouverte sur une transaction. Une banque a flairé l'anomalie et… j'ai vu débarquer le FBI chez moi.

— FBI ?

— Ouais. J'ai échappé au pire parce que je suis mineur. Mais ils ont voulu faire un exemple.

— Tu pianotes sur un clavier aussi vite que tu frappes ?

— Quelque chose comme ça.

Un hacker. Un mec capable de comprendre les systèmes, de repérer des failles. Peut-être qu'il ne savait pas crocheter des serrures, mais il pouvait décoder des modèles, des rotations de sécurité, des schémas d'accès. Et ça, c'était une ressource précieuse. Briggs siffla, annonçant la fin des rounds.

— Rangez vos gants ! Séance terminée !

Kade tapota les gants de Marcus en guise de respect.

— Pas mal, Sticks.

Il esquissa un sourire, il avait ce qu'il voulait. Marcus ne savait pas encore qu'il était dans l'équipe. Mais il allait le comprendre bientôt. Très bientôt.

La matinée continua dans un brouillard de coups et de sueur. Après la séance de boxe, où Kade avait réussi à cuisiner Marcus tout en lui testant les côtes, l'entraînement s'enchaîna sans relâche.

Aucune pause, aucune échappatoire, mais ce n'était rien comparé à l'exercice qui les attendait en début d'après-midi.

Le soleil tapait fort, une chaleur accablante faisait vibrer l'air au-dessus du sol poussiéreux alors qu'ils s'alignaient, torse nu ou en débardeur, en préparation pour l'exercice de course.

— Dix kilomètres, pas de pause ! beugla Briggs.

Personne ne voulait prendre un coup de sifflet dans les oreilles, encore moins se retrouver à faire des burpees sous ce soleil de plomb.

Kade n'aimait pas cet exercice, pas à cause de l'effort, mais parce que c'était un moment où les esprits se fragilisaient, ce qui le ramena à son malaise de l'autre fois.

Les muscles de chacun tiraient, les gorges s'asséchaient, les t-shirts étaient trempés, mais il tenait bon. Pas question de montrer une faiblesse, pas question d'être celui qui abandonne. Il accéléra légèrement et se plaça aux côtés de Dante.

— Faut qu'on parle.

— Tu devrais économiser ton souffle, Rookie.

— Je veux me barrer.

Il manqua un pas, mais se rattrapa vite. Kade avait dit ça d'un ton neutre, sans précipitation. Juste un fait, comme une vérité.

— C'est une mauvaise idée.

— C'est la seule idée qui vaille.

Dante soupira.

— Tu crois que tu peux juste filer et disparaître ?

— Je sais que je peux.

— Et tu comptes emmener qui avec toi ?

— Personne.

Un sourire sans joie passa sur les lèvres de Dante.

— N'importe quoi, mec.

Il savait que Dante était intelligent.

— Tu veux que je te dise pourquoi c'est une connerie ?

Kade haussa les épaules, feignant l'indifférence.

— Ici, c'est pas une prison Calloway. Au lieu d'utiliser les gens, il faut créer des alliances.

— T'es sérieux ? Regarde autour de toi. C'est un putain de centre de redressement militaire.

— Ouais, et c'est pour ça que t'as tort.

Kade plissa les yeux. Dante ralentit légèrement, juste assez pour que personne d'autre n'entende ce qu'il allait dire.

— Tu crois que t'es enfermé ici. Mais si tu étais là pour autre chose ?

— Comment ça ?

Il se contenta de le fixer un instant, puis de reprendre son allure normale.

— Tu veux t'enfuir ? Tu devrais plutôt penser à survivre.

Mais avant qu'il ne puisse poser d'autres questions, Briggs hurla depuis le devant du groupe :

— Dépêchez-vous !

Kade demeurait là, l'esprit en vrac. Pourquoi Dante lui avait-il dit ça ? Pourquoi parler de survivre ?

Et surtout, pourquoi avait-il l'air de savoir quelque chose qu'il ignorait ?

Chacun avançait en file indienne sous l'œil des gardes, les semelles raclant la poussière du sol brûlant.

Kade marchait parmi eux, le t-shirt collé à sa peau par la sueur, la respiration encore légèrement saccadée. Il observait sans en avoir l'air les visages fatigués. Les regards échangés furtivement, et surtout, les tensions qui montaient.

Juste avant d'entrer dans le self, Trevor et Jamie se rentrèrent dedans. Un choc d'épaules, volontaire ou pas, mais suffisant pour déclencher l'étincelle.

— Regarde où tu vas, abruti, cracha Trevor.

— C'est toi qui m'as foncé dedans, connard.

— T'as un problème ?

— Ouais. Ton haleine de chien mort.

Les gardes n'intervinrent pas immédiatement, attendant de voir si la situation dégénérait.

Kade savait que Trevor n'avait pas peur de frapper, mais il savait aussi que Jamie savait quand s'arrêter, et il le prouva. Au moment où Trevor avança d'un pas, Jamie leva les mains en l'air.

— Calme-toi, Jurassic Park. T'as pas envie de foutre en l'air ton repas, si ?

Le groupe autour d'eux ricana légèrement, même certains gardes esquissèrent un sourire. Trevor gronda, mais ne répondit pas.

Il savait qu'il avait perdu cette manche, Jamie avait déjà tourné les talons. Il ne laissait jamais passer ce genre de chose, Kade le savait, et ça le conforta encore plus dans sa méfiance.

Il s'installa à l'une des tables sur le côté, son plateau posé devant lui, haricots blancs, viande en sauce, pain. Toujours la même merde.

À peine eut-il levé sa fourchette que Trevor s'assit en face de lui, Kade ne leva même pas la tête.

— Tu comptes me menacer aussi, ou on va juste bouffer en paix ?

— Tranquille, Rookie. Je viens juste… discuter.

Kade savait que Trevor ne discutait jamais gratuitement. Il posa ses coudes sur la table, se penchant légèrement vers lui.

— Tu devrais te méfier de Dante.

— Et pourquoi ça ?

— Ils l'appellent « Ghost » pour une raison.

Kade resta silencieux, attendant la suite.

— Ne lui fais pas confiance. Il s'approprie les nouveaux pour mieux les manipuler. Et tu veux entendre le pire ?

— Vas-y, surprends-moi.

— Y'a des rumeurs qui disent qu'il rapporte tout aux gardes.

Il ne réagit pas immédiatement, mais savait que Trevor jouait à un jeu dangereux, son but était de le monter contre Dante.

— T'as des preuves ?

— Pas encore. Mais crois-moi, les mecs comme lui… ils cachent toujours quelque chose.

Il garda son regard planté dans celui de Trevor. Puis, il prit une bouchée de pain et la mâcha lentement.

— Peut-être.

— Si t'as des infos sur lui, fais-moi signe. Je suis sûr qu'on peut s'entraider.

Kade approuva d'un signe de tête, mais intérieurement, il n'y croyait pas un mot. Trevor était un manipulateur, et avait une autre idée derrière la tête. Lui donner des infos ? Jamais. Mais lui faire croire qu'il pourrait, c'était une possibilité.

Pendant que Trevor continuait son manège, Kade observait Dylan « Trigger », assis à une autre table, seul.

— Parlons de Wolf, lança Kade.

— Pourquoi ça t'intéresse ?

— Disons que je suis curieux.

— Tout ce que je sais, c'est qu'il a disparu.

— Disparu ?

— Ouais. Un jour, il était là. Le lendemain, plus rien. Comme s'il s'était évaporé.

Kade fronça les sourcils.

— T'es en train de me dire qu'il s'est enfui ?

— Non. S'il s'était barré, les gardes l'auraient chopé. Mais ils disent qu'il a été transféré.

— Et tu les crois ?

— Non. Et toi ?

— Je n'ai pas encore d'avis.

Trevor tapota la table, pensif.

— Si j'apprends quelque chose… je te le dirai.

— Et en échange ?

Le colosse sourit.

— Si t'as des infos sur Dante tu me les donnes.

Kade accepta, tout en sachant que Trevor n'obtiendrait jamais rien de lui.

Dylan était assis seul, comme toujours, un peu en retrait, son plateau à moitié entamé devant lui. Il mangeait lentement, le regard fuyant. Dante était une énigme, et si quelqu'un avait la moindre info sur lui, c'était bien lui.

Kade termina son assiette, essuya machinalement ses mains sur son pantalon et quitta sa table sans un mot pour aller s'asseoir en face de lui. Dylan ne leva même pas les yeux.

— T'attends quoi ? Que je t'invite à manger ?

Kade esquissa un sourire.

— T'as pas l'air du genre à partager.

— T'as raison.

Kade ne se pressait pas. Il laissait l'atmosphère s'installer, parce que les gars comme Dylan n'aiment pas être poussés. Ils aiment sentir qu'ils ont le contrôle.

— T'observes tout.

Il ne broncha pas.

— Tu vois des choses que les autres ratent.

Toujours rien.

— Alors t'as déjà remarqué que Dante est trop sympa pour un mec censé être ici, non ?

Là, il releva légèrement les yeux.

— Peut-être.

— Moi, je veux juste savoir si t'as des infos sur lui que personne n'a.

— Pourquoi ?

— Parce que ça m'intéresse.

— Tu veux surveiller Dante ?

Kade fit mine d'y réfléchir, puis répondit :

— Non. Je veux juste savoir s'il ne nous baratine pas.

Il ne laissa rien paraître, mais il venait de marquer un point.

— Dès que t'as des infos, tu viens me voir.

Dylan acquiesça, Kade savait qu'il ne promettait rien, mais il venait de l'impliquer.

Et ça, c'était un premier pas.

Cette nuit-là, quelque chose changea. Un sifflet strident retentit dans les couloirs, suivi du claquement des portes métalliques qu'on ouvrait violemment.

— Tous en tenue immédiatement !

Hésitants, ils échangèrent un coup d'œil, puis obéirent en enfilant leurs uniformes – treillis vert foncé, rangers serrés, t-shirt ajusté, les conversations se limitaient à des murmures.

Quelques minutes plus tard, des gardes pénétrèrent dans le dortoir, les observant d'un œil critique avant de leur faire signe de les suivre.

— Rang serré. Pas un mot.

Ils furent escortés jusqu'au bâtiment administratif, celui où ils allaient rarement, d'habitude, on n'y entrait que pour signer des documents officiels, passer des entretiens, ou recevoir de mauvaises nouvelles.

Les portes en fer s'ouvrirent, laissant place à une salle de réunion spacieuse mais austère, des rangées de chaises en métal faisaient face à une estrade surélevée, où se tenait un homme qu'ils ne voyaient presque jamais.

Un homme imposant, cheveux grisonnants, posture rigide, le genre de type qu'on sent capable de briser un esprit par un simple regard. Le Colonel Bradford.

Ils s'alignèrent en rangs serrés, bras croisés dans le dos, attendant sans un mot. L'atmosphère était oppressante.

Sa voix était grave, posée, mais il n'avait pas besoin de hurler pour imposer le respect.

— Vous êtes ici parce que vous avez atteint un stade crucial du programme.

Il fit une pause et reprit :

— Certains d'entre vous pensent que ce camp n'est qu'un centre de redressement. Qu'il n'est là que pour vous discipliner, vous remettre sur le droit chemin.

Ses yeux se posèrent brièvement sur Kade, avant de glisser sur les autres.

— Vous vous trompez.

Bradford croisa les mains dans son dos avant de poursuivre.

— Vous allez faire face à trois épreuves.

Un léger murmure se fit entendre dans les rangs, mais un coup sec du bâton d'un des gardes contre le sol fit aussitôt taire les rangs.

— Trois épreuves, rapprochées. Chacune d'elles est conçue pour tester quelque chose de fondamental.

Il laissa ses mots flotter un instant.

— Réussir ces épreuves permet à certains d'entre vous de terminer le programme plus tôt.

Cette phrase eut l'effet d'un électrochoc.

Ils pouvaient en finir plus tôt ? Bradford ne laissa pas le temps aux pensées de se structurer.

— Mais échouer… peut être pire que de ne pas les tenter.

Cette fois, plus personne ne murmura. Le regard de Kade se durcit. Tout ce que Dante avait dit était vrai, ce n'étaient pas que des rumeurs, les épreuves existaient réellement. Et Wolf avait disparu juste après. Coïncidence ? Il n'y croyait pas.

— La première épreuve commence demain. Vous allez être tous réveillés en même temps, comme d'habitude à cinq heures.

La voix de Bradford résonnait encore dans son esprit, mais Kade n'écoutait plus vraiment. Trois épreuves, une possibilité de partir plus tôt. Mais à quel prix ?

Personne n'avait vu Wolf disparaître. Transféré ? Mort ? En fuite ? Aucune version ne tenait vraiment.

Très vite, la colère l'envahit. Il avait toujours été le mec qui gardait le contrôle, qui planifiait ses coups.

Mais ici, tout lui échappait.

Le sifflet fusa dans la pénombre. Un bruit strident, violent, fendit l'air comme un coup de feu.

— Debout ! hurla une voix qu'ils connaissaient trop bien.

Le bruit des lits grinçants résonna dans la pièce alors que tout le monde bondissait de son matelas, encore à moitié dans le brouillard du sommeil.

Mais il n'y avait pas de temps pour se réveiller. Les ordres tombèrent immédiatement :

— Tenue militaire complète ! Rangers serrés !

Personne ne posa de question. Moins de cinq minutes plus tard, ils étaient tous dehors.

L'air du matin était glacé, tranchant après la chaleur suffocante de la veille. Ils se tenaient au garde-à-vous, les muscles tendus.

Briggs et Wallace étaient plantés face à eux, droits, impassibles. Derrière eux, des SUV noirs stationnaient, prêts à les emmener.

L'un après l'autre, les noms furent appelés par deux. Kade observa chaque binôme partir, sans comprendre. Puis, il entendit son propre nom.

— Calloway. Ramirez.

Il tourna la tête vers Dante, son binôme ne montra aucune réaction, hocha simplement la tête avant de s'avancer vers le véhicule qui leur était destiné.

Personne ne leur disait où ils allaient. Les pneus crissèrent légèrement sur la poussière, le paysage défila à travers les vitres sombres.

Kade s'adossa à son siège, le regard perdu dans l'horizon flou. Il pensa à elle, juste un instant, un visage qu'il connaissait par cœur, une voix qu'il n'avait pas entendue depuis trop longtemps.

Un souvenir qu'il s'interdisait de ressasser, mais qui revenait toujours au pire moment. Ses pensées divaguaient quand la voiture s'arrêta brutalement.

Une porte s'ouvrit, laissant entrer un air sec, brûlant, Kade fronça les yeux sous l'agression soudaine du soleil.

Ils étaient au milieu de nulle part. Une forêt aride, aux arbres desséchés, à la terre craquelée sous la chaleur.

Loin du camp, loin de tout.

Un garde les attrapèrent par le bras, les forçant à descendre. D'autres SUV arrivaient au loin, déposant d'autres binômes dans des endroits différents.

Les menottes se refermèrent sur leurs poignets, ils étaient désormais attachés ensemble malgré eux.

Kade ouvrit la bouche pour parler, mais un homme s'avança, un soldat inconnu, ce n'était pas Briggs, pas Wallace, mais quelqu'un d'autre. Quelqu'un qui semblait être ici uniquement pour ça. Il les regarda froidement, puis annonça simplement :

— Bienvenue à votre première épreuve.

Il se tourna légèrement, observant la forêt sèche qui s'étendait devant eux, puis, il parla d'une voix presque indifférente :

— Vous serez ici pendant plusieurs heures, ou quelques jours en fonction de vous. Vous êtes menottés ensemble.

Il fit une pause, puis ajouta quelque chose qui fit glacer le sang de Kade.

— Mais souvenez-vous d'une chose… Un seul d'entre vous pourra sortir vivant.

L'homme fit un signe rapide à l'un des gardes.

— Survivez.

Sans un mot de plus, il se retourna et les gardes remontèrent dans leur véhicule. Ils étaient seuls.

Kade baissa les yeux vers ses chaussures, puis vers les menottes qui l'attachaient à Dante.

Une réalité frappa son esprit comme un coup de massue, s'il voulait survivre, il devrait potentiellement sacrifier son binôme.

Ce n'était plus un entraînement, ni un camp, mais un combat à mort.

Et, il ne savait pas encore jusqu'où il était prêt à aller.

La première chose qui le heurta, c'était l'inconfort total de leur position, ils étaient menottés dos contre dos et ne pouvaient ni bouger librement, ni voir où ils allaient.

Dante tira légèrement sur la chaîne, testant la solidité des menottes. Le métal résista sans broncher. Il sentit une goutte de sueur glisser sur sa nuque.

— D'abord, on bouge. On va à l'ombre, le soleil ne va pas tarder à taper, insista Kade.

— Bonne idée.

Ils avancèrent lentement, maladroitement, le dos collé l'un à l'autre, essayant de trouver un rythme qui leur permettrait de marcher sans tomber.

Chaque pas était un défi, leurs bras tirant dans des directions opposées, leurs épaules coincées dans un mouvement qui n'était pas naturel, mais après quelques mètres de lutte, ils atteignirent enfin un coin d'ombre, sous un arbre aux branches fines et sèches. Kade s'adossa au tronc avec un soupir.

— Il faut qu'on enlève ces putains de menottes.

— T'as une idée géniale pour ça ?

Il passa outre la remarque et examina les menottes. Acier solide, pas de clé, pas d'ouverture visible.

Il tira sur ses poignets, essayant de les faire glisser dans les anneaux. Elles étaient serrées à la perfection, conçues pour empêcher toute tentative d'évasion.

Dante tenta à son tour, grognant légèrement sous l'effort.

— Ils ont bien fait leur boulot.

Il savait déjà que ce ne serait pas aussi simple. Ils essayèrent de pivoter, de se tordre dans des angles improbables, mais chaque mouvement ne faisait qu'aggraver la douleur.

— On ne va nulle part sans flotte, dit Dante en essuyant la sueur de son front contre son épaule.

— Ouais. Et rester ici ne nous avancera à rien.

Ils se redressèrent, chacun tirant sur l'autre pour synchroniser leurs mouvements.

— Il va falloir qu'on apprenne à marcher ensemble, sinon on va crever avant même d'avoir trouvé une goutte d'eau, remarqua Dante.

L'air chaud brûlait leurs poumons, chaque respiration était un rappel brutal que le temps jouait contre eux. Kade jetait des regards autour de lui, cherchant des traces d'eau, des indices, des insectes qui pourraient indiquer la présence d'une source. Mais rien. Juste cette immensité aride, s'étirant à perte de vue.

— Tu savais pour les épreuves.

Dante ralentit légèrement.

— Quoi ?

— Ne joue pas à ça. Tu savais qu'elles existaient.

— Je savais qu'il y avait quelque chose. Pas quoi, exactement.

— Conneries.

Kade s'arrêta, forçant Dante à s'arrêter avec lui.

— T'étais trop sûr de toi. Trop prêt.

— Tu veux quoi, Rookie ? Que je te dise que j'étais au courant depuis le début ? Que je savais que Wolf avait disparu ? Que j'ai déjà vu des types partir sans jamais revenir ?

Il se tourna légèrement, autant que les menottes le lui permettaient.

— Ça te ferait plaisir ?

Kade ne bougea pas.

— T'as une autre option que de me faire confiance ?

Il réfléchit un instant. Non, pas pour le moment, mais ça ne voulait pas dire qu'il baisserait sa garde.

Ils marchaient depuis plus d'une heure, et enfin, un espoir, un filet d'eau suintait entre des pierres, à peine un ruisseau, mais suffisant pour les maintenir en vie. Dante s'arrêta le premier.

— Là ! souffla-t-il, soulagé.

Ils étaient toujours attachés dos à dos, donc impossible de se pencher sans se gêner mutuellement.

Ils essayèrent de se tourner légèrement, mais le poids de l'un empêchait l'autre de bouger correctement. Kade serra la mâchoire.

— On doit se mettre face à face.

— Mauvaise idée, on va s'arracher les bras.

— T'as une meilleure idée ?

Ils prirent une inspiration, et dans une synchronisation maladroite, levèrent leurs bras vers le haut et pivotèrent doucement pour se retrouver face à face.

Leurs bras étaient maintenant tendus au maximum, les poignets tordus dans un angle douloureux. Kade grimaça. Les menottes entaillaient leur peau, mais au moins, ils pouvaient boire.

Dante plongea sa bouche vers l'eau en premier, aspirant bruyamment le liquide glacé, puis il inclina légèrement son corps, permettant à son coéquipier de faire de même.

L'eau était pure, froide, un soulagement absolu après ces heures sous le soleil. Ils burent jusqu'à ne plus sentir la brûlure de la soif. Kade se redressa en premier, un filet d'eau coulant de son menton.

— On doit les enlever !

Il s'accroupit, frottant ses poignets mouillés contre le métal, espérant que l'eau facilite leur libération.

Ils tirèrent, tordirent, étouffant leurs grognements. En vain. Les menottes tenaient bon.

— Un seul d'entre nous doit survivre, lâcha Kade.

Dante s'arrêta de bouger. Ses doigts se crispèrent légèrement sur le métal des menottes. Lentement, il releva les yeux vers son partenaire.

— Tu crois ?

— C'est ce qu'ils ont dit.

— T'es vraiment prêt à marcher droit dans leur piège, hein ?

— C'est pas un piège, c'est une réalité.

— Non, c'est un test.

Dante s'avança un peu plus.

— Ils veulent qu'on se tue ! hurla Kade.

— Ils veulent qu'on survive.

— C'est pareil !

— Ils veulent voir jusqu'où on est prêts à aller. Qui va craquer en premier. Qui va foutre un couteau dans le dos de l'autre.

— Tu veux quoi, alors ? Qu'on s'assoie bien gentiment et qu'on attende que l'un de nous s'effondre de faim ?

Dante serra la mâchoire.

— T'as encore rien compris, mec.

— Comment ça ?

— Il faut qu'on s'entraide.

Kade se recula légèrement, les menottes cliquetantes entre eux.

— Tu crois vraiment qu'on peut sortir d'ici tous les deux ?

— Ouais. Le but, c'est de survivre, pas de s'entretuer. Le garde l'a dit : « *survivez.* »

Kade rit sans joie.

— T'es naïf, mec.

— Non, toi t'es trop habitué à penser que c'est chacun pour soi.

— J'ai toujours pensé comme ça parce que c'est la seule façon de survivre.

— Pas ici. Pas maintenant.

Kade ricana.

— T'es sûr ? Parce que moi, j'ai vu ce que ça donne quand tu fais confiance aux autres.

— Et moi, j'ai vu ce que ça donne quand t'essaies de jouer solo. Entre tes plans pour t'échapper du camp et aller faire campagne auprès des autres pour les manipuler, ça prouve que, encore une fois tu n'as rien compris.

Kade serra la mâchoire, mais Dante ne baissait pas les yeux.

— Tu veux savoir la vraie question ? Est-ce que t'as vraiment envie de survivre… Ou est-ce que t'as juste peur de mourir ?

— Ils ont dit « un seul doit survivre »… Pas *« un seul peut survivre. »*

— Je pensais que tu aimais violer les règles. Pourquoi t'as passé ta vie à ne pas les respecter et là, d'un coup tu veux t'y plier ?

— Tu ne connais rien de ma vie, mec.

Kade baissa la tête, son esprit tourbillonnait. Dante avait raison, il avait passé sa vie à ne pas respecter les règles, et passé sa vie entière à le contourner, les briser et à manipuler le système. Et pourtant, ici, il était piégé. Sans échappatoire, sans plan et sans contrôle, mais aujourd'hui ce n'était plus un jeu.

S'il échouait, et s'il ne complétait pas ce boot camp. Il pouvait dire adieu à sa vie.

À elle. À eux.

Le soleil avait cédé sa place aux étoiles, plongeant la forêt dans une obscurité inquiétante. L'air, autrefois étouffant, était désormais glacé, un contraste brutal avec la chaleur du jour.

Les arbres se découpaient en ombres menaçantes, et chaque bruissement résonnait plus fort, plus menaçant.

Les deux pensionnaires étaient allongés l'un à côté de l'autre et regardaient les étoiles, leurs corps épuisés, mais leurs esprits toujours en alerte, leur ventre criait famine. Mais surtout, ils savaient que la nuit ne leur apporterait aucun répit. Un craquement dans les buissons les fit sursauter légèrement.

— Ça doit être un putain de lapin, murmura Dante.

— Ou un autre duo prêt à nous crever pendant qu'on dort.

Dante tarda à répondre. Kade reprit la parole sans prévenir :

— Tu sais que je peux crever ici, et ça ne me ferait ni chaud ni froid.

— J'y crois pas une seconde.

— T'as pas l'air de comprendre. J'ai rien à perdre.

— C'est faux.

— Ah ouais ? T'es qui pour me dire ça ?

Dante s'appuya légèrement contre lui.

— Le mec qui t'a vu écrire des lettres. T'écris à quelqu'un, Calloway, arrête de me baratiner.

Kade hésita une seconde, puis il poussa un long soupir.

— Ma zouz.

— Je me disais bien que t'avais une meuf.

Il ne releva même pas et se laissa glisser légèrement contre le sol, fixant les étoiles au-dessus de lui, il aurait préféré garder ça pour lui. Mais maintenant que c'était sorti, autant lui raconter.

— Si je me suis échappé du centre correctionnel, ce n'était pas pour faire le bandit, mais... c'est qu'elle était enceinte. Je l'ai appris quand j'étais là-bas.

Dante cligna des yeux.

— Quoi ?

— T'as bien entendu.

Dante resta silencieux, assimilant l'information. Puis il demanda

— Et t'étais où avant ?

— Au centre correctionnel et de transition de Silver Lake.

— Un vrai merdier.

Dante laissa passer un instant, puis lança.

— Comment t'as réussi à t'échapper ?

— En manipulant des mecs. Deux types voulaient s'évader. Je leur ai donné des infos bidon, juste de quoi foutre le bordel au bon moment.

— Et pendant qu'ils se faisaient choper, t'as pris une autre sortie.

— Ouais.

Dante souffla dans un rire presque admiratif.

— C'est intelligent.

— C'était ma seule option.

Dante croisa les mains, réfléchissant un instant, puis il posa la question que Kade aurait préféré éviter.

— Et maintenant, tu comptes encore faire la même chose ?

Kade ne répondit pas.

— Je ne pense pas qu'ils aient choisi ces binômes au hasard.

Si on est attachés ensemble, c'est parce qu'ils veulent voir ce qu'on va faire, si on s'entretue, ou non

Kade le jaugea sans répondre, il ne voulait pas admettre que Dante avait peut-être raison. Mais au fond, il le savait.

— Putain. Une meuf enceinte, ça te change un homme.

Kade rit légèrement.

— Tu crois ?

— Ouais. C'est à cause de toi s'ils veulent qu'on ait les bras en dehors de la couette le soir, c'est pour éviter que tu te branles.

Kade éclata de rire, un vrai rire, sincère, spontané.

— T'es un cas désespéré, Rookie. Elle est comment ?

— Elle a des cheveux longs, toujours tressés. Un sourire qui peut te tuer sur place. Elle s'appelle Diana.

— Ça a l'air dangereux.

— Ça l'est.

— Je te parie qu'elle t'a déjà foutu des coups de pied dans le cul.

— Plus que tu peux imaginer.

Le matin ne leur apporta aucun répit, la chaleur du jour précédent avait laissé place à un froid mordant, et le sol dur avait imprimé ses marques sur leurs corps fatigués.

Kade ouvrit lentement les yeux, sa vision brouillée par le manque de sommeil et l'épuisement.

Chaque muscle de son corps hurlait de douleur, comme si on l'avait roué de coups toute la nuit. Il sentit le poids des menottes sur ses poignets avant même de bouger, le métal froid serrant sa peau irritée. Dante, toujours allongé à côté de lui, bougea légèrement.

— T'es réveillé ?

Kade se redressa lentement, ignorant la sensation de vertige qui l'assaillait.

— Ouais… Malheureusement.

Le monde autour d'eux semblait s'être arrêté. Pas de bruit de moteur, aucune voix, pas de coups de sifflet. Rien que le vent léger du matin qui soulevait la poussière.

Kade se passa une main sur le visage, essayant de chasser la lourdeur de la nuit. Mais une autre sensation se fit immédiatement sentir : la faim. Un creux horrible, un vide dans son estomac qui ne faisait que grandir. Il poussa un soupir.

— On doit trouver à manger.

Dante ne répondit pas tout de suite. La faim ne se contentait pas de creuser le ventre, elle affaiblissait les muscles, embrouillait l'esprit, rendait vulnérable. Et dans ce genre de situation, être vulnérable, c'était signer sa propre mort.

— On doit chercher de quoi manger. Un truc… n'importe quoi, continua Kade.

Ils n'avaient pas d'armes, pas d'outils, pas même une foutue pierre bien aiguisée. Seules leur ruse et leurs mains nues allaient leur permettre de survivre.

Ils avancèrent lentement, tentant de garder un rythme synchronisé malgré les menottes qui entravaient leurs mouvements.

Après une vingtaine de minutes, Dante chancela. Son mouvement fit légèrement vaciller Kade, qui laissa échapper un grognement.

— Quoi encore ?

Il désigna du menton un tronc creux, fissuré en deux, révélant une cavité sombre, tapissée de bois mort. Un frémissement attira leur attention. Kade stoppa net.

Une silhouette grise, un museau frémissant, des yeux noirs perçant l'ombre un rat. Exactement ce qu'ils cherchaient.

— T'as déjà tué un truc de tes propres mains ? chuchota Dante.

Kade lécha ses lèvres sèches, sentant son estomac crier.

— Non. Mais il y a un début à tout.

Ils n'avaient pas droit à l'erreur. S'ils le manquaient, il disparaîtrait dans les ombres du tronc, les condamnant à la faim. Inspirant profondément, il tenta de calculer le meilleur angle, mais les menottes compliquaient tout.

À ses côtés, Dante s'accroupit lentement, limité par ses chaînes.

— Si on ne le chope pas du premier coup, il va se barrer.

— Je sais.

Kade leva une main, prêt à frapper. Dante l'imita.

— Un…

Le rat ne bougeait pas.

— Deux…

— Trois !

Ils bondirent en même temps. Dante jeta tout son poids, utilisant son bras libre pour bloquer la sortie du rongeur.

La créature paniqua, tentant de s'échapper par l'autre côté, mais Kade fut plus rapide, ses doigts se refermèrent violemment sur le petit corps chaud. L'animal s'agita férocement, poussant des petits cris stridents, tentant de s'échapper.

— Fais-le ! grogna Dante, maintenant l'animal fermement.

Sans hésiter, il resserra sa prise autour du rat, un mouvement sec et brutal. Un craquement étouffé. Le corps se figea aussitôt, puis s'abandonna à l'immobilité. C'était terminé.

Il expira lentement, la chaleur du cadavre encore contre sa paume tremblante. Dante se redressa, jetant un ultime regard au rongeur inerte.

— T'as assuré.

— On fait quoi maintenant ?

— T'as une cuisine cinq étoiles dans ta poche ?

Kade ricana, un rictus amer aux lèvres. Pas de feu, pas de couteau, juste la nécessité de manger cru.

L'idée le révulsait, mais la faim dictait sa loi. Sans un mot, il porta le rat à sa bouche et enfonça ses dents dans la chair, une explosion de fer et de terre envahit sa langue.

Dante, immobile, semblait perdu dans ses pensées. Le silence pesait, mais ils n'avaient plus le luxe d'attendre. Il fallait agir, vite.

— On doit enlever ces putains de menottes, souffla Kade.

— Ah ouais ? Et tu comptes les enlever comment ? Avec tes dents ?

— On doit au moins essayer.

— T'as rien compris, mec. On doit survivre, pas les enlever.

— Tu me connais maintenant, les règles, ce n'est pas mon truc. Si on ne peut pas ouvrir ces menottes, il faut qu'on trouve un moyen de s'en dégager autrement.

— Tu veux qu'on se coupe la main, tant qu'on y est ?

— Non. Mais on peut faire autre chose.

Dante resta silencieux. Et d'un coup, il comprit. Il devint plus raide, son expression se durcit.

— T'es complètement malade si tu crois que je vais te casser la main.

Kade ne cligna même pas des yeux. Il était sérieux.

— Si je peux sortir ma main des menottes, au moins un de nous sera libre et pourra aller chercher de l'aide.

— Et tu comptes faire quoi avec une main pétée ? Les règles c'est de survivre Rookie, pas de s'exploser la main.

— On trouvera une solution après.

— C'est pas un putain de plan, ça.

— T'as aucune garantie que ça marchera.

— C'est vrai.

— Et si je te la pète mal, t'auras une main inutilisable et une infection en prime.

— Je prendrai le risque.

Dante secoua de nouveau la tête, cette fois plus lentement. Son ton devint plus bas, plus sérieux :

— Pourquoi t'es toujours prêt à t'autodétruire ?

Kade grinça des dents.

— T'es tellement obsédé par l'idée d'avoir le contrôle que t'es prêt à t'arracher la main juste pour ne pas dépendre de quelqu'un.

Dante visait juste, et il le savait. Mais cela ne changeait rien, Kade expira lentement, puis murmura :

— Alors on va crever ici.

Ils ne parlaient plus. Seuls les bruits de la forêt rythmaient l'attente—le vent soulevant les feuilles sèches, le froid s'insinuant sous leurs vêtements abîmés, revenant par vagues.

Kade se sentait mal. Son estomac se nouait douloureusement, incapable d'accepter la viande crue du rat. Trop brutale, trop étrangère.

Une sueur froide perla sur son front, malgré l'air qui lui engourdissait les muscles. Un haut-le-cœur le prit de plein fouet. Brusquement, il se pencha, entraînant Dante avec lui.

— Mec, il se passe…

Il n'eut pas le temps de finir sa phrase que déjà, son corps cédait. Une vague acide jaillit, s'écrasant sur le sol dans un bruit écœurant.

Ses muscles se contractaient violemment, cherchant à expulser ce qu'il ne pouvait digérer. Chaque spasme le déchirait, le laissant tremblant.

Dante, immobile, observait. Il regardait Kade s'agripper au sol, sa poitrine se soulevant de façon erratique. Et à cet instant, quelque chose bascula en lui.

— Fais-le.

Kade cligna des yeux, sa vision encore troublée par la nausée.

— Quoi ?

— Pète-moi le poignet.

Les menottes tirèrent légèrement sur leurs poignets alors que Kade se redressa, fixant son partenaire avec incompréhension.

— Attends…

— Non. T'avais raison. On doit se libérer. On doit chercher de l'aide.

— Mais… t'as dit que c'était une idée de merde.

— C'est toujours une idée de merde.

— Pourquoi toi ?

— Regarde-toi. Si un de nous se libère, on pourra aller retourner au camp. Je vais pas te laisser crever ici.

Kade ouvrit la bouche pour répliquer, mais son corps le trahit à nouveau.

— Tu seras libre le premier, reprit Dante.

Ils restèrent un moment sans bouger, la décision planant dans l'air. Puis, lentement, Dante tendit son bras, exposant sa main menottée. Il l'observa un instant, comme si elle ne lui appartenait déjà plus.

— Vise bien, Rookie.

— Ça va faire un putain de mal.

— J'imagine bien, ouais. Mais je suis prêt.

— Fais-le, putain.

Kade contracta la mâchoire, puis abattit son pied avec une brutalité implacable.

Le premier coup déclencha une douleur fulgurante. Dante se cambra violemment, son hurlement fendit la nuit.

— Putain de merde !

Sa tête bascula violemment en arrière, son dos se courba sous la vague de douleur. Kade vit la peau rougir instantanément, l'os préservé, mais la chair s'enfonçant sous l'impact.

Un gonflement brutal, des veines saillantes prêtes à éclater sous la pression. Dante haletait, la bouche béante.

— Encore.

Il serra les dents, son corps tremblant violemment.

— ENCORE !

Kade leva de nouveau son pied et frappa, la chair s'écrasa sous l'impact, un craquement étouffé se fit entendre. Mais ce n'était pas encore assez.

Dante se tordit de douleur, des spasmes secouant son corps, il pleura presque de rage, les dents serrées si fort qu'elles menaçaient de se briser. Sa tête rebondit contre le sol, un gémissement étranglé quittant sa gorge.

Le sang commença à apparaître sous la peau, des capillaires éclatés maculant son poignet de taches violettes et rouges.

Kade sentit une vague de nausée monter, mais il n'avait pas le choix. Il devait continuer.

— Je vais le faire une dernière fois, mec !

Un bruit atroce. Un craquement sec, net, impossible à confondre, comme une branche épaisse brisée en deux.

Dante hurla si fort que sa voix s'étrangla à mi-chemin, son corps se recroquevillant sur lui-même, ses doigts se crispèrent convulsivement.

Son poignet était gonflé, la peau tendue au point de sembler prête à éclater, ses doigts tremblaient, incapables de répondre correctement.

— Putain…

Kade le maintint fermement. Il prit le poignet gonflé, à moitié cassé, et le fit pivoter lentement.

— Bouge tes doigts.

Dante lutta pour obéir, mais chaque mouvement lui arracha des gémissements étouffés. Sa main passa. Elle était libre.

Il s'effondra immédiatement, son bras pendant mollement à son côté, usé, inutilisable, mais hors des menottes. Ils avaient réussi, un d'eux était libre.

Kade était à bout de forces. Ses muscles tremblaient sous l'épuisement, son cœur martelait sa poitrine, l'adrénaline se dissipant peu à peu. Il devait agir, et vite.

Fébrile, il fouilla dans ses poches, son esprit en quête d'une issue. Ses doigts frôlèrent un objet froid et carré, presque insignifiant sous le tissu crasseux de son pantalon.

Il sortit un petit boîtier, couvert de poussière, aux arêtes anguleuses. Un bipeur. Il le fixa, les sourcils froncés. Aucun souvenir de l'avoir pris, pas même de l'avoir vu auparavant.

Il fit tourner l'appareil dans sa paume crasseuse, moite de sueur. Au centre, un bouton rouge. Était-ce une sortie ? Un piège ?

Dante agonisait à ses côtés, le regard déjà ailleurs. Le bipeur pesait lourd dans sa paume. Et si tout s'arrêtait là, maintenant ?

Sans réfléchir, il appuya dessus. Un clic résonna, presque inaudible. Pas de bruit, pas de lumière, pas de sonnerie. Le doute commença à l'envahir. Puis quelques secondes s'écoulèrent, et dans la pénombre, un bruit. Quelqu'un arrivait.

Un moteur râpeux, puissant, s'éleva du cœur de la forêt. Les phares apparurent les premiers, fendant l'obscurité comme les yeux brillants d'un prédateur.

Un SUV blindé, noir mat, surgit des ombres, soulevant un nuage de poussière sur son passage.

Kade ne put s'empêcher de reculer légèrement, son corps réagissant instinctivement à l'imposante machine qui fonçait vers eux. Les portes s'ouvrirent brusquement.

Des bottes lourdes frappèrent le sol. Et en un battement de cils, ils étaient entourés de trois gardes en uniforme noir.

L'un d'eux, le visage à moitié dissimulé par l'ombre de son casque, s'approcha directement de lui, examinant rapidement la situation. Ses yeux se posèrent sur Dante, effondré sur le sol, son poignet dans un état pitoyable.

— Ne lui faîtes pas de mal, leur dit Kade.

Un garde se tourna vers les deux autres.

— Prenez-le.

Il n'eut même pas le temps de protester que Dante était déjà soulevé du sol, agrippé sous les aisselles par deux paires de bras puissantes.

Un gémissement de pure souffrance s'échappa de ses lèvres, mais il n'avait plus la force de se débattre. Il était à bout.

Un mélange de soulagement et d'appréhension. Kade sentit une main se poser brutalement sur son épaule.

— Vous avez réussi l'épreuve.

Sans attendre, il sortit une clé de sa poche et déverrouilla la menotte encore attachée à son poignet. Le métal cliqueta, s'ouvrant enfin. La liberté.

Il sentit une étrange sensation le traverser. Il n'y croyait presque pas.

Dante fut transporté à l'arrière du véhicule, trop faible pour opposer la moindre résistance.

L'un des gardes lui plaça une perfusion dans le bras, tandis qu'un autre stabilisa son poignet avec une attelle improvisée.

— Monte, ordonna le premier garde.

Kade ne se fit pas prier et sauta dans le crossover, claquant la porte derrière lui, il jura intérieurement en sentant l'air frais s'engouffrer dans ses vêtements humides.

Dante, adossé contre la banquette, haletait toujours faiblement, ses yeux mi-clos, mais encore conscients. Kade tendit lentement sa main vers lui.

— Serre-moi la main.

Le van accéléra, quittant les ténèbres de la forêt, les ramenant là où tout avait commencé. Mais ils savaient que ce n'était pas fini.

Les phares projetèrent des ombres déformées, et à travers la vitre, Kade aperçut les silhouettes familières de ses camarades. Certains étaient debout. D'autres assis, mais deux choses le frappèrent : il y avait des absents.

Dante, toujours tremblant de douleur, fut brutalement extrait du tout-terrain, deux gardes le tenant sous les aisselles avant de l'emmener vers l'infirmerie.

Kade se sentait nauséeux, son crâne lourd, son estomac tordu par une douleur sourde et persistante.

Un acouphène perça ses oreilles, comme un bourdonnement lointain et incessant, sa respiration s'accéléra, une chaleur monta dans sa gorge, puis il se plia en deux. La nausée le prit d'assaut violemment, et il vomit à même le sol. Wallace haussa un sourcil de dégoût.

— Eh bien, Calloway, tu n'as vraiment aucune résistance. Amenez-le avec l'autre.

Il croisa une dernière fois le regard de Trevor Le colosse ne dit rien, mais il y avait une ombre dans ses yeux. Un secret.

Perdu dans ses pensées, Kade perdit de vue le groupe alors qu'on l'entraînait vers l'infirmerie.

L'odeur de désinfectant et de métal froid flottait dans l'air immobile de l'infirmerie, la lumière crue des néons dessinait des ombres anguleuses sur les murs gris, renforçant l'atmosphère oppressante du lieu.

Kade était allongé sur un lit, les yeux mi-clos, son corps épuisé, mais son esprit incapable de trouver le repos. Son binôme, toujours sur son propre lit d'examen, respirait difficilement, son bras immobilisé dans une attelle, mais toujours en place.

Kade prit la parole :

— Merci.

— T'as dit quoi, là ?

— T'as entendu.

Dante ricana faiblement, un sourire faible mais sincère sur les lèvres.

— T'as eu une commotion ou quoi ?

Kade rit à son tour, mais il était sérieux. Il croisa le regard de son coéquipier et, pour la première fois depuis leur arrivée ici, il réalisa quelque chose : Dante n'était pas juste un allié de circonstance. Il le considérait comme un frère.

— T'as vraiment fait un truc de dingue en acceptant ça, murmura Kade.

— Je sais.

Il ne savait pas comment exprimer ce qu'il ressentait, alors, il opta pour la seule chose qu'il savait faire.

— T'es un putain d'idiot, mais maintenant, t'es mon idiot.

— Ne me fais pas rire, enfoiré.

Kade sourit en coin, puis, son visage redevint sérieux.

— T'as misé sur moi, mec.

— Ouais. Depuis le début.

— T'as pas eu peur que je te laisse crever ?

— Non.

Silence. Puis Dante reprit :

— Je te fais confiance depuis le début, il faut bien que quelqu'un prenne la relève.

— On est une équipe, c'est toi et moi, désormais.

Dante ne répondit pas immédiatement, mais son regard en disait long. Ils étaient coincés dans ce foutu enfer.

Mais au moins, ils étaient ensemble.

Kade avait passé une nuit difficile mais au moins il avait dormi au chaud. Son coéquipier était toujours à l'infirmerie, les survivants étaient rassemblés, tous dans un état pitoyable.

Il balaya la cour des yeux, Marcus était là, Dylan aussi, toujours silencieux, Caleb, Justin, un des mecs qu'il connaissait à peine, mais qui avait visiblement survécu, et enfin Trevor assis sur un banc, mais seul. Il fronça les sourcils. Quelque chose clochait.

Jay n'était pas là.

Briggs se tenait droit, dominant la scène. À ses côtés, Wallace, les bras croisés, observait les survivants comme du bétail.

— Certains d'entre vous ont compris ce qu'il fallait faire pour survivre. D'autres n'ont pas eu cette chance.

Briggs continua :

— La première épreuve était un test. La deuxième… sera bien pire.

Wallace s'avança légèrement.

— Certains d'entre vous ont déjà du sang sur les mains.

Kade remarqua le tic nerveux dans la mâchoire de Trevor. Il savait ce qui était arrivé à Jay, mais ne disait rien.

Wallace reprit, sa voix tranchante :

— D'ici deux jours, la deuxième épreuve commencera. Vous devriez commencer à vous préparer. Cette fois, il n'y aura pas de binômes.

L'ambiance était étrangement paisible, pas parce que tout allait bien, mais parce que personne n'osait parler.

Kade s'assit à table, le plateau entre ses doigts tremblants de fatigue. Trevor était assis en face de lui, les bras croisés, les yeux rivés sur son assiette, mais qu'il refusait de toucher. Son visage était fermé, son air plus sombre qu'avant l'épreuve.

À côté de lui, Marcus croisa les bras, observant le groupe, puis leva un sourcil en voyant la place vide à côté de Kade.

— Et Dante ?

— À l'infirmerie. Je lui ai pété la main pour qu'il puisse se libérer des menottes.

— T'es sérieux ?

Marcus laissa échapper un petit sifflement, secouant la tête.

— Putain. Je n'aurais pas parié que vous en sortiriez comme ça.

Il finit par s'appuyer sur la table, les observant tous.

— Nous, c'était facile. J'ai juste trouvé le bipeur et appuyé dessus.

Kade cligna des yeux.

— J'ai regardé dans nos poches dès qu'on nous a laissés là-bas. J'ai appuyé dessus. C'est tout.

— T'avais pas peur que ça soit un piège ?

— Si. Mais fallait bien tester la faille. Et je n'avais pas envie de jouer aux survivants en forêt.

— T'es un putain de génie, mec.

— Le système a des failles. Il suffit de savoir où chercher.

— Et toi ? Vous étiez deux au départ, non ?

Dylan tarda à réagir. Il continuait de mâcher lentement, mécaniquement, comme si la question ne le concernait pas.

— Il n'est plus là.

— Comment ça ? s'exclama Marcus.

— On a eu une visite. Pas un des nôtres. Il portait un masque.

— Un masque ? répéta Kade, fronçant les sourcils.

— Il est sorti de nulle part. Pas un mot. Pas une explication. Il s'est juste approché.

Il marqua une pause. Son regard fixait quelque chose au loin, comme s'il revivait la scène.

— Il nous observait. Pas comme un fou. Comme un mec qui voulait nous faire peur.

Kade sentit une tension lui remonter dans la gorge.

— Et après ?

— Après, il a compris.

Dylan reprit, plus bas :

— On n'était pas là pour chercher de l'eau. Ou pour survivre. On était là pour voir ce qu'on ferait quand on n'aurait plus le choix.

Un sourire imperceptible passa sur ses lèvres, plus amer que moqueur.

— Je n'ai pas paniqué. J'ai juste fait ce qu'il fallait.

Kade frémit.

Ce mec… Ce putain de mec.

L'apparence décontractée et presque banale de Dylan devant lui n'était qu'un masque habile, une façade soigneusement construite pour dissimuler quelque chose de bien plus sombre, de bien plus dangereux.

Il comprit alors, dans un éclair de lucidité glaçant, que les épreuves auxquelles ils étaient tous confrontés semblaient identiques en apparence. Mais en réalité, elles étaient subtilement façonnées, manipulées pour chaque binôme.

Ce n'était pas un hasard, mais une partie d'échecs tordue où chaque duo servait un dessein précis.

Le terrain de jeu, les règles, les conséquences, tout avait été ajusté selon qui affrontait qui.

L'espace restait inchangé, éclairé par une lumière blafarde, avec des tables de métal, des chaises en plastique, et une bibliothèque poussiéreuse dans un coin.

Ce soir-là, Kade s'en moquait. Un tas de lettres jonchait la table. Certains haussaient les épaules, d'autres, comme Caleb et Marcus, arrachaient déjà leurs enveloppes.

Son regard accrocha un bout de papier griffonné à l'encre noire. Une lettre. Son nom. Une écriture familière—Diana. Son cœur s'emballa.

Il déchira l'enveloppe et lut sans interruption. Une photo. Un bébé emmailloté dans une couverture bleue, endormi, poing replié sur sa poitrine, cheveux sombres, paupières closes. Il comprit. Son fils. Kaïan. Un mélange de leurs prénoms.

Et là, tout bascula. Jusqu'ici, la survie n'était qu'instinct—lutter, fuir, combattre. Mais maintenant, il avait une raison.Il ne pouvait pas mourir ici.

Pas quand quelqu'un l'attendait dehors.

Ils regagnèrent le dortoir. Certains étaient déjà allongés, d'autres murmuraient, mais Kade capta aussitôt un chuchotement plus lointain—Jay. Le nom le frappa comme un coup invisible.

Trevor, assis sur le rebord de son lit, bras croisés, fixait le mur. Kade s'approcha.

— Alors c'est vrai ?

Aucune réponse, ses yeux étaient vides, froids.

— Tu ne vas rien dire ? Rien du tout ?

Cette absence de réponse lui vrillait le crâne.

— C'est ça, hein ? Tu te caches derrière ton foutu mutisme en espérant que ça passe ?

Trevor croisa lentement ses bras, mais garda les yeux rivés sur le mur.

— Écoute-moi bien Trevor. Tôt ou tard, la vérité éclatera. Quelqu'un finira par parler. Et crois-moi, quand j'aurai la preuve de ce que t'as fait, je t'écraserai comme un putain de cafard.

Il fit un pas en arrière, serrant les mâchoires pour ne pas cracher un dernier mot, il tourna les talons et regagna son lit, la tension vrillant chacun de ses muscles.

La guerre était déclarée.

Alignés en rang, vêtus de leur tenue réglementaire, ils arboraient des visages empreints de fatigue, et d'une peur silencieuse.

Briggs et Wallace se tenaient devant eux, immobiles, jaugeant chaque visage, chaque posture, chaque tic nerveux.

— La deuxième épreuve commence maintenant.

Certains échangèrent des regards furtifs, mais personne ne broncha, Briggs leva la main et pointa du doigt un alignement de véhicules noirs garés à quelques mètres derrière lui.

— Vous allez monter dans ces véhicules en silence. Pas un mot, rien.

Dante restait pâle, son bras affaibli par la blessure, mais il marchait droit. À côté, Marcus et Caleb murmuraient avant de se taire sous le regard d'un garde. L'air lourd oppressait Kade. Il tenta de chasser de son esprit Diana et Kaïan qu'il ne reverrait sans doute jamais.

Soudain, une lumière brutale déchira l'obscurité du van. Kade cligna des yeux. Son sang se glaça. Un ravin. Immense. Le vent hurlait, soulevant la poussière entre les parois rocheuses.

Et là, devant eux, un pont. Suspendu au-dessus du vide, tordu par le temps et la rouille.

Les câbles grinçaient sous le vent, les planches inégales basculaient à chaque bourrasque. Une goutte de sueur glissa dans son dos. Briggs s'avança, mains croisées, sourire satisfait.

— Vous aimez les hauteurs ?

Kade ne bougea pas. Mais il savait déjà que ça allait mal finir.

— Il y a vingt pensionnaires ici. D'ici quinze minutes, ce pont ne sera plus là. Certaines planches sont plus solides que d'autres. Certaines… pas du tout.

Wallace sourit en coin.

— Vous voulez traverser ? Faites vite.

Un malaise collectif traversa les rangs. Kade sentit l'adrénaline exploser dans ses veines, y aller en premier ? Attendre et observer ? Le choix était cruel.

Trevor fit ce qu'il faisait toujours, il avança sans un mot. Son pied rencontra la première planche, qui craqua sous son poids, mais tenait bon, il s'arrêta, testant le sol sous lui, un pas de plus. Une bourrasque fit trembler la structure, mais il ne recula pas.

Dylan suivit sans hésiter, il testait du bout du pied chaque planche avant de poser son poids. Marcus inspira profondément.

— On doit repérer les zones fragiles avant d'y aller.

Kade hocha la tête. *Faire des alliances* lui avait répété Dante, ne pas penser solo, penser collectif.

— T'as un plan ?

Marcus analysa d'un œil la structure du pont.

— J'ai l'impression que les câbles sur les côtés sont plus tendus. Si on reste proches des bords plutôt qu'au centre, on a plus de chances que ça tienne.

Il commença à poser son pied sur une planche afin de guider Caleb.

— Garde ton équilibre, Kiddo.

Caleb haletait, les mains moites agrippées aux câbles latéraux.

— J… J'ai peur, mec…

Marcus ne ralentit pas, les autres attendaient leur tour, apeurés. Kade et Dante étaient à quelques pas derrière lui, progressant à un rythme mesuré, le pont tremblait sous eux. Caleb s'arrêta brusquement.

— Merde… merde… merde…

Son corps se mit à trembler, Marcus serra la mâchoire et attrapa fermement son avant-bras.

— Kiddo, écoute-moi. Regarde-moi.

Il cligna des yeux, cherchant un point d'ancrage.

— T'as pas le droit de paniquer maintenant, sinon on crève tous les deux.

Un craquement sinistre résonna sous eux, la planche où le gamin posait son poids commença à céder.

— Bouge ! cria Marcus.

Il le tira violemment vers l'avant, le bois s'effondra derrière eux, ne laissant qu'un trou béant. Marcus lui donna une tape à l'arrière du crâne.

— Avance !

Caleb hocha la tête, encore sous le choc, et continua. Derrière eux, un pensionnaire hésitait, son regard affolé balayait le pont, cherchant une issue plus sûre, mais il n'y en avait aucune.

Mais il fit ce que personne ne devait faire. Il courut.

— Arrête-toi tout de suite crétin ! hurla Trevor.

Il fonça sur une planche au hasard. Elle céda immédiatement. Son cri s'éleva, déchirant l'air, et disparut dans le vide.

Dylan, toujours en tête, continua à avancer comme si rien ne s'était passé.

— C'est toujours plus facile de la jouer solo plutôt que d'aider, hein les gars ? vociféra Kade.

— De toute façon, si quelqu'un doit crever ici c'est Trevor.

Dante lui adressa un bref coup d'œil.

— Tu le penses vraiment ?

— Jay a disparu. Et Trevor n'a rien dit.

Dante, le bras toujours affaibli, respirait avec difficulté, mais il gardait le rythme.

— Et si tout ça, c'était un putain de test ?

— Un test ?

— On ne sait pas ce qui est vrai ici. Et si Jay n'était pas mort ?

Kade n'y avait jamais vraiment réfléchi sur l'instant, mais avec le temps, l'évidence s'imposait de plus en plus.

Il contracta sa mâchoire en essayant de ne pas laisser son esprit divaguer. La fin du pont approchait.

Encore une vingtaine de mètres, mais un nouveau problème se dressa devant eux, un trou béant entre les planches. Trop large pour être enjambé, trop risqué pour être évité.

— Faut sauter, dit Marcus.

— Sauter ? blêmit Caleb.

— Un mètre cinquante, peut-être deux… Si on prend assez d'élan, ça passe.

— Je peux pas, mec…

— Tu vas le faire. Parce que si tu restes là, t'auras pas à sauter. Le pont va s'effondrer.

Marcus fut le premier à se jeter. Il atterrit de l'autre côté, en agrippant le câble de l'autre côté. Caleb serra les poings et prit une grande inspiration.

Il fit un pas en arrière, et l'imita. Son pied frappa le rebord, son corps bascula légèrement en arrière. Marcus l'attrapa.

— Tu as failli nous faire une crise cardiaque, enfoiré.

Caleb éclata de rire nerveusement, les genoux tremblants. Le vent s'engouffra entre les câbles, hurlant comme une bête affamée, le pont trembla violemment, secoué par une rafale plus puissante que les autres.

Kade maintint son rythme, en tête aux côtés de Dante, avançant sans risquer l'équilibre.

Derrière, Marcus et Caleb peinaient à suivre, leurs pas précipités. Sous leur poids, les planches craquaient, certaines se fendaient dangereusement. Puis, un bruit sinistre déchira l'air. Le pont vacilla.

Quelque chose venait de céder. Kade s'immobilisa. Les câbles latéraux vibrèrent, se tordirent, perdant leur tension. L'un d'eux lâcha—sec, brutal.

Marcus jura à haute voix.

— Ça va lâcher !

Caleb trébucha, ses bras cherchant un appui dans le vide. Kade n'attendit pas. Il tendit le bras et le poussa violemment.

— Bouge, merde !

Marcus attrapa Caleb par l'avant-bras, le forçant à accélérer, mais ils perdaient trop de temps. Le pont pencha d'un coup sur la droite.

Une série de planches se décrocha derrière eux, emportant avec elles deux pensionnaires qui hurlaient en basculant dans l'abîme. Leurs cris s'éteignirent dans le néant, ils allaient tomber avec eux s'ils ne bougeaient pas.

D'un coup, le deuxième câble céda. Le pont commença à s'incliner dangereusement vers l'arrière. Ils n'avaient plus le choix, il fallait courir.

— On y va ! hurla Kade.

Kade jeta un regard en arrière et agrippa le bras de Dante. Marcus tenait bon, retenant Caleb, paniqué. Le pont vacilla une dernière fois avant de basculer.

Il sentit son corps partir, mais refusa de céder. D'un geste instinctif, il attrapa Dante d'un côté, Marcus et Caleb de l'autre.

Les planches s'effondraient dans le vide, avalées par l'abîme. Le sol était proche. Dix mètres. Cinq. Un dernier saut. Ils percutèrent la roche de l'autre côté. Dante grimaça, son bras enserré. Kade, allongé sur le dos, fixa le ciel, son cœur affolé.

Ils tournèrent la tête juste à temps pour voir le reste du pont disparaître, entraînant ceux qui n'avaient pas sauté.

Ils étaient de l'autre côté. Vivants.

Briggs clama :

— Vous voyez ? On apprend toujours en tombant.

Le trajet de retour se fit dans une lourdeur presque funéraire. Justin n'était pas là, et tout le monde savait pourquoi.

Dylan n'avait pas levé le petit doigt. Il avait traversé seul. Un comportement troublant, sans émotion. Marcus serrait la mâchoire, à côté de lui, Caleb tremblait légèrement. Son coéquipier l'observa du coin de l'œil, puis, sans un mot, il tendit son bras et lui serra l'épaule.

À l'avant du van, Kade fixait l'horizon à travers la grille de séparation. Il inspira lentement, puis lâcha :

— Je suis devenu papa, mec.

Dante s'adossa contre la paroi du van, soufflant lentement.

— Du coup, ça change quoi pour toi ?

— Tout.

Un sourire léger, presque imperceptible, étira ses lèvres.

— T'as une vraie raison de te battre, maintenant.

— Si je m'en sors vivant… Tu accepterais d'être le parrain ?

Dante s'arrêta une seconde, comme s'il analysait la question. Puis, sans prévenir, il lui envoya une tape sur l'épaule, un geste brut, sincère, presque fraternel.

— Ferme-la, Rookie.

Il n'y avait plus de retour en arrière. La troisième et dernière épreuve était imminente. Deux jours avaient suffi à Kade pour remettre tout en question. Fuir, alors qu'il touchait au but ? Ou se fondre dans les rangs, obéir comme un soldat et accepter son sort ? Était-ce vraiment la fin ? Rien n'était certain.

La porte d'acier du bâtiment se referma dans un bruit sourd. Un à un, les autres furent appelés, jusqu'à ce qu'il ne reste que Kade et Dante. Le garde fit un signe de la tête, il inspira profondément, puis avança.

Chaque groupe de pensionnaire était divisé prenant le chemin de salles distinctes.

La première chose qui le frappa fut la lumière, un éclairage blanc, clinique, inhumain, inondait l'espace dans lequel ils venaient d'entrer.

Des murs gris sans aucune décoration et surtout, aucune fenêtre, juste des rangées de sièges en métal disposés en arc de cercle. Et au centre, un podium unique, un siège, face à un immense écran noir accroché au mur.

Dante marmonna à voix basse :

— Je n'aime pas ça.

Les pensionnaires étaient assis en cercle. Le siège au centre de la pièce, légèrement surélevé, dominait l'ensemble de la salle comme une chaise de tribunal. Une voix synthétique, froide, implacable, résonna à travers les haut-parleurs.

— Bienvenue à votre dernière épreuve.

Kade se raidit. Le visage de Dante se ferma immédiatement, même Dylan, d'ordinaire si détaché, semblait plus alerte. L'écran changea. Des mots simples, en lettres blanches immaculées, apparurent : *VOTEZ POUR CELUI QUI DOIT MOURIR.* Quelqu'un haleta, peut-être Caleb, Marcus murmura un juron. La voix ajouta :

— Vous êtes divisés en petit comité, où chaque pensionnaire doit voter.

L'air s'était refroidi d'un coup.

— Un seul nom.

Kade sentit son estomac se nouer.

— Celui qui aura le plus de votes sera exécuté immédiatement.

Caleb tressaillit sur sa chaise.

— Vous avez quinze minutes pour élaborer une stratégie, et ensuite, un compte à rebours apparaît à l'écran, vous donnant 60 secondes pour voter.

Dante inspira profondément. Sa voix claqua dans l'espace froid.

— On doit rester soudés.

Caleb éclata de rire nerveusement, secouant la tête comme s'il venait d'entendre la chose la plus absurde du monde.

— T'es sérieux, là ?! Ils veulent qu'on s'entretue et toi, tu parles de rester soudé ?

Kade, fronça les sourcils, observant Caleb, la peur le consumait. Marcus s'assit à côté de lui et finit par soupirer, sa jambe rebondissant nerveusement sous la table. Il fixa l'écran, puis glissa un regard rapide à Kade.

— C'est un piège.

— Ouais… Ça pue le piège.

Kade observa l'écran devant eux, où les mots « *Votez pour celui qui doit mourir.* » clignotaient lentement, comme un signal hypnotique.

— Et si on se trompe ? Si on entre dans leur jeu et qu'on fait ce qu'ils attendent de nous ? demanda Trevor.

— C'est justement ça le truc ! Depuis le début, ils testent nos réactions. Ils nous poussent à bout, clama Marcus.

Il fit une pause, son cerveau analysant chaque détail.

— Pourquoi est-ce qu'on est tous ici ? Pourquoi nous ?

Kade savait où il voulait en venir.

— Ce n'est pas une coïncidence.

Il laissa ses mots s'imprégner dans leur esprit.

— Vous n'avez pas remarqué qu'on est tous passés devant le juge Cellis ? Chacun d'entre nous.

Dylan, qui n'avait pas dit un mot jusque-là, croisa les bras, un sourire froid sur les lèvres.

— Et alors ?

— T'as pas l'impression que c'est bizarre ?

— Ou peut-être que c'est parce qu'on est tous des criminels ?

— Non. Il y a des tas de juges qui s'occupent des délinquants. Pourquoi Cellis nous aurait tous jugés, sans exception ?

Trevor ricana doucement, secouant la tête.

— Et toi, t'as une explication pour ça, petit génie ?

Marcus ne répondit pas tout de suite, il regarda Dante, puis Kade, comme s'il hésitait.

— Moi, j'en ai une, Ghost disparaît régulièrement, pas vrai ? continua Trevor.

La tension dans la salle devint électrique.

— Qu'est-ce que tu veux dire ?

— On a tous remarqué. Tu disparais.

Il fit un mouvement du menton vers Dylan.

— Même lui, a même fait la même remarque.

Dylan ne dit rien, mais ne nia pas non plus.

— Tu t'appropries souvent les nouveaux qui arrivent. Rookie arrive, et soudainement c'est ton pote et vous êtes ensemble dans la première épreuve. Bizarre, non ? Vous êtes revenus tous les deux. En vie.

Dante ne bougea pas, il encaissa sans sourciller. Kade se tendit de plus en plus. Cette conversation n'était pas inconnue.

— Qu'est-ce que tu sous-entends ? lança Dante.

— Que personne n'est gentil sans vouloir rien en retour, surtout pas ici.

Kade ne portait pas Trevor dans son cœur mais il avait raison sur ce point.

— Pourquoi mettre Dante à notre niveau ? questionna Dylan.

— Pour nous observer de l'intérieur, rétorqua Trevor.

Kade observa son ami. Son visage était neutre, mais il le connaissait assez maintenant. Il savait qu'il cachait quelque chose.

Restait à savoir quoi.

— Vous pouvez penser ce que vous voulez. Mais si vous commencez à vous accuser les uns les autres, vous faites exactement ce qu'ils attendent, clama Dante.

Il se tourna vers Trevor.

— Si je suis un complice, pourquoi est-ce que je vous dis de ne pas jouer leur jeu ?

Trevor serra la mâchoire, il n'avait pas de réponse, mais la méfiance était là. Il gardait son expression neutre, comme si tout ce cirque ne l'affectait pas, il savait ce qu'il faisait, l'idée avait germé dans les esprits. Dante était-il un traître ? Était-il là pour les observer ? Ou pire… pour les condamner ?

— On devrait voter Trevor.

Tous les regards se tournèrent vers Caleb, sa voix avait tremblé, mais elle était sortie avec plus de conviction que prévu. Ses mains étaient crispées sur ses accoudoirs, ses jointures blanches sous la pression. Marcus arqua un sourcil, méfiant.

— Pourquoi lui ?

— Parce que Jay a disparu. Et c'est la seule personne qui était avec lui.

— T'as un problème, Kiddo ?

— Jay est mort, Trevor. Et tu étais le seul avec lui.

Trevor ricana doucement, il secoua lentement la tête, comme si tout ça l'amusait.

— Merde, vous êtes vraiment cons.

— Oh, parce que c'est faux peut-être ?

— Ouais, c'est vrai. J'étais avec lui.

Kade sentit son rythme cardiaque s'accélérer.

— Mais est-ce que je l'ai tué ? Ça, t'en sait rien.

Caleb commença à respirer plus vite. Kade s'était reculé dans son siège, observant la scène, Trevor marquait un point, on ne savait pas ce qu'il s'était passé pendant l'épreuve des menottes.

Tout semblait trop bien orchestré. Voter pour Trevor serait l'option évidente, trop évidente. Et ça… ça lui posait un putain de problème.

— Vas-y, gamin. Vote donc pour moi.

Le compte à rebours continuait de défiler sur l'écran froid et métallique : 10 minutes restantes. Les visages étaient crispés. Kade, Marcus et Dante s'observaient discrètement.

— Votez tous contre moi, les mecs. Je suis celui qui doit mourir, proclama Kade.

Dante prit la parole en premier :

— Enfin, un truc sensé qui sort de ta bouche, Rookie. Je veux dire, franchement… T'as fait quoi, à part foutre la merde depuis le début ?

— Je t'ai aidé, connard.

— Ah ouais ? C'est marrant, parce que la seule chose que tu m'as filée, c'est un poignet pété.

Caleb et Dylan se figèrent.

— Attends… C'est Kade qui t'a fait ça ? déglutit Caleb.

— Ouais.

Marcus prit la parole à son tour, son visage sérieux.

— Il n'a pas tort. Rookie a toujours été celui qui prenait des décisions pour tout le monde.

Il croisa les bras et continua :

— Peut-être qu'il est temps qu'il en paye le prix. Son numéro de vouloir sauver Kiddo et de prendre la punition, une bonne technique de manipulation… Et quand il a essayé de me manipuler lors de la boxe… Je n'ai pas oublié. T'es un enfoiré, Rookie.

Un nouveau choc secoua la pièce, Caleb semblait de plus en plus perdu. Trevor éclata de rire.

— Putain, c'est beau. Tout ce beau monde qui se met contre toi Calloway, bordel. Moi qui pensais que tu avais des alliés.

Dylan sortit de son mutisme :

— Kade m'a demandé de surveiller Dante pour lui rapporter si j'avais des informations à son sujet.

— Tiens, donc ! Moi qui croyais qu'on avait fait un pacte et que tu devais tout me rapporter ? renchérit Trevor.

Dante regarda son ami avec étonnement.

— Attends mec, t'as demandé à ce qu'on me surveille ?

— Ouais, parce que je ne te fais pas confiance, t'es un flic, mec.

Trevor claqua sa langue contre son palais avant de reprendre :

— Résumons ! Calloway a retourné Trigger contre moi. Il s'est foutu de vous tous. Il vous manipule tous depuis le début. Et vous hésitez encore à voter contre lui ?

Caleb respirait plus vite. Dylan ne disait rien, mais il semblait peser ses options.

— Kiddo, t'es prêt à mettre ta vie entre les mains de Kade après tout ce que t'as entendu ? murmura Trevor.

— Je… Je ne sais pas…

— Et toi, Trigger ?

— Je vote Kade.

— Si… si on vote Kade… on est libres, c'est ça ?

— Exactement.

Trevor laissa ses mots peser dans l'air.

— C'est le seul choix logique.

Kade ne dit rien et baissa les yeux. Ils prirent tous leur zapette, l'écran affichait une minute, ils devaient voter et rapidement. Quelques secondes plus tard, l'écran affichait le nom du condamné : KADE R-CALLOWAY.

Le verdict était tombé. Trevor souriait à pleines dents.

— Mec, j'arrive pas à croire que tu aies demandé qu'on me surveille ! Depuis le début, j'étais de ton côté ! lâcha Dante.

Marcus, toujours maître de lui, secoua lentement la tête, un rictus amer aux lèvres.

— C'est moche, Calloway. T'as bien joué ton jeu, mais on dirait que t'as perdu cette fois.

Kade resta silencieux. Dante et Marcus échangèrent un bref coup d'œil, puis un bruit sourd résonna derrière eux. La porte de métal s'ouvrit lentement, dévoilant une rangée de gardes. Trevor fronça les sourcils.

— C'est quoi ce bordel ?

Il balaya l'écran des yeux, comme s'il s'attendait à une erreur. Mais son nom n'y figurait pas. Juste celui de Kade, et pourtant, ce ne fut pas lui que les gardes emmenèrent.

— Levez-vous !

Le ton était sec, autoritaire, sans appel. Dylan plissa les yeux, une pointe de tension dans son expression. Caleb serra les accoudoirs de sa chaise, sa respiration s'accélérant.

— Attendez… Ce n'est pas comme ça que ça devait se passer.

Mais déjà, les gardes leur mettaient les mains sur les épaules, les tirant de leurs sièges. Trevor eut un mouvement de recul.

— Non, non, non, attendez une putain de seconde !

Il tenta de se dégager, mais une poignée ferme le maintenait en place. Pour la première fois, son sourire disparut.

— Pourquoi nous ?! On a voté comme vous avez dit ! cria Caleb.

Un garde lui donna une tape sèche derrière la tête.

— Avance !

— Non, non, il y a une erreur, putain ! C'est lui qui devait mourir !

Mais personne ne l'écouta, les gardes les escortèrent vers la sortie, leurs pas frappant lourdement contre le sol métallique.

Le regard de Trevor se posa une dernière fois sur Kade, mais cette fois, il n'y avait plus de supériorité dans son expression, juste une incompréhension totale.

L'écran s'éteignit brutalement, plongeant la pièce dans une atmosphère étrange, puis, une voix résonna dans les haut-parleurs. Ce n'était plus la voix synthétique et froide. Celle-ci était humaine.

— Vous avez compris les règles.

Kade leva lentement les yeux vers les haut-parleurs, son cœur toujours battant à toute vitesse.

— Vous avez réussi l'épreuve finale.

Kade et Dante échangèrent un sourire. Il avait raison depuis le début—ce n'était pas une question de survie, mais d'alliances. Ils avaient compris les règles et manipulé les autres avec habileté.

Pour réussir l'épreuve, il ne fallait pas choisir un camp, ni s'opposer à quelqu'un. La clé était l'inaction : ne pas voter. Un piège déguisé en choix. En ne participant pas, ils contournaient les règles. La porte s'ouvrit. Cette fois, sans escorte, libres.

Mais vers quoi ?

Les trois restèrent immobiles, réalisant ce que cela signifiait : les seuls rescapés d'une épreuve cauchemardesque. Plus de cris, plus de tension. Juste un vide écrasant.

Kade expira lentement, relâchant enfin la pression qui lui broyait la poitrine.

Dante, sous adrénaline, passa une main sur son visage trempé. Marcus, le regard baissé, perdu dans ses pensées.

Kade sentit un poids sur son torse—Dante le serrait dans ses bras. Pas un simple geste furtif comme sur le pont. Un vrai, un foutu câlin sincère. Et ça le heurta de plein fouet.

Marcus ne tarda pas à les rejoindre, les entourant de ses bras. Personne ne rompit cet instant.

Pour la première fois, ils laissaient tomber leurs barrières. Ni survie, ni manipulation. Juste eux. Il ferma les yeux une seconde, respirant l'odeur de sueur, de terre et de sang imprégnée sur leurs vêtements.

Le véhicule qui les ramenait au camp s'arrêta brutalement. La porte s'ouvrit, et immédiatement, plusieurs gardes en uniformes noirs les entourèrent. Une poussée d'adrénaline saisit Kade sans prévenir.

— Qu'est-ce qu'il se passe ?

Avant même qu'ils ne puissent comprendre, les gardes attrapèrent Dante et Marcus.

— Hey ! C'est quoi ce bordel ? s'écria Kade.

L'un des soldats lui bloqua immédiatement le passage d'un bras ferme, ses deux amis furent empoignés violemment et entraînés vers les véhicules.

— Attendez !

Dante tenta de résister, mais il fut poussé brutalement en avant. Marcus gardait un visage neutre, mais ses muscles étaient crispés sous la tension, ils savaient que quelque chose clochait, qu'il ne s'agissait pas juste d'une sortie du programme. Ça puait la merde.

Les deux furent jetés dans le deuxième SUV comme un vulgaire sac, Kade hurlait, se débattant comme un fou. Mais la poigne autour de lui était implacable.

— Laissez-les !

Le moteur rugit. Ils lui avaient été arrachés.

Kade avait abandonné toute tentative de s'échapper. Les gardes l'avaient soulevé sans ménagement, traîné hors de la zone d'épreuve, et ramené au camp. Mais cette fois, ce n'était pas dans son dortoir qu'on l'avait jeté.

Il fut conduit dans un bâtiment qu'il n'avait jamais vu auparavant. Les murs étaient lisses, gris et aseptisés, dénués de tout signe de vie.

La porte de sa chambre se referma lourdement derrière lui, pas de serrure, ni de fenêtre. Un lit était placé dans un coin, avec une couverture bien pliée, une table en métal, un verre d'eau posé dessus.

Il inspira profondément, posant ses mains sur ses genoux, son corps était épuisé, mais son esprit, lui, ne trouvait aucun repos. Où étaient Dante et Marcus ? Pourquoi lui avait-on laissé la vie sauve ? Et surtout… Pourquoi l'avait-on mis ici, seul ?

Il repensa aux derniers mots de Trevor avant qu'il ne disparaisse : « *Tout ce beau monde contre toi, Calloway.* »

Il ferma les yeux, mais le sommeil ne vint pas.

La porte s'ouvrit violemment, arrachant Kade à son sommeil. Il se redressa sans protester, malgré la douleur qui alourdissait ses muscles.

Sans un mot, ils l'escortèrent hors de la pièce, le dirigeant à travers des couloirs inconnus. Il mémorisa chaque détour, chaque issue.

Enfin, ils s'arrêtèrent devant un battant blindé. Lentement, le panneau coulissa, révélant un bureau imposant au centre de la pièce. Derrière lui, un homme en uniforme, décoré de médailles, aux cheveux grisonnants, qui ne lui était pas inconnu. Le Colonel Bradford.

— Asseyez-vous, Monsieur Calloway.

— J'aime mieux être debout.

— Bien. Vous avez du cran. J'aime ça.

Il se redressa légèrement.

— Je vais être direct avec vous. Vous êtes devant moi car vous avez réussi le programme.

— Réussi ?

Bradford posa un dossier sur la table et l'ouvrit lentement. À l'intérieur, des photos de lui, Dante et Marcus, puis des autres.

— Depuis votre arrivée ici, nous avons testé votre capacité à survivre, mais aussi à prendre les bonnes décisions sous pression.

Il pointa une page du dossier.

— Vous êtes éligible pour rejoindre une unité spéciale.

— Unité spéciale ?

— Une unité qui traque les criminels les plus dangereux.

Il referma le dossier avec un bruit sec.

— Vous avez deux choix.

Il leva un doigt.

— Soit vous acceptez notre proposition et vous rejoignez nos rangs.

Puis, il leva un second doigt.

— Soit vous disparaissez, comme les autres.

Il se tendit immédiatement. Dylan, Trevor, Caleb…

Ils sont morts.

Avant qu'il ne puisse répondre, une autre porte s'ouvrit sur le côté de la pièce, des bruits de pas résonnèrent dans la salle, lourds et mesurés, et puis…Il apparut.

Dante était là, devant lui, mais pas dans sa tenue habituelle, il portait un uniforme militaire impeccable, noir, brodé d'insignes qu'il n'avait jamais vus auparavant.

L'air dans la pièce semblait aussi dense que du plomb. Kade, toujours debout, fixait son ami. Son coéquipier ne baissa pas les yeux. Le colonel se racla la gorge.

— Asseyez-vous.

Kade ne bougea pas, il ne voulait pas s'asseoir, ni obéir à un foutu ordre, mais il savait qu'il n'était pas en position de force.

— Vous avez des questions, j'imagine.

Un rictus amer étira ses lèvres.

— Oh, juste quelques-unes.

— Ce programme est un partenariat entre l'État du Wyoming et le comté de Silver Lake. Ce camp est bien plus qu'un simple centre de réhabilitation. Nous avons passé un accord avec le juge Cellis.

— Chaque criminel qui passe devant lui est soigneusement évalué. Nous avons établi des profils. Certains sont irrécupérables. Des psychopathes, des tueurs en série, des cas qui ne méritent même pas une réhabilitation. Ceux-là, disparaissent.

— Comme Trigger, T-Rex et Kiddo…

Bradford ne confirma ni n'infirma ses propos, il continua :

— D'autres, en revanche…

Il ouvrit un troisième dossier, plus fin, plus propre, il le glissa lentement vers Kade. À l'intérieur, des fiches avec des tampons portant la mention « ÉLIGIBLE ». Il y vit son propre nom, celui de Marcus, et de…

— Toi aussi, t'étais dans ce dossier, hein ?

Dante ne répondit pas mais acquiesça d'un léger mouvement de tête.

— Putain… Depuis combien de temps tu bosses pour eux ?

— Depuis que j'ai été envoyé ici.

— C'était quand ?

— Un an.

— T'étais ici avant même que je débarque.

— Oui, et avant moi, il y en a eu d'autres.

— Donc t'es quoi, une putain de balance ? Un pion du système ?

— J'étais comme toi, Kade. Un gosse foutu, un gamin que la justice voulait enfermer à vie. Tout de suite, quand je t'ai rencontré, j'ai su que tu faisais partie des meilleurs. Tu ne connaissais pas Caleb et pourtant, tu n'as pas hésité à prendre la punition collective. Tu n'as pas hésité non plus à donner un coup de main aux autres sur l'exercice du mur en bois. Même après l'épreuve finale, tu as voulu défier les gardes quand tu as vu qu'ils nous emmenaient. Et, c'est ce qu'on recherche.

Il marqua une pause.

— Mon travail ici est terminé. Il est temps pour moi de laisser ma place à quelqu'un, et cette personne c'est toi. On est lié toi et moi.

— Tu savais pour les épreuves ? Tu as fait semblant de ne pas savoir où tu étais testé comme nous ?

— Je savais qu'il y en avait, mais pas quoi, exactement. Ce qui permet au Colonel Bradford de continuer à voir si je suis toujours fiable. Je jouais toute ma vie autant que vous tous.

Kade ouvrit la bouche, puis la referma aussitôt. Son cerveau était en ébullition. Toutes ces épreuves, ce qu'il avait traversé, ce n'était pas un test de survie, mais un examen. Bradford reprit :

— Ce programme a un but. Nous sélectionnons les meilleurs.

Il inclina légèrement la tête vers Kade.

— Et vous, Monsieur Calloway, faites partie des meilleurs.

Kade était à un tournant, accepter et intégrer cette unité spéciale, ou refuser et disparaître, comme les autres ?

Bradford attendait sa réponse, impassible. Dante ne le quittait pas des yeux, mais cette fois, il y avait quelque chose de différent dans ses yeux, une forme de respect.

Kade inspira profondément, posant ses mains sur ses genoux. Il pensa à Diana, à Kaïan, ce gosse qui comptait sur lui. Qui ne méritait pas d'avoir un père fantôme, disparu dans l'ombre d'un programme secret.

— J'accepte, mais sous une condition. Je veux un logement. J'ai une famille, une copie et un fils. Je bosse pour vous, mais je veux pouvoir rentrer chez moi.

Bradford n'était pas surpris.

— Nous pouvons arranger ça.

Ce serait une maison sous surveillance, une illusion de normalité. Mais il s'en foutait. Il aurait une chance d'être là pour son fils. C'était tout ce qui comptait. Le colonel se leva et tendit une main vers Kade, qui hésita un instant. Puis il la serra. Le pacte était scellé.

— À partir de maintenant, tout compte. Même le chemin du retour.

Il se rassit solennellement dans son fauteuil.

— Ce genre de mission commence toujours par un choix. Vous verrez.

Kade sentit un nœud se former dans son ventre. Il voulait croire que c'était juste de la mise en scène, mais Bradford ne parlait jamais pour rien.

On l'escorta en dehors du bâtiment. Dante marchait à ses côtés, mais cette fois, ce n'était pas le Dante du camp, c'était celui qu'il avait côtoyé, celui avec qui il avait partagé les pires épreuves.

Avant que Kade ne monte, son ami l'arrêta d'une main sur l'épaule et lui sourit faiblement.

— T'es toujours furieux contre moi ?

— On va dire que c'est compliqué.

Il lâcha un rire bref, puis devint sérieux.

— Tu veux toujours que je sois le parrain de ton fils ?

— Si ce n'est pas toi, ce ne sera personne.

Son ami hocha lentement la tête, aucun mot de plus n'était nécessaire. Une promesse silencieuse venait d'être faite.

Kade posa sa tête contre la vitre froide du van. Son regard fut attiré par quelque chose contre sa jambe. Une enveloppe beige. Aucune inscription visible. Il l'ouvrit avec des gestes mécaniques. Le papier à l'intérieur était épais, griffonné à la main. Il lut, et son estomac se retourna.

MISSION : TUER DANTE RAMIREZ

AUTORISATION : IMMÉDIATE

Le sang de Kade ne fit qu'un tour. Il relut trois fois. Le monde rétrécissait autour de lui, centimètre par centimètre. Et soudain, il comprit, ce n'était pas un retour à la maison, mais un aller simple vers l'enfer.

Et la porte venait tout juste de se refermer derrière lui.

LE SPLEEN DE BILLY

Le vent sifflait contre les murs de bois. Des rafales glaciales s'infiltraient par les fenêtres mal jointes. Billy était réveillé depuis un moment déjà. Mais il ne bougeait pas.

Allongé sur le dos, les yeux fixés au plafond bas, il scrutait les craquelures du bois. Elles dessinaient des formes. Comme un langage qu'il finirait par comprendre. Il avait perdu la notion du temps.

Ici, les jours et les nuits s'étiraient en un cycle monotone, indistinct. Le froid, lui, était constant. Toujours là, engourdissant ses muscles, s'accrochant à sa peau comme une seconde nature. Il n'y avait plus de douceur dans sa vie. Plus rien qui ressemblait à la chaleur qu'elle lui apportait. *Elle.* Il ferma les yeux.

L'image de sa femme flottait dans un coin de son esprit, floue, insaisissable. Il se demandait s'il perdait ses traits par oubli ou par instinct de survie. Parfois, il l'entendait encore rire, comme une note suspendue dans l'air.

D'autres fois, c'était un murmure. Et puis, il y avait ces instants de silence total.

Il se redressa lentement, les os raidis par le manque de mouvement. Le lit était là, dans la cuisine, ou ce qui servait de cuisine. Une plaque posée sur un meuble en bois brut, un évier d'acier, terne, d'où l'eau coulait à heures fixes. Comme si elle obéissait à une loi invisible.

Au centre de la pièce, une table rayée par le temps, instable sur ses pieds disloqués et en face, une chaise unique, usée, solitaire, comme lui.

Il se frotta le visage, sentant la rugosité de sa barbe qui poussait sans contrainte. Il avait cessé d'y faire attention, comme à tant d'autres choses. Son reflet dans le petit miroir fêlé accroché au mur ne lui renvoyait plus grand-chose. Juste un homme fatigué.

Les muscles engourdis se détendirent alors qu'il avançait vers la douche, séparée du reste de la pièce par un rideau gris, usé. Pas de vraie salle de bains—juste un tuyau métallique laissant couler un filet d'eau irrégulier. Tout ici était rudimentaire, réduit à l'essentiel. Seul. Complètement seul. Pourtant, une présence invisible semblait rôder.

Billy effleura machinalement le bois rugueux de la table, suivant les nervures creusées par le temps. Ce geste répétitif, inutile mais rassurant, était son dernier point d'ancrage.

Ce chalet, il ne l'avait pas choisi. Il s'était imposé, refuge après la mort d'Emma. Impossible de rester dans leur maison, hanté par chaque battement d'horloge, chaque souvenir.

Les premiers jours avaient été un enfer. Veillé des nuits entières, traquant des bruits qui n'existaient pas, guettant des ombres vacillantes sous la lumière tremblotante de la lampe à pétrole. Illusions d'un passé révolu.

Puis, le temps avait tout écrasé, ne laissant qu'une routine morne : se lever, manger, attendre.

Il n'avait emporté que le strict minimum—quelques vêtements, une vieille montre, un carnet griffonné de phrases sans queue ni tête.

Un filet d'eau glissa dans la tasse qu'il porta à ses lèvres. Le goût du métal rappela vaguement le café trop fort d'Emma.

Un grattement furtif résonna, puis disparut. Son esprit lui jouait des tours. Pourtant, cette sensation d'enfermement persistait.

Il posa la tasse dans l'évier et s'adossa au plan de travail, bras croisés. Comme chaque jour, il parla à voix haute.

— Et bah mon vieux, t'en es rendu là, hein ?

Sa propre voix brisa l'immobilité de la pièce.

— Tu t'es toujours dit que tu finirais seul, mais là, faut avouer que t'as battu des records…

Un léger rire sans joie s'échappa de sa bouche.

— Pas que ça change grand-chose, hein ? De toute façon, t'as jamais été doué pour les conversations. Emma, elle disait toujours que t'étais un mur. Un mur avec une clope au bec et des idées noires.

Il resta un instant à fixer un point imaginaire devant lui. Il ne fumait plus depuis longtemps. Pas par envie d'arrêter, mais parce qu'ici, il n'avait plus accès à rien.

— Tu parles de solitude, mais t'es même pas foutu de t'écouter.

Billy se levait toujours à la même heure, ou du moins, il le supposait. Ici, le temps était une abstraction. Il n'avait pas de montre, pas de réveil, juste une lumière immuable qui filtrait à travers la petite fenêtre.

Il savait que c'était le matin quand son corps lui disait qu'il avait dormi assez longtemps.

Son rituel était simple, il commençait toujours par se rincer le visage avec de l'eau, ensuite, il allait jusqu'à la porte, et prenait toujours la même chose, une tranche de pain rassis qu'il grignotait sans appétit et une tasse d'eau tiède. Ce n'était pas un repas, juste un automatisme. Manger, parce qu'il fallait le faire.

Après ça, il s'asseyait à la table, le dos voûté, les coudes appuyés sur le bois dur, et il laissait ses pensées dériver.

C'était là que le pire commençait. Il comptait les fissures dans le mur, essayait de se rappeler une musique qu'il aimait, se racontait des histoires pour que son esprit ne parte pas à la dérive. Mais ça ne marchait jamais très longtemps. Les souvenirs revenaient, insidieux.

Des images éparses, fragmentées, qui surgissaient sans prévenir. Emma. Son rire cristallin résonnait dans son crâne. Il pouvait presque la voir, assise en face de lui, à une autre table, bien plus chaleureuse que celle-ci.

Elle tapait du bout des doigts sur le bois, un sourire taquin au coin des lèvres.

— *Tu comptes rester enfermé ici toute la journée, Billy ?*

Un sursaut. Cette voix—si familière, si proche. Un battement de cils, et la réalité s'imposa. Le chalet était silencieux.

Un souvenir resurgit : un soir d'automne, baigné de lumières tamisées, imprégné du parfum du vin rouge qui embaumait leurs verres, remplissant la cuisine d'une douce chaleur. Emma parlait en gesticulant, racontant une anecdote dont il ne retrouvait pas le contexte.

Elle riait, et lui, se contentait de l'écouter, une cigarette coincée entre les doigts.

— Tu pourrais au moins faire semblant de t'intéresser !

— Je t'écoute, avait-il répondu en souriant légèrement.

Elle avait roulé des yeux avant de prendre une gorgée de son vin. Puis, soudain, le souvenir s'embrouilla L'ambiance chaleureuse se dissipa comme de la fumée, les couleurs s'assombrirent, la lumière devint plus crue.

Emma n'était plus en train de rire, elle le toisait avec un air grave. Ses doigts s'étaient crispés sur son verre.

Puis, un trou noir.

Billy se réveilla en sursaut, sa respiration saccadée. Il était encore assis à la table, mais s'était affaissé, la tête posée sur ses bras croisés. Combien de temps était-il resté ainsi ?

Il transpirait, malgré le froid ambiant. Pourquoi ne se souvenait-il jamais de la fin ? Pourquoi ses souvenirs avec Emma s'arrêtaient-ils toujours avant quelque chose d'important ? Il avait besoin d'air.

— Il faut que je sorte d'ici.

Ses yeux se tournèrent vers la porte, là, au fond de la pièce. Il n'y avait jamais vraiment prêté attention. C'était simplement là, comme une partie du décor.

Mais à cet instant, cette porte était devenue une obsession. Il voulut l'ouvrir, mais celle-ci était verrouillée.

— Les clés… Où j'ai mis ces foutues clés ?

Il se précipita vers la table, les mains tremblantes. Il retourna le carnet, renversa sa tasse. Mais rien.

Il se pencha sous le lit grimaçant en fouillant à tâtons sous le sommier, ses doigts ne rencontrèrent que la poussière. Le lit ne bougeait pas, il se releva d'un bond.

— Elles doivent bien être quelque part ! Je les ai toujours laissées ici, Emma me le rappelait sans arrêt…

Il se força à rire, mais le son s'étouffa rapidement dans sa gorge, il ouvrit le rideau gris qui cachait la douche, comme s'il espérait que les clés se soient glissées là. Toujours rien. Hésitant, il tendit la main vers la poignée mais elle ne pivota pas.

— Allez… allez !

Billy frappa la porte de ses poings, le bruit résonna dans tout le chalet.

— Il y a quelqu'un ? Je suis coincé chez moi ! J'ai besoin de sortir ! J'ai perdu mes clés !

Personne ne répondit. Puis, très loin, lui parvint un écho déformé.

Clang, un bruit métallique.

Billy recula et se précipita vers la petite fenêtre, les mains plaquées contre la vitre froide.

— Non…

Il tenta de secouer la fenêtre, de trouver un moyen de l'ouvrir. Elle ne bougea pas, il frappa la vitre de ses poings, ses respirations devenant haletantes.

— Je dois sortir d'ici.

Son dos glissa contre le mur, jambes repliées sous lui. Sa respiration, lente, presque résignée. Un éclat argenté attira son regard, coincé entre la table et le mur.

Il se pencha, doigts hésitants, et ramassa l'objet. Une bague, fine et délicate, une gravure à peine lisible sur l'intérieur : *« Pour toujours, E. »* Ses doigts se refermèrent dessus comme si elle allait disparaître.

— Emma…

Il porta la bague à ses lèvres, la serra contre sa poitrine, quelque chose le hantait, une pensée oppressante qu'il n'arrivait pas à formuler, jusqu'à ce qu'un éclair traverse son esprit.

— Mon téléphone.

Pourquoi n'y avait-il pas pensé plus tôt ? Il devait appeler sa fille, Veronica—Ronnie. *Elle doit se demander et s'inquiéter pourquoi je ne lui donne pas de nouvelles.* L'idée lui parut si évidente, si vitale. Il devait entendre sa voix, elle saurait quoi faire.

— Où est-ce que je l'ai mis… Je l'avais toujours avec moi.

Billy se redressa brusquement, gestes saccadés. Au pied de la table, un objet. Une photo. Papier jauni, bords froissés. Il la déplia—lui et Ronnie, sa fille, blottie contre lui, souriante.

Mais un détail clochait : une partie manquait. Emma aurait dû être là.

Un grattement lent, précis, interrompit ses pensées. Sa main trembla autour de la photo.

Dans l'ombre, deux éclats brillèrent—yeux vifs, pelage sombre, griffes fines… Un rat. Silencieux, il avançait sur le plancher usé, bondit et atterrit sur la table Billy recula d'un pas.

— Qu'est-ce que tu veux… ?

Le rat le fixa. Ses yeux noirs semblaient trop profonds, trop conscients, puis, contre toute attente, il ouvrit la bouche.

— Tu m'attendais ?

Billy se figea, ses oreilles bourdonnaient. Il scruta les environs, cherchant une explication, n'importe laquelle.

— Quoi ?

— Surpris ?

— Non, non… Ce n'est pas possible. Je deviens fou. Ce n'est pas réel. Tu ne peux pas… Tu ne peux pas parler.

— Et pourtant, tu m'entends.

Billy sentit ses jambes faiblir.

— C'est dans ma tête tout ça.

— Dans ta tête, hein ?

Il tapota doucement la table avec ses pattes.

— Mais dis-moi, Billy… Depuis combien de temps es-tu ici ?

L'homme le fixa, incapable de répondre.

— Tu comptes encore les jours ? Ou bien as-tu déjà arrêté ?

Un ricanement sec accompagna ses mots.

— Ce n'est pas possible. Je… Je suis juste fatigué. C'est ça. Fatigué. Je dors mal, c'est tout. Ce n'est qu'un rêve. Un cauchemar.

— Si c'est un cauchemar… Pourquoi ne te réveilles-tu pas ?

— Arrête… Arrête de parler.

Il se retourna brusquement, cherchant un endroit où fuir, mais la pièce était toujours la même.

— Pourquoi es-tu là ? Qu'est-ce que tu veux de moi ?

Le rat se leva sur ses pattes arrière.

— Je suis là depuis le début, Billy. C'est toi qui fais semblant de ne pas me voir. De ne pas m'entendre.

La panique s'infiltrait dans chaque fibre de son être. Il devait sortir. D'un geste fébrile, il glissa les mains sur la surface froide, ses doigts tremblants cherchant désespérément une issue, une faille, n'importe quoi.

Il agrippa la poignée et la secoua violemment. Toujours verrouillée. Un grondement rauque s'échappa de sa gorge tandis qu'il martelait la porte de toutes ses forces.

— Ronnie !

Tout sembla se retirer d'un coup, ne laissant qu'un vide épais, étouffant, où seul son cœur battait contre ses tempes. Un ricanement étouffé le fit sursauter.

Le rat était là, tapis dans l'ombre, une intelligence perfide qui le scrutait et semblait s'amuser de son désarroi. Billy déglutit avec difficulté et leva les mains dans un geste d'apaisement.

— Écoute, si tu peux parler, alors tu peux m'aider. Pas vrai ?

— T'aider ? Tu crois vraiment que c'est comme ça que ça marche ?

Il ramena ses propres genoux, tentant de contenir la peur qui menaçait d'exploser.

— J'ai besoin de mon téléphone. Il est ici, quelque part. Je… Je dois appeler Ronnie.

À la mention du prénom, le rat cessa tout mouvement.

— Appeler Ronnie ? Et que comptes-tu lui dire ?

— Ça ne te regarde pas. Trouve-moi ce téléphone. C'est tout.

Le rat ne répondit pas immédiatement. Il l'observa, impassible. Puis, d'un mouvement fluide et silencieux, il glissa de la table.

— Oui, c'est ça. Cherche. Il doit être là, quelque part. J'ai dû le faire tomber.

Il avança lentement, ses griffes produisant un léger crissement contre le bois. Il longea la base du lit, se faufila dans l'ombre, s'arrêta près de la fenêtre.

— Tu crois qu'il est là ?

— Je n'en sais rien ! Peut-être. Cherche.

Le rongeur griffait le bois près de la fenêtre.

— Alors ? Tu le vois ?

Le rat éclata de rire, un ricanement rauque et traînant qui sembla s'étirer, emplissant la pièce d'une présence malsaine.

— Tu penses vraiment que Ronnie voudra te parler ?

— Arrête avec tes questions ! Elle m'attend ! Elle doit s'inquiéter, on se parle très souvent ! Je dois lui dire que je suis coincé ici, qu'elle vienne m'aider…

Il s'interrompit. Ses propres mots résonnèrent dans l'air froid. Quelque chose clochait, il le sentait, sans pouvoir mettre le doigt dessus. Le rat, sans un bruit, se hissa à nouveau sur la table et s'y installa lentement.

Billy se laissa tomber sur la chaise bancale, la tête entre les mains, ses paupières devinrent lourdes, ses pensées s'embrouillèrent. La pièce tournait autour de lui, comme un manège détraqué.

L'obscurité l'engloutit.

Il sursauta, haletant. Son cœur cognait avec violence, tout était gelé dans une scène sans vie.

— Combien de temps j'ai dormi ?

La chaise émit un grincement strident. Un objet était posé par terre, un cercle pâle. Une assiette était posée à même le sol, juste devant la porte. Il fixa l'objet avec une intensité maladive. De la purée grisâtre, quelques légumes sans couleur, un morceau de pain rassis. Rien d'anormal. Pourtant, son estomac se tordit. *Comment était-elle arrivée là ? Est-ce que quelqu'un est entré pendant que je dormais ?*

Il vérifia la porte. Toujours fermée.

— Qui… qui a mis ça là ?

Sa propre voix trembla. Lentement, il s'accroupit devant l'assiette, la gorge nouée. Depuis combien de temps n'avait-il pas mangé ? Des heures ? Des jours ? Impossible à dire.

Ses doigts tremblants saisirent une poignée de purée. Il la porta à sa bouche, mastiqua lentement. La nourriture était fade, sans âme, mais il avala quand même.

— Tu dois manger… Tu dois rester en forme.

Un nouveau grattement. Le rat était toujours là et avançait lentement, ses pattes effleurant le sol sans bruit.

— C'est toi ?

— Tu t'es enfin réveillé.

— Tu m'as regardé dormir ?

— Tu dormais si profondément.

Un rictus déforma son museau.

— Tu n'as même pas entendu quand elle est arrivée.

— Qui ?

Le rat s'approcha du bord de la table, ses yeux noirs brillants.

— Tu sais très bien de qui je parle.

— Non… Je ne sais pas.

— Ronnie.

Le sol sembla se dérober sous Billy.

— Ronnie ? Non… C'est impossible. Je l'aurais vue. J'aurais…

— Aurais-tu seulement voulu la voir ?

— Je ne comprends pas ce que tu dis.

— Tu dormais.

Sa voix s'infiltra dans l'espace.

— Tu dors toujours, Billy.

Ses mains se crispèrent sur le rebord de l'assiette.

La télévision était éteinte, l'écran reflétait son regard vide, perdu dans l'obscurité. Son visage, tordu par une profonde fatigue, ses doigts tremblaient légèrement sur la table.

Il ne voulait pas regarder, ne voulait pas affronter cette image déformée, cette silhouette qui ressemblait à un fantôme plutôt qu'à un homme.

Pourtant, il était là, coincé dans cet endroit qui rétrécissait un peu plus chaque jour. L'angoisse s'insinuait, étouffante. Il devait se raccrocher à quelque chose. N'importe quoi.

Un souvenir, un détail anodin, une pensée rassurante. Mais ce fut elle qui s'imposa. Sa femme, son image surgit dans son esprit.

Plus vive, plus claire que jamais.

Une cuisine inondée de soleil, baignée d'une lumière douce et dorée. L'air tiède portait avec lui l'odeur sucrée du café et la légère brise d'été faisait danser les rideaux blancs, leur tissu léger s'élevant, retombant en ondulations paresseuses. Tout semblait paisible.

Emma était là, debout devant la fenêtre, une tasse de thé fumante entre les mains. Son visage était caressé par la lumière, révélant chaque détail de ses traits délicats, ses cheveux bruns étaient relevés en un chignon désordonné, quelques mèches folles s'échappant pour effleurer sa nuque.

Elle portait ce pull bleu qu'elle aimait tant, celui qui lui allait à merveille, contrastant avec l'intensité de ses yeux, ces prunelles douces et profondes où Billy aimait se perdre. Assis à la table, il l'observait.

— Tu rêves encore, Billy ?

Il sentit une chaleur familière lui envahir la poitrine, une pression douce, un écho lointain d'un bonheur passé.

— Non.

Elle s'approcha lentement. Ses pas étaient silencieux, presque irréels.

— Tu ne parles plus beaucoup ces derniers temps.

— Je te parle là, maintenant.

Elle le fixait, ses yeux s'attardant dans les siens, comme si elle sondait quelque chose d'invisible. Puis, son sourire se fana., son expression changea, ses traits devinrent flous.

Emma recula lentement comme aspirée dans un mouvement irréversible. La lumière s'affaiblit. L'air se refroidit brutalement, et la cuisine perdit sa chaleur dorée, les rideaux cessèrent de bouger, tombant inertes, morts.

Le salon, en arrière-plan, devint trouble, indistinct, comme noyé dans une brume sombre. Une silhouette floue, tapie dans l'ombre.

Billy voulut bouger, parler, mais son corps était cloué à sa chaise dans une inertie angoissante. Un son sec.

Quelque chose tomba au sol. Un verre ? Une assiette ? Il ne voyait pas, il ne savait pas.

Emma recula de nouveau, ses lèvres bougeaient, mais aucun son ne lui parvenait. Ses yeux s'écarquillèrent. Elle voulait lui dire quelque chose. Du moins, elle essayait, mais la lumière s'effondra autour d'elle.

Billy hurla, puis tout s'effaça.

Il sursauta, son cœur battant à tout rompre dans sa poitrine.

— Pourquoi… Pourquoi ça s'arrête toujours là ?

Dehors, une obscurité terne, sans relief. Billy, allongé sur le lit étroit, fixait le plafond en bois. Impossible de dormir. Ses pensées tournaient en boucle—Emma, Ronnie, le rat.

Son ventre protestait, ou peut-être pas. Il ne savait plus. Puis, un son. Faible, imperceptible. Son cœur s'emballa. Des pas. Juste derrière la porte, quelqu'un était là.

Il tendit l'oreille, mais les voix étaient trop faibles pour entendre quoique ce soit.

— Qui est là ? Aidez-moi !

Les voix s'évanouirent d'un seul coup, comme si elles n'avaient jamais existé. Une sueur froide glissa le long de son dos.

Il frappa.

— Hé… Vous m'entendez ?

Son rythme cardiaque s'accéléra.

— Ouvrez !

Les coups résonnèrent dans la pièce, explosifs, furieux.

— Je sais que vous êtes là ! Je vous entends ! Aidez-moi !

L'écho de son cri ricocha contre les parois avant de s'éteindre. Puis, un nouveau son. Face à lui, ses moustaches frémissantes légèrement.

— Tu fais encore beaucoup de bruit.

—Il y a des gens derrière la porte.

— Ah bon ?

— Oui ! Ils parlaient… J'en suis sûr.

— Si tu es si sûr, pourquoi personne ne t'a aidé ?

Billy ouvrit la bouche, mais aucun son n'en sortit. Son corps, épuisé, céda finalement sous le poids du doute et de la fatigue.

Le monde vacilla autour de lui. Puis…

Un flash.

Il se tenait dans un couloir. Ses mains tremblaient. Ce n'était pas le froid, mais cette angoisse diffuse qui le dévorait de l'intérieur. Quelque chose brûlait. Les murs vibraient sous la chaleur suffocante. Des langues de feu couraient le long du papier peint, le consumant en volutes noircies, réduisant chaque détail en cendres.

— Billy !

Il se retourna brusquement. À travers le brouillard de cendres et de chaleur, une lueur tremblotante découpait une silhouette fragile. Sa femme. Au bout du couloir, à moitié noyée dans l'obscurité mouvante. Elle tendit la main vers lui.

— Viens…

Son cœur battait à tout rompre, martelant ses tempes comme un tambour de guerre.

Alors qu'il passait une main lasse dans ses cheveux, un éclat de blanc attira son attention, quelque chose était posé sur la table. Une feuille de papier. Son regard s'accrocha à l'objet avec une intensité fiévreuse.

Hésitant, il se leva, ses jambes encore fébriles sous lui. Ses doigts caressant le papier, le contact rugueux sous sa peau lui sembla trop réel. Trop concret.

Il retourna la feuille. Des mots, tracés d'une écriture fine, élégante, qu'il reconnut entre mille : « *Souviens-toi, papa.* » Celle de Ronnie. Sa fille, ici ?

Son esprit refusait d'accepter l'implication. Elle ne pouvait pas être là. C'était impossible, il aurait entendu quelque chose, senti sa présence.

Deux petits éclats brillèrent dans l'ombre. Billy brandit la feuille sous son museau.

— C'est quoi ça, hein ? Tu peux me dire comment c'est arrivé là ?

— Une lettre.

— Je sais que c'est une lettre !

Le rat cligna lentement des yeux, comme s'il savourait l'instant, puis répondit d'une voix posée, presque nonchalante :

— Peut-être qu'elle a toujours été là.

— Non, je l'aurais vue.

— Ou peut-être que tu n'étais pas prêt à la voir.

Son esprit était en pleine tempête. Sa femme, sa fille, l'incendie. Tout tourbillonnait dans sa tête, un chaos brûlant de souvenirs brisés.

Le rat ne bougeait pas, ses yeux noirs toujours fixés sur lui, comme s'il attendait.

La lettre, fine et légèrement inclinée du mot semblait vibrer sous ses yeux. Il passa lentement son pouce dessus, comme pour en vérifier la réalité. *Elle est venue, elle était là pendant que je dormais.*

Si sa fille était venue, il aurait dû y avoir d'autres indices—un message, n'importe quoi.

Il se releva d'un bond, et chercha son vieux carnet, qu'il ouvrit d'un geste brusque. Les pages bruissèrent, dévoilant des gribouillis désordonnés, des mots tracés nerveusement, une écriture différente, fine, soignée, identique à celle de la lettre

— Ronnie… tu étais ici.

Au fond de la pièce, un petit objet attira son attention, un bracelet en perles, rose et blanc, poussiéreux mais intact. Sur les perles, un mot formé en lettres colorées : VERONICA. Le préféré de sa fille, il le lui avait offert pour ses huit ans.

Ses doigts le serrèrent si fort que les perles s'enfoncèrent dans sa peau. Un souvenir d'une journée avec sa fille lui apparut subitement.

L'eau scintillait sous les rayons dorés du soleil, une surface miroitante qui dansait au gré du vent léger. L'air embaumait l'herbe fraîche et le parfum sucré des pins. Une journée parfaite.

Ronnie, huit ans à peine, courait pieds nus sur l'herbe tendre, ses rires éclatants se mêlant au chant des oiseaux. Ses joues étaient rougies par l'effort, ses cheveux noirs voletant derrière elle, agités par la course.

— Viens, papa ! C'est ton tour de le faire voler !

Sa voix cristalline fendit l'air, pleine d'excitation. Billy, assis sur une vieille couverture usée par le temps, leva les yeux de son panier de pique-nique.

Un sourire étira ses lèvres alors qu'il observait sa fille, insouciante, lumineuse. À ses côtés, un cerf-volant coloré, orné de motifs d'étoiles scintillantes. Il passa ses doigts sur la ficelle, ressentant la tension légère du vent contre le papier.

— D'accord, j'arrive !

Sa fille accourut vers lui, ses petites mains s'accrochant à son bras, impatiente.

— Allez, papa ! Fais-le monter !

Billy s'élança. Ses pas frappaient le sol souple, sa respiration s'accélérait sous l'effort, mais il riait.

Ronnie courait à ses côtés, ses bras battant l'air, portée par une joie pure. Dans un élan parfait, le cerf-volant s'éleva, vibrant sous la force du vent. Il monta, encore et encore, filant vers le ciel.

— Regarde-le, Ronnie ! Il touche presque les nuages !

Elle leva la tête, clignant des yeux sous la lumière éclatante.

— Un jour, on ira toucher les nuages ensemble, hein papa ?

Sa voix était emplie d'espoir, d'innocence, de ces rêves d'enfant qui n'ont pas encore été érodés par la réalité.

Billy ralentit, s'agenouillant devant elle. Il encadra son petit visage entre ses mains, sentant la chaleur de sa peau.

— Promis. Toi et moi pour toujours.

Un sourire, des mots, un instant parfait. Et enfin, une fissure. Presque imperceptible. Le ciel se ternit, troquant son bleu éclatant contre une teinte trouble. Le lac s'assombrit, les rires de Ronnie s'évanouirent, le vent se figea, laissant un vide.

Billy ouvrit la bouche. Aucun son, autour de lui, le monde s'effritait.

Tout s'effondra

Clang.

Billy resta là, la gorge serrée, une peur sourde lui labourant l'estomac. Lentement, avec la crainte instinctive de ce qu'il allait découvrir, il tourna la tête vers la porte. Son cœur cogna brutalement contre ses côtes.

Là, sur le sol, une assiette. Ses jambes flageolantes le portèrent jusqu'à l'objet. Il s'accroupit lentement, sa respiration irrégulière, et tendit une main hésitante vers le bord froid de la porcelaine. Ses doigts effleurèrent le pain rassis posé dessus. Un coin de papier dépassait, caché sous la nourriture. Un mot : *« Pourquoi tu refuses de te souvenir ? »*

Un vertige le saisit, ses yeux parcoururent encore et encore la phrase, comme s'il espérait que les mots allaient changer, se réarranger pour raconter une autre histoire. Dans l'ombre, deux petits éclats brillèrent. Billy se redressa d'un bond, le cœur au bord de l'explosion.

— Tu l'as vue, n'est-ce pas ? Tu as vu Ronnie !

— Peut-être que tu ne vois que ce que tu veux voir.

— Elle a laissé ça ! C'est son écriture !

— Ou peut-être que tu as oublié pourquoi elle ne viendra plus.

La pièce s'assombrit d'un coup, il sentit une chaleur étrange l'envahir, comme si le temps reculait.

Dans le salon adjacent, la fillette traînait les pieds en serrant un carnet de dessins contre elle. Ses yeux évitaient ceux de son père. Ils s'assirent, mais aucun mot ne fut échangé. Emma prit la parole :

— Tu vas leur dire, Billy ?

— Dire quoi ?

— La vérité.

— De quoi tu parles ?

— Tu sais très bien. Tu ne peux pas continuer à faire semblant. Pas devant elle.

— Ce n'est pas le moment, Emma.

— Si ce n'est pas maintenant, alors quand ?

— Tu dois lui dire ce que tu as fait.

— Ça suffit, Emma.

Ronnie recula sur sa chaise, ses petits doigts serrant son carnet.

— Tu crois qu'on peut vivre comme ça ?

— Je te dis d'arrêter.

— Tu dois assumer, Billy. Elle doit savoir. Ce que tu es. Ce que tu as fait.

— Si tu continues, Emma, je te jure que…

Un claquement de tonnerre, le bruit d'un verre brisé sur le sol. Ronnie cria. Son pied glissa sur un éclat de verre, il recula jusqu'à la cuisine et déposa une serviette sur le feu encore allumé, qui prit immédiatement, dévorant le tissu. Ronnie criait.

— Papa ! Le feu ! Aide-moi !

Ses yeux croisèrent ceux de sa fille, remplis de peur. Mais il ne bougea pas.

Dans la pièce silencieuse, le grattement familier se fit entendre.

Billy savait qu'il était plus proche de la vérité que jamais.

— Ce n'est pas ce qui s'est passé.

— Tu mens. Encore une fois.

— Je n'aurais jamais fait ça.

— Pourquoi tes mains sentent-elles encore la fumée ?

— Je… Je voulais juste partir. Ce n'était pas censé arriver comme ça.

— Tu as fermé la porte.

— Je croyais qu'elle était déjà partie…

— Elle te suppliait. Tu l'as entendu.

Le souvenir frappa Billy de plein fouet, les flammes, la fumée, et sa fille, derrière, hurlant : « *Papa ! Ouvre la porte !* »

— Je voulais juste que ça s'arrête. J'avais peur.

— Tu l'as regardée une dernière fois. Et tu as tourné la poignée. Ronnie t'a supplié d'ouvrir.

— Je croyais qu'elle avait suivi sa mère.

— Emma n'a jamais bougé et tu le sais.

Une image nette envahit son esprit, sa fille, en larmes, poussant la fenêtre de la cuisine. Ses petits doigts agrippant le rebord, la vitre qui se brise.

— Elle s'est échappée…

Le rat hocha lentement la tête.

— Elle est sortie par la fenêtre, elle a survécu. Elle m'a vu fermer la porte.

Billy laissa sa tête tomber contre le métal froid.

— Je suis désolé. Je suis tellement désolé.

— Trop tard. Emma est morte. Ronnie se souvient, et tu vas le payer très cher.

Billy se recroquevilla sur lui-même, ses murmures se noyant dans l'immobilité oppressante de la pièce.

— Allume la télévision.

La voix du rat était douce mais pleine d'autorité, presque tranchante.

— Tu ne peux plus te cacher.

L'écran s'alluma dans un grésillement, dévoilant des images floues avant de s'éclaircir. Deux journalistes, visages fermés, en bas de l'écran, un bandeau : *« Crimes domestiques – L'affaire Billy Hawkins, un drame familial. »* Billy sentit son cœur s'arrêter, son propre nom. Hawkins. Ses jambes fléchirent légèrement.

— Ce soir, retour sur une affaire qui a choqué toute la région. Billy Hawkins, accusé d'avoir assassiné sa femme en mettant volontairement le feu à leur maison.

Billy recula d'un pas.

— Non, ce n'est pas moi, c'est une erreur.

La présentatrice enchaîna, le ton plus sombre :

— Mais ce n'est pas tout. L'affaire Hawkins s'est distinguée par une accusation encore plus terrible, la tentative d'assassinat sur sa propre fille, Veronica, dit Ronnie Hawkins. La fillette a réussi à s'échapper par une fenêtre, échappant de justesse aux flammes…

La voix du rat résonna, froidement assurée.

— Tu écoutes, Billy ?

— Ce n'est pas vrai, je n'aurais jamais fait ça.

L'écran changea, affichant des images d'une maison calcinée, Billy porta les mains à son visage, respirant difficilement.

— Après l'incident, Billy Hawkins s'est volatilisé, ses voisins ont parlé d'un chalet isolé du reste du monde. Ronnie Hawkins, seule survivante, a témoigné, affirmant avoir vu son père fermer la porte avant que les flammes ne consument la maison…

Billy releva la tête d'un coup, pâle comme un linge.

— Elle ment.

— Tu es sûr, Billy ? Parce qu'elle, elle s'en souvient.

— J'ai fui. C'est tout ce dont je me souviens.

— Tu ne t'es pas enfui.

— Qu'est-ce que tu racontes ?

Le rat ne bougea pas immédiatement.

— Tu es exactement là où tu dois être.

Clang. La télévision s'éteignit d'un coup, l'écran noir absorbant la dernière lueur vacillante de la pièce. La voix du rat fendit à nouveau l'air.

— Tic-tac, Billy.

Son estomac se noua, une angoisse viscérale se contractant dans sa poitrine. Son cœur battait trop fort, trop vite, comme une horloge. Comme un compte à rebours. Billy s'immobilisa. Quelque chose venait de bouger dans son champ de vision.

Une silhouette, juste derrière la fenêtre, un éclat d'yeux dans l'ombre. Son cœur cogna violemment dans sa poitrine, il se redressa brusquement, manquant de faire basculer sa chaise.

— Qui est là ?

Le vent hurla en réponse. Il scruta l'obscurité mais la silhouette avait disparu, il devait l'avoir rêvé.

Mais en tournant la tête, il aperçut le miroir accroché à la porte, derrière lui, une ombre, fine, les cheveux en bataille, le visage à moitié mangé par l'obscurité. Un électrochoc traversa chaque nerf. Ce n'était pas possible.

Il pivota, son corps tendu, prêt à se défendre... mais contre quoi ? Ses paupières se levèrent doucement, révélant un néant total. Puis un murmure, presque inaudible.

— *Papa...*

Cette voix, il la connaissait, mais ne voulait pas l'entendre.

— *Papa... pourquoi ?*

Billy sauta du lit trébuchant dans l'obscurité, ses yeux se posèrent sur la porte du couloir. Elle était entrouverte. Il y avait quelqu'un.

— Ronnie ?

Une odeur familière lui chatouilla les narines. L'odeur de la fumée. La porte du couloir s'ouvrit lentement sous ses yeux.

— *Tu m'as laissée là-dedans, Papa.*

— Non, non, je t'ai... Je t'ai cherchée...

La silhouette avança, sans bruit, glissant presque sur le sol. Avec chaque pas, la lumière vacillante de la lampe révélait davantage son visage, sa peau portait les traces noircies par la fumée, ses lèvres étaient fendues.

Mais ses yeux… ces yeux semblaient le transpercer.

— Arrête, ce n'est pas vrai. Tu es partie. Tu…

— *Tu m'as enfermée.*

Cette phrase résonna dans la pièce comme un coup de tonnerre. Billy hurla, se jetant sur la silhouette pour l'écarter, mais ses bras ne rencontrèrent que le vide. Il tomba lourdement au sol, haletant.

— Ils vont venir te chercher, clama le rat.

Les larmes coulèrent. Il savait qu'elle disait la vérité, un choc glacé le traversa. Il comprit soudainement.

Son regard plongea vers le sol, et ce qu'il vit le figea. Il ne portait pas son jean usé, celui qu'il avait l'impression de porter depuis des semaines, ni cette chemise froissée qu'il se souvenait d'avoir enfilée, ce matin-là, avant de fuir.

Juste un uniforme orange. Un matricule imprimé sur la poitrine : HAWKINS, B. #45729.

Un froid abyssal l'envahit.

Le chalet commença à se fissurer. D'abord par endroits, de fines craquelures se dessinèrent, suivies d'un léger craquement, et soudain, tout céda.

Le papier peint se désagrégeait, se réduisant en lambeaux poussiéreux, dévoilant une surface grise et brute en dessous. La forêt luxuriante et les arbres massifs disparurent, à la place, des barreaux froids et durs.

Derrière eux, une lumière crue filtrait, blafarde, dénuée de toute chaleur. Le plancher en bois sous ses pieds se dissipa et devint froid comme du béton.

Il chercha un point d'ancrage, mais tout était parti, les murs du chalet s'étaient volatilisés, remplacés par une pièce austère. Un lit métallique contre un mur nu, un tabouret branlant, des W.C. en acier, usés, ternes, sans âme. Une cellule.

Il s'effondra à genoux. Ses mains parcoururent frénétiquement l'étoffe rugueuse de son uniforme, ses doigts frottèrent le tissu avec une panique frénétique, comme s'il pouvait effacer cette réalité, comme s'il pouvait la déchirer.

— Ce n'est pas vrai.

Il se dressa d'un coup, reculant contre le mur, paniqué.

— Je suis dans un chalet ! J'ai fugué, je me suis caché ! J'ai besoin de réfléchir, c'est tout !

— Ils t'ont rattrapé, Billy.

Clang. La porte qu'il croyait menant à la forêt s'ouvrit lentement, dévoilant un long couloir. Ses poignets furent fermement saisis.

— Il est temps, Hawkins, lui dit un gardien.

— Ce n'est pas l'heure ! Vous faites erreur !

Les gardiens avancèrent, implacables. Billy tenta de monter sur le lit, ses ongles griffant le mur, cherchant un appui invisible.

— Je ne suis pas prêt ! J'ai encore du temps !

Ses cris déchirèrent l'instant. Il se débattit, ses jambes donnèrent des coups dans le vide.

Les menottes se refermèrent brutalement sur ses poignets. Ses yeux, rouges et gonflés, cherchèrent le rat perché sur le tabouret.

— Arrête de fuir, Billy. C'est fini.

— Ne me touchez pas !

Ses pas résonnaient contre les murs nus, le couloir, sinistre et interminable, s'étendait devant lui, infini, éclairé par des néons blafards et silencieux.

On le traina sans ménagement, le tintement régulier des clés accrochées à la ceinture d'un des surveillant résonnait, accompagnant leur lente avancée vers son destin.

— Je vous en supplie… souffla-t-il entre deux sanglots.

Le poids de la terreur l'écrasait, chaque pas le rapprochant inexorablement de la chaise électrique. Les battements de son cœur semblaient résonner dans ses oreilles, étouffant presque les voix des matons qui murmuraient des ordres.

— Elle m'a vu. Elle sait. J'ai… j'ai fermé la porte. Je ne voulais pas…

Les néons blafards éclairaient faiblement son visage, révélant ses traits marqués par la peur et le désespoir.

Là, au centre, la chaise électrique. Froide, définitive, comme si elle attendait sa prochaine victime. En face, une large vitre séparait la pièce de l'espace d'observation.

Parmi d'autres spectateurs, se trouvait Ronnie, sa fille bien-aimée, elle avait grandi. Ses yeux, remplis de colère et de tristesse, fixaient son père sans pitié. La douleur de Billy se décupla en voyant la haine dans les yeux de sa fille.

— Ronnie…

Elle resta immobile, les bras croisés, impassible face à son père suppliant. Dans un coin sombre de la pièce, le rat était toujours là.

— Tu vois, Billy ?

Il ne répondit pas, il ne pouvait plus. Sa gorge était trop sèche.

— C'est ici que finit ta fuite. Tout le chemin parcouru, toutes les illusions pour revenir ici. Là où tu devais être.

Il secoua la tête frénétiquement et sanglota en regardant sa fille. Le rat avança encore d'un pas, puis, d'un ton si clair, si implacable.

— Tu l'as regardée dans les yeux.

Billy sentit ses jambes céder.

— Et tu as fermé la porte. Maintenant, elle va te regarder fermer la dernière.

Billy tenta une dernière fois de bouger.

Un dernier sursaut, une dernière lutte contre l'inévitable. Ronnie ne détourna pas les yeux, elle ne flancha pas. Un bruit sourd. *Tic.* Un dernier frémissement. *Tac.* Le rat, toujours là, les yeux brillants dans la pénombre, sauta du rebord.

Puis, il disparut dans l'ombre.

Notes de l'auteure

Chers lecteurs, chères lectrices,

Merci d'avoir parcouru ce livre jusqu'à la dernière page. J'espère sincèrement que vous avez pris autant de plaisir à le lire que j'en ai eu à l'écrire. Jamais je n'aurais imaginé que certains de mes rêves, ou cauchemars – finiraient par prendre vie sous forme d'histoires dans un livre.

Écrire ce livre n'a pas été un simple exercice, mais une traversée au cœur de mes propres peurs et doutes. Il est né dans une période de ma vie marquée par l'anxiété, un moment où l'écriture est devenue bien plus qu'un passe-temps : une nécessité, une échappatoire, une façon de donner du sens à ce chaos intérieur. Chaque mot posé m'a permis d'avancer, de retrouver une forme de contrôle et d'exprimer ce que je peinais à verbaliser.

Une multitude d'éléments m'ont inspiré pour l'écriture de ces récits, et j'aimerais maintenant vous en dévoiler quelques secrets.

L'appel au 17 est la toute première histoire que j'ai écrite. Elle a été influencée par les féminicides, ces crimes bien trop nombreux, bien trop fréquents. Trop peu de femmes en survivent. Cette histoire est dédiée à Jacqueline Sauvage, Alexandra Lange, Valérie Bacot… Car derrière ces drames se cache une justice souvent absente, lente à agir, et des policiers qui, malgré tout, tentent de faire de leur mieux dans un contexte de plus en plus complexe.

L'After est tiré d'un cauchemar que j'ai fait. J'en profite pour saluer chaleureusement le véritable Maxime, qui m'a inspiré cette histoire. La chanson à laquelle je fais référence a été modifiée pour des raisons de droits d'auteur, mais il s'agit en réalité de *« One Track Mind »* de Papa Roach.

Lorsque j'ai écrit **Défense de s'asseoir,** j'ai voulu faire un clin d'œil à la célèbre légende de la chaise maudite de Busby. Si vous ne la connaissez pas, je vous recommande le podcast *Les Affaires Obscures* sur Spotify, Florent et David y font un travail remarquable. Merci à eux pour m'avoir fait découvrir cette histoire fascinante. Elle raconte qu'un homme nommé Thomas Busby aurait, un jour, dans un pub, désigné une chaise en déclarant : « Quiconque s'assiéra sur ma chaise mourra d'une mort atroce ! » Par la suite, toutes les personnes qui s'y sont assises seraient mortes.

Aujourd'hui, la véritable « chaise maudite » est exposée dans un musée du Yorkshire, suspendue par des câbles pour éviter que quelqu'un ne s'y installe. Certains visiteurs étaient prêts à payer une fortune au musée pour s'y asseoir, mais la direction n'a jamais voulu accéder à leurs demandes, refusant ainsi de céder aux dernières volontés de Thomas Busby. Légende urbaine ou véritable malédiction ?

Je vous laisse vous faire votre propre idée. Pour ma part, disons que, par précaution… je ne m'assiérai jamais dessus.

Terminus, personne ne descend est née de mes longues heures passées dans le métro. Une question m'a toujours hanté : et si, un jour, ce métro ne s'arrêtait plus… que se passerait-il ? Les figures de Theo Solara et Luce Noctis représentent respectivement Dieu (la lumière, l'amour, le pardon) et Lucifer (la voix intérieure qui fait douter, le mal). Cette histoire sort un peu du cadre habituel : j'ai toujours été fasciné par le fonctionnement du cerveau d'une personne plongée dans le coma.

Pour **RIP – Rest In Peace**, l'idée m'est revenue en repensant à une série britannique des années 2000, où un jeune homme se retrouve enterré vivant. J'ai voulu aller plus loin en laissant planer le mystère autour de l'assassinat d'Alice. Ce flou est volontaire.

Si vous me demandez qui l'a tuée, même moi je ne saurais répondre. À vous de suivre les pistes, de vous fier à votre intuition. Nous sommes tous influencés, biaisés à notre manière. C'est ce qui rend l'expérience fascinante : une vérité sans réponse définitive, une énigme où chacun façonne sa propre conclusion.

Avec **1, 2, 3, Mourrez !** j'ai pris une sorte de revanche personnelle. L'histoire est inspirée d'une personne que j'ai connue aux États-Unis, qui a eu de (très) gros ennuis avec la justice et a été envoyée dans un boot camp. Il s'est même évadé de son centre de détention dans le Wyoming. Aujourd'hui, il est incarcéré dans l'Idaho et nous n'avons plus de contact.

J'ai visionné de nombreux documentaires sur ces camps militaires américains, et le constat est terrible : le taux de réinsertion y est extrêmement faible. Ces jeunes finissent par s'en sortir… mais à quel prix ? Beaucoup récidivent.

Comment se reconstruire psychologiquement après avoir été humilié, harcelé, poussé à bout chaque jour, avec pour seule promesse de liberté le fait de courir 10 km sous un soleil de plomb ?

Je vous laisse réfléchir à cela.

Enfin, **Le Spleen de Billy** est arrivé assez tard dans mon processus d'écriture. Le titre est inspiré de la chanson *Billy Spleen* du groupe Sum 41, bien que le morceau et l'histoire n'aient en réalité aucun lien. J'ai voulu explorer la détresse mentale et le déni qui peuvent exister chez les prisonniers du couloir de la mort. En me renseignant sur la psychologie carcérale, j'ai appris que 90% des condamnés à mort se déclarent innocents.

Une psychologue m'a expliqué que, pour certains, reconnaître leur culpabilité est si insupportable que leur cerveau finit par bloquer cette vérité. Ils en viennent alors à croire, sincèrement, qu'ils sont innocents.

Pour terminer, j'aimerais remercier chaleureusement toutes les personnes qui m'ont aidée dans la réalisation de ce projet :

À Christopher et à mon papa pour l'écriture de **l'Appel au 17**.

À Keil R-C (le vrai) qui m'a inspiré le personnage de Kade R-Calloway dans **1,2,3 Mourrez !** Parce que sans toi il n'y aurait pas eu cette histoire, j'espère que tu trouveras la paix et que tu continueras à saisir toutes les autres chances qu'on te donnera.

À mon équipe de graphiste qui a effectué un travail colossal. Merci à Mubashir pour la couverture et sa patience d'or, Evelyn pour avoir refait trois fois le trailer, Pixel Designs pour les bannières, Prabath pour la création du logo Amelia Stone, et Amila pour les mocks-up.

À la vraie Léa qui m'a inspiré le personnage dans **Terminus**, je pense très souvent à toi.

À mes bêta lectrices, Orlane et Chloé ont su m'aiguiller sur certains plots twist de fin. (Si Kade doit tuer Dante à la fin de *1,2,3 Mourrez !* c'est leur faute.)

Un grand merci à Marion, ma kinésiologue qui m'a sorti de ma zone de confort et qui a su débloquer une partie de mon cerveau. Sans ce travail ensemble, ce livre n'aurait jamais vu le jour, j'en suis persuadée. On se (re)voit bientôt sur le divan ?
À Kyle, qui a été un vrai soutien dans ce processus, je sais maintenant que l'angoisse et l'anxiété sont parfois les meilleurs alliés pour se réfugier dans l'écriture et que, si ça va aujourd'hui, ça ira demain.

Et enfin, le meilleur pour la fin : à ma mère, mon frère, ma belle-sœur, Eliott, Serena… mes piliers.

N'hésitez pas à me suivre sur mes réseaux sociaux, à me contacter ou simplement à me donner votre avis sur ce livre. Le prochain est déjà en cours d'écriture.
On se retrouve bientôt ?

Amicalement,

Amelia Stone

Instagram : ameliastone_author

Dépôt légal : Juin 2025